Christmas Holiday

圣诞假日

〔英国〕威廉·萨默塞特·毛姆 著
张晓峰 译

译林出版社

1

查利·梅森的母亲急着为他做一顿丰盛的早餐，好让他吃了出门赶路，但他心情太激动了，吃不下去。这是圣诞节的前一天，他就要前往巴黎旅行了。而之前的一天恰巧是季度结账日，他们忙碌了一整天。他父亲今天也不必上班，就开车送他去维多利亚港。他们在查利大街的格罗夫纳公园附近被车流堵住了几分钟。由于担心误了火车，他急得脸色煞白。父亲暗暗笑道：

“还有半个钟头哪，赶得上。”

但只有到了码头，他一颗悬着的心才算放了下来。

“好了，孩子，祝你一路顺风。”父亲又叮嘱道，“出外少惹祸。”

轮船徐徐倒进了加来港，看到这座城市灰暗而高耸的建筑群，查利欣喜难耐。这天天气湿冷，北风刺骨。他飘飘然地沿着站台大步走着。“金矢”号列车就停卧在那里，显得豪华而动力强大，令人印象深刻。这可不是一辆普通的列车，他要搭乘这趟列车开始一次浪漫之旅。借着傍晚的余晖，他欣赏着车窗外的景色，看到这些曾在画廊中见过的美景时，他心里真是乐开了花。远方的天际一片昏暗，景物也都被映成了灰色。沙丘、草地和村庄在车窗外一一闪过，铁路旁所见的都是些穷人的斜顶房屋。然后出现了一片辽阔的耕地和光秃秃的树林，这种景观使人产生了不尽的愁思。好像老天也不愿眷恋这种单调的景色，不一会儿他就只能在车窗玻璃上看到自己和身后车厢内的陈设了。这节豪华车厢内装潢的都是精致的红木家具。他想，要是坐飞机走就好了。他本来是打算坐飞机的，但母亲坚决反对。她对父亲说冬天坐飞机太危险了，不能干这种傻事。而父亲是一个非常通情达理的人，因而他将坐火车设为查利此次旅行的前提条件。

当然，查利以前也去过巴黎，而且至少去过五六次吧。但这次不同，这是他第一次独自远行。这次旅行是老爸给他的一个特别奖励，缘由是他在老爸的办公室工作了一整年，并通过了职业资格考试。在查利的记忆中，他的圣诞节都是与父母及小妹佩茜，还有特里·梅森家族的堂兄弟姐妹们在戈德尔明镇一起度过的。一天晚上，莱斯利·梅森在与妻子商量过这件事后，他和蔼的脸上露出了笑容，问儿子是否愿意独自前往巴黎几天，而不是如往常一样同家人一道过圣诞节。要解释这件事，回顾一下这个家族的历史很有必要。在十九世纪中叶，有一个聪明而勤奋的男人叫赛伯特·梅森，他曾是萨塞克斯一处豪华庄园内的花匠领班，后来娶了庄园内的一名厨娘。他用他们两人的积蓄在伦敦北部买了几亩地，建了一处蔬菜农场。虽然那时他刚满四十岁，老婆也差不多大，但他们已经有了八个孩子。他挣了一笔钱，用这笔钱又购买了一小块荒地。伦敦城开始扩张，城郊也大兴土木，他的蔬菜农场土地因而也增值了。他用从银行贷的款建了一排别墅，很快就将这些别墅全都租了出去。细述他的发家史有点儿冗长乏味，反正到他八十四岁寿终正寝的时候，当初他购买来为科文特花园[①]种植蔬菜的

① 科文特花园曾是伦敦市中心的一个水果和鲜花市场，现在是一个购物、游览和用餐的综合性热闹场所。

几亩地，还有后来陆续购置的土地上都盖满了砖混建筑。赛伯特·梅森小时候渴望求学，但由于家境贫寒而未能遂愿，因此他很重视子女的教育，想方设法将孩子们送到名校就读。他们一家的社会地位也不断上升。他将其开办的企业起了一个堂皇的名字——梅森房地产公司。他死后每个孩子都继承了该公司一定的股份。虽然无法与威斯敏斯特房地产公司或波特曼房地产公司相比，但梅森房地产公司的经营还是很顺利的。由于所处位置偏僻，作为住宅区，这处房产早已没有什么价值可言了，但用作商店、仓库、工厂、棚户房，还有那几长排灰暗的二层楼房，却给租户带来了可观的收入，这样房主无需付出努力，便过上了他们现在这种上层人的生活。老赛伯特的大儿子死于第一次世界大战的沙场，大女儿在一次狩猎活动中坠马而亡。现在的最大的儿子成了一家之主，当然也是腰缠万贯了。他是一名国会议员，在乔治国王的第五个狂欢节日中被赐予准男爵的封号。他将妻子的名字加在自己的名字之前，现在被称做威尔弗雷德·特里·梅森爵士。他对保守党非常忠诚，而且拥有牢固的政治地位。家人希望这些能有助于他的爵位再升一等，成为一个贵族。

莱斯利·梅森是赛伯特众多孙儿中最小的一个，曾就读于一家私立学校和剑桥大学。他在这家房地产公司的股份使他每年能分到两千英镑。此外，作为这家公司的秘书，他每年还能再挣一千英镑。这个家族的第三代中有许多人在大英帝国遥远的疆域为国尽忠，而许多人又是纨绔子弟，常年游荡于国外。因此，只有身在英格兰的家族成员们才能每年聚在一起开一次大会。当威尔弗雷德爵士在主席的位置上坐定，宣读由聘请的专业会计师准备好的公司业绩报告时，所有与会者都表示非常满意。

莱斯利·梅森是一个兴趣不定的人。他五十刚出头，身材高大，长相英俊。他的蓝眼睛、稍长的灰发和红润的脸膛给人一种很随和的感觉。他看起来更像是一名战士或一位回家休假的殖民地总督，而不像是一位房地产经纪人。你绝对猜不到他的祖父会是一个花匠，祖母会是一个厨娘。他高尔夫球打得非常好，而且乐此不疲。但莱斯利·梅森不光爱好体育，他对艺术作品也有着浓厚的兴趣。家族的其他人都没有这样的怪癖。他们虽然对此感到好笑，但都宽容地看待莱斯利的这种嗜好。但是，当某人想要购买一件家具或一幅油画的时候，却都要听听他的意见，而他的意见往往都能得到采纳。他娶的是一个画家的女儿，当然懂得画了。他的岳父叫乔恩·佩隆，从十九世纪八十年代直到十九世纪末，他在这很长的一段时间内都是皇家艺术院的一员。他的画作表现的都是身着十八世纪服饰的年轻女子与同样装束的男人们调情的内容。他通过这些画作曾获得了不菲的收入。画面中人物的背景大都是些种植着欧陆花草的园林、绿植环绕的凉亭以及摆放着桌椅的客厅。当然这些桌椅与画面中人物的年代相吻合。但他的这些画现在拿到克里斯蒂拍卖行去拍卖的话，每幅画也就只能卖到三十先令或两英镑。维尼夏·梅森在她父亲死后继承了不少这类画作，但这些画很长时间以来一直在储藏室内面壁，布满了灰尘。尽管她并非是个忘了父恩的人，但她认为这些画在目前这个时代已经很不合时宜了。莱斯利·梅森夫妇一点儿也不为他们的祖母曾是个厨娘而感到丢脸，与朋友们在一起的时候他们还常常拿这一点来开玩笑。但一旦谈到乔恩·佩隆的时候，他们就会感到难堪。梅森的一些亲戚至今还在自家的墙上挂着他岳父的画作，这使维尼夏感到窘迫。

“你们家还挂着家父的画呢，”她说，“这些画有点儿过时了吧？你们怎么不把这些画挂到一间空房子里去？”

“我岳父是个可爱的好老头，”莱斯利说，“他可以说是风度翩翩，但我认为他并非一个优秀的画家。”

“哦，我父亲为买这幅画可是花了一大笔钱哪。将一幅花了三百英镑买来的画挂到一间空卧室里可不大合适。不过如果你们这样看这幅画，我看你们干脆用一百五十英镑把这幅画买回去得了。”

尽管成为有身份的人已经到第三代了，梅森家族的人还未失去商人的精明。

莱斯利·梅森夫妇结婚后在艺术欣赏方面志同道合。他们最近搬到了波切斯特附近居住，在他们漂亮新居的墙上挂满了威尔逊·斯蒂尔、奥古斯都·约翰、邓肯·格兰特和瓦妮莎·贝尔等画家的作品。他们还藏有一幅郁特里洛和一幅维亚尔的画作，这两幅画都是在大师尚未出名，其作品售价也不高的时候买进的。此外他们还藏有一幅德兰、一幅马凯和一幅基里科的画作。只要你一进他们的家门，就会发现尽管室内家具及陈设很简陋，但墙上总有变化。他们很少会错过一场美术作品展的预展；他们到巴黎的时候，罗森博格艺术品商店和塞纳街的艺术品小店是必去之处，他们要看看又可以从这里的小商贩手里淘点什么。他们俩是真心爱画的人，他们淘来的宝贝一般都会得到当天报纸上文化评论的首肯。如果出现意外，其原因要么是他们在某件画作上对自己的判断力缺乏自信，要么就是因为这件画作要价太高。不管怎么说，乔恩·佩隆的作品曾受到过最优秀的艺术评论家的称赞，他曾以好几百英镑一件的价格出售自己的作品，但现在这些画作还能值多少钱？也就两三英镑吧。这个事例说明，在收藏画作方面得小心谨慎。但他们两人对艺术的爱好并不仅限于藏画，他们也爱好音乐。他们在整个冬天都离不开交响音乐会。他们有自己追捧的乐队指挥，这些人指挥的音乐会他们场场不落，甚至不惜放弃某些社交活动。他们每年都要去听一场歌剧《指环》。听音乐对他们俩而言是一种身心的享受。他们的音乐鉴赏力一流，经常聆听首场演出。他们能够欣赏普通人所无法理解的音乐，是属于这个特定圈子里的人。如果有某部音乐方面的书籍成为流行话题，他们马上就会找来阅读。这不仅是因为他们喜爱音乐，也是为了跟上时代潮流。他们对艺术是发自内心地感兴趣，如果由于他们的鉴赏眼光与众不同或他们不欣赏过于大胆的作品而对他们表露出些许讥讽的表情，那就太不公平了。他们可能有些因循守旧，但他们的欣赏水平代表了那个时代的最高层次。虽然他们自己不能发现某些作品的艺术魅力，但能够很快就欣赏别人的发现。如果没有介绍，他们面对塞尚的作品可能会觉得也没有什么，但他们很快就认识到塞尚是一个非常伟大的画家，这一点单靠他们自己是认识不到的。他们并不认为自己的鉴赏力有多高明，但他们对艺术作品有自己的独到见解。

“我们只不过是两个非常普通的人。”维尼夏说。

“我们对画家非常崇拜，我们知道自己欣赏什么。”莱斯利补充道。

这种全部身心都投入艺术的生活使他们几乎没有时间参加社交活动。他们也不喜欢趋炎附势。他们的朋友虽然都不是富甲一方的人，但家境也都还算宽裕，而且重视精神生活，对事物颇有见地。他们不怎么喜欢参加晚宴，而且除了礼节需要外，他们一般也不设晚宴款待朋友。但他们喜欢在周日晚上用奶油鱼蛋饭、香肠和土豆泥这样的便餐招待顺便来拜访的朋友。这样的场合大家衣着随便，无拘无束。在这样的场合，朋友们会一起听听音乐打打桥牌，相互间的谈话充满了机巧与幽默。这种聚会具有莱斯利·梅森夫妇的特点，朴实无华又令人感到愉悦。虽然所有的客人都有私家汽车，每年的收入也不会低于五千英镑，但他们却自诩这是一种波希米亚人风格的聚会，有点儿放荡不羁。

如果晚上没有去听音乐会或观看首场演出，莱斯利·梅森就会在自己温馨的小家内消磨时光。有这样一个家也确实是件幸运的事。他的妻子当年很漂亮，即使现在人到中年，她仍然称得上标致。她的身高与丈夫不相上下，眼睛碧蓝，柔和的棕色头发最近才露出了几丝灰白。她有发福的倾向，但身高使她并不显胖。而且她严格控制自己的饮食，避免了体形的恶化。她眉毛稍粗，面容坦率而真诚，带着羞怯的微笑。虽然她的服装也是在巴黎定制的，但是出自街角一个小女人之手，不是什么名牌。而且无论她穿什么，看起来都是一个地地道道的英国人。虽然她偶尔也去光顾高档服装店，比如在瑞布衣帽店买上一顶帽子，但这样时尚的帽子戴在她头上看起来就好像是从陆军或海军商店买来的一顶军帽。一望可知，她就是一个生活在中产阶级家庭的女子，生活无忧，老老实实。出嫁时她就深爱其夫，现在依然如此。他们两人有着共同的爱好，也难怪他们能够和睦相处。他们成家时就达成了共识，她在绘画上的见地要高一些，而他对音乐则知道得更多。因此，在这些问题上他们能够听从高明一方的意见，不闹矛盾。例如，当涉及毕加索晚期作品的时候，莱斯利会说："好吧，老实说，我可是花了一段时间才学会喜欢这种风格的画作，但维尼夏则是一见钟情。她真是慧眼识珠啊，她有这方面的天赋。"

而梅森夫人承认，西贝柳斯第二交响乐她要听三四遍才能真正明白为什么莱斯利说这首音乐与贝多芬的交响乐一样棒，而且韵味独特。

“当然，他是真懂音乐。与他相比，我几乎是个音乐盲了。”

梅森夫妇不仅彼此情投意合，与孩子们也是其乐融融。他们有两个孩子，认为这样最好。因为一个孩子容易被宠坏，而抚养三四个孩子所需的花费又太高，不光他们自己不能过上舒服的生活，孩子们也将无法获得良好的教育，确保美好的前程。他们认真尽自己作为父母的责任。孩子们从婴儿起，他们房间墙上挂着的就不是那些愚蠢而幼稚的图画，而是梵高、高更和玛丽·洛朗桑画作的复制品。他们要从幼年起就培养孩子们的艺术鉴赏力。对给孩子们播放哪首摇篮曲他们也是煞费苦心。其结果就是，两个孩子在会骑自行车之前，就熟悉了莫扎特、海顿、贝多芬和瓦格纳的曲子。当孩子们稍大一点儿时，夫妇俩就开始请非常优秀的教师教他们弹奏钢琴。孩子们在钢琴演奏方面显现出与众不同的才能，而查利更是突出。两个孩子都是音乐会的热心观众。他们会争抢着去参加周日的音乐会，而且还要记下乐谱；他们也会为了得到一张进入科文特花园美术馆的门票而耐心等待好几个小时。而梅森夫妇认为如果孩子们在不那么舒适的环境中听音乐，能证明他们对艺术有着真正的热情，因此他们认为没有必要为孩子们购买昂贵的座位。梅森夫妇对欧洲早期绘画大师们的作品并不大在意。他们很少去国家美术馆，除非一次新的拍卖轰动了整个新闻界。但他们认为应该让孩子了解这些欧洲早期的艺术杰作，所以只要孩子们长大一点儿就要定期带他们去国家美术馆。但他们很快就意识到，如果想给孩子们一些艺术上的享受，就必须带他们去泰特美术馆。他们发现，这里的现代艺术作品更能够让孩子们感到兴奋，这使他们夫妇心满意足。

莱斯利慈祥的眼睛中闪着骄傲的光芒，他微笑着对妻子说：“看这两个小家伙喜欢马蒂斯作品的样子，有点儿像小鸭子喜欢戏水一样。”

她看了他一眼，又开心又懊悔地说：

“孩子们觉得我太老派了，因为我仍然喜欢莫奈的作品。他们说这些作品纯粹是巧克力盒子。”

“哦，他们的口味是我们调教出来的。如果他们继续前行，而我们落在了后面，我们不应该抱怨，而应该高兴才对。”

维尼夏高兴地笑了起来，笑声中充满了慈爱。

“哦，我的乖乖，即使他们认为我落伍到无可救药的地步，我也不会怨恨他们的。不管他们说什么我都会继续喜欢莫奈、马奈和德加的画作。”

但梅森夫妇要考虑的不光是对孩子们进行艺术教育，他们还处处注意不使孩子们成为多愁善感的柔弱之人，注意培养他们的各种体育技能。两个孩子的骑术都很高，查利的枪法也不寻常。佩茜刚满十八岁，正在皇家音乐学院读书。她将于今年五月毕业，梅森夫妇要在克拉里奇饭店为她举办一场舞会。特里 · 梅森夫人还打算带她出席王室举办的舞会。佩茜太漂亮了，她金发碧眼，身材苗条，再加上迷人的微笑和欢快的性格，她马上就会成为众人追求的目标。莱斯利希望她嫁给一个年轻有为，且有政治抱负的律师。如果嫁了这样一个夫君，再加上她最终会从梅森地产公司继承来的财富与她的文化素养，她会成为一个令众人羡慕的妻子。但这将是他们和睦、温馨和幸福的家庭生活的终结，这种生活太让人感到惬意了，难以割舍。他们家的餐厅设施齐备。头顶是斯德尔吊灯，四周是齐本德尔式餐柜，餐桌上摆放着沃特福德玻璃杯和格鲁吉亚银餐具。当一家四口人围坐在餐桌旁吃晚餐时，训练有素的女仆身着整齐的制服在一旁伺候着。菜肴虽然简单但烹调精美，而且是地道的英国口味。饭后一家人谈谈艺术、文学和戏剧，喝上一杯波尔图葡萄酒，然后到客厅听会儿音乐，打打桥牌。这种生活真是让人享受之至啊。至少查利要结婚还得等上几年，这使维尼夏感到很高兴。她认为自己这样想可能很自私，但她无法抑制这种念头。

查利出生在战时，现在二十三岁了。过去莱斯利到戈德尔明与老父亲待在一起的时候，威尔弗雷德曾建议他应该让儿子到伊顿去读书。尽管现在他已经贵为国会议员了，但那时还只有一个骑士头衔。莱斯利表示不会听从这个建议。他并非很在乎伊顿昂贵的学费，但他感到让儿子到那样的学校去求学只会让他变得生活奢侈，获得的知识也不符合他最终的人生位置。

“我亲自上拉格比学校考察了一番，我想把他送到那里去读书更合适一些。”

“我认为你这个判断是错误的，莱斯利。我的儿子都是从伊顿毕业的。感谢上帝，我并非势利小人，但我也不是个傻子。伊顿是一个金字招牌，这你无法否认。”

“这点没错，但我的身份与您有很大不同。您是一个非常富有的人，如果一切顺利，您应该能够进入上议院。我认为您应该让您的儿子们有这样的起点，这很正确。这样他们能够在社会中获得恰当的位置。不过，虽然我的正式头衔是梅森房地产公司的书记员，听起来很受人尊敬，但其实我只不过是一个卖房子的小职员，我不想把我的儿子培养成一个了不起的绅士，我想让他接我的班，也做一个房地产经纪人。”

当莱斯利这样讲时，他并非有意要冒犯他的父亲。根据老赛伯特的遗嘱，再加上前面已经讲过的那些事情，威尔弗雷德现在拥有梅森房地产公司八分之三的股份，这笔财产带给他的收入已经很可观了，而随着租约到期、房产价值的增加和良好的经营，他的收入肯定还会有很大的增长。他是个精力充沛的聪明人，他的社会地位和财富使家里的人都听命于他，没有谁会对此提出挑战。但知道有人不听从他的意见后，他并没有生气。

“你不会是说让你的孩子接你的班你就感到心满意足了吧？”

“这份工作对我来说足矣。为什么他就不能感到满足呢？谁也不知道今后的世界会是个什么样子，他长大后也可能会为有这样一个一年轻松挣上一千英镑的工作而偷着乐呢。当然啦，这个家你说了算。”

威尔弗雷德做了一个手势，似乎对最后这句话表示反对。

“我同家里的其他人一样，都是公司的股东而已。就我个人而言，如果你想让他接你的班，我没有意见。当然，这个日子还早，我可能等不到那时就死了。”

“我们家族的长辈都长寿，您也会像老赛伯特一样长寿。不管怎么说，我退休后要由我的儿子来接替这个职务，让家族的其他人知道有这样一个心照不宣的事并没有什么坏处。”

为了孩子们能够见多识广，梅森一家经常到国外去度假。冬天，他们去能滑雪的地方，夏天则选择法国南部的海滨度假胜地。在相同想法的驱使下，他们全家还远足去意大利和荷兰游览了那么一两次。当查利中学毕业的时候，他父亲决定在他进入剑桥大学之前，让他到法国的图尔市待六个月，以学习法语。但在这个令人愉快的城市待了半年后的结果却出人意料，甚至可能是场灾难。因为他旅行回来后就宣布，他不想去剑桥读书了，而要去巴黎，他希望成为一名画家。他的父母目瞪口呆。他们夫妇热爱艺术，经常说艺术是他们生活中最重要的事情。莱斯利有时甚至认为，从哲学角度来看，碌碌尘世毫无意义，只有艺术才能赎回人生的价值。他也最尊重艺术家，但从来没有料到家族的任何成员，尤其是自己的儿子会选择这个职业。艺术家的人生往往不大顺利，甚至可以用坎坷一词来形容。而且大多数以艺术为生的人生活都不宽裕。而维尼夏也无法忘记她父亲的命运。说莱斯利夫妇是叶公好龙有点儿不够公平，因为他们的儿子将他们对艺术的痴迷看得比他们期望的还要认真。他们的痴迷再认真不过了，但却是站在赞助人的角度。尽管这对夫妇的生活方式非常的波希米亚，但他们背后有梅森房地产公司，任何人都看得出来，有这个支柱是不一样的。他们对查利的声明作出的反应很明确，但他们知道要想以一种不会让查利觉得他们有点儿虚伪的方式传达出来并不容易。

“我真不知道他怎么会有这样一个想法。”莱斯利对妻子说。

“我想这是遗传。毕竟我父亲是个艺术家。”

“亲爱的，他只能被称为一个画匠。尽管他是一个了不起的绅士，一个很棒的健谈之人，但一个精神正常的人是不会称他为艺术家的。”

维尼夏的脸一下涨红了，莱斯利明白刚才的话伤了她的感情。他赶紧进行弥补。

“查利要是继承了某种艺术感觉的话，更可能是从我的祖母那里继承来的。老赛伯特就常说，你只有品过她的手艺才知道什么是洋葱牛腩。当她不做厨娘而成为一个种菜人的妻子后，这个世界就失去了一位伟大的艺术家。”

维尼夏笑了，原谅了他。

他们彼此太了解对方了，能够很自然地摆脱这样的窘境。孩子们也喜欢他们，尊敬他们。夫妇俩一致认为言语稍有差池就会动摇查利对父母的智慧与正直的信念，如果出现这样的结果就太让人感到遗憾了。年轻人思想偏狭，你跟他们讲大道理，他们就会认为你是个老骗子。

维尼夏说："我认为断然反对一个人的想法并不明智。反对只能让他变得顽固。"

"这种情况很微妙。我一点儿都不否认这一点。"

使事情更加糟糕的是，查利从图尔市带回来了几幅油画。当他拿给他们看时，他们当时所说的话现在已经是覆水难收了。他们当时不只是鉴赏了这几幅画，还大赞查利有艺术眼光。

"你可以在某个早上带查利到那个装满箱子的房间去，让他看看你父亲的画。不要显得你是特意这样做的，这一点你懂，要显得这是一个偶然的事情。然后我如果找到适当的机会，就会和他谈谈。"

机会来了。一天，莱斯利在起居室坐下。这是一间特意为孩子们准备的房间，以使他们有一个属于自己的空间。高更与凡高画作的复制品曾经挂在孩子们房间内，现在装饰在这个起居间的墙壁上。查利的前面摆着一个绿色的花瓶，瓶内插着各色鲜花。他正在写生。

"我想最好能将这些复制品油画撤下来，然后把你从法国带回来的那些画装上画框后挂到墙上。我们再瞧瞧这些画。"

其中一幅画是一个蓝白相间的盘子内放着三个苹果。

莱斯利说："我认为这幅画太棒了。蓝白盘子内放三个苹果的写生画我不知见了几百幅，但这幅要远远超过一般的作品。"他轻轻笑了笑，"可怜的老塞尚，如果他知道人们会成千上万次地模仿他的这个作品，我不知道他会说些什么。"

另外一张画还是静物写生，画面上是一瓶红酒、一包蓝色包装纸裹着的法国烟叶、一副白色手套、一叠报纸和一把小提琴。这些物品都摆放在一张铺着绿白格子图案桌布的桌子上。

“这幅画画得好，能画出这幅画的人肯定非常有前途。”

“你真的这么看吗，爸爸？”

“确实如此。但这幅画还谈不上原创，这类画每个经销商在他的店内都得有十来幅。但你从来没有专门去学过绘画，而你画的这幅画却非常不错。你显然是继承了外公的艺术天赋。你看过他的作品，是吗？”

“原本我有好多年没看了。妈妈想要到放着箱子的房间找样东西，她给我看了那些画。我认为它们糟糕透了。”

“就算是这样吧。但在他那个年代对这些画的评价可正好相反。这些画当时受到了高度赞扬，而且都被抢购一空。所以要记住，很多我们现在感到佩服的事物在五十年后同样会被人们评价为糟糕透顶。这就是艺术残酷的一面，二流作品没有存活的空间。”

“可一个人行不行只有尝试过了才能知道啊。”

“当然是这样，但如果你想以绘画作为自己今后的职业，妈妈和我都不会挡你的道。你知道我们俩都非常热爱艺术。”

“这个世界上我最热爱的工作就是绘画。”

“你在梅森房地产公司会有自己的股份，这些股份的分红也够你生活了。做一个业余爱好者也不错，有好几个业余画家的作品都小有名气。”

“哦，但我不希望只做一个业余爱好者。”

“干别的什么活要想一年挣上一千到一千五百英镑都不容易。如果你不接受这样一个工作，我感到有点儿失望。我这个房地产公司书记的职位就是要留给你的，但我猜你的其他堂兄弟一定也会抢这个美差的。我的看法是做一个合格的商人比做一个平庸的画家要强，但这些都无关紧要。最要紧的是你能幸福，我们的希望嘛，就是你将来能成为一个比你外公优秀的画家。”

两人都没有说话。莱斯利用慈爱的眼光看了看儿子。

“我对你的要求只有一样。我的祖父开始是个园丁，他的妻子是个厨娘。我对他只有依稀的记忆，但我认为他是一块未加雕凿的钻石，有很多闪光之处。祖父祖母都曾说过，需要三代人才能培养出一个绅士。现在我的一举一动可以说是符合绅士的风度了。而你是这个家族第四代的一员。你可能会认为我有点儿势利，但咱们这个家族获得目前的社会地位不容易，你应该守住家族的荣誉。我希望你能去剑桥读书，拿到学位后，如果你再想去巴黎学习绘画的话，我会支持你的。”

查利感到父亲非常开明，他怀着感恩之心接受了这个条件。他在剑桥生活得非常开心。他能够用于绘画的时间不多，但他对戏剧产生了兴趣，在大一的时候自己还写了两部独幕剧的剧本。这两部话剧都搬上了 A. D. C. 剧院的舞台，莱斯利夫妇还特意赶到剑桥去观看了演出。后来，他结识了一位导师，他是一位杰出的音乐家。查利弹奏钢琴的水平比大多数大学生要高，他和导师一起弹奏二重奏。他还研究了和弦与复调。经过考虑，他决定要当一个音乐家，不做画家了。父亲态度愉悦地同意了他的打算，但当查利拿到学位后，父亲把他带到挪威去钓了两个星期的鱼。大约在他们预定要返回前的两三天，维尼夏收到莱斯利发来的一封电报，电报只有一个词“Eureka[①]”。尽管她不太理解这个单词，但它代表的意义十分清楚，语言的基本作用已经实现了。

---

① Eureka 是一个感叹记号，用于庆祝一种发现，或是意外地突然地解决了一个问题，相当于“有了！”“成了！”或“找到了！”，来源于阿基米德。

她长长地舒了一口气。从九月起，查利到梅森房产公司聘用的会计师事务所工作了四个月，学习一些管账知识。到了新年的时候，父子俩就在林肯酒店小聚了一餐。作为对他在公司第一年工作的奖励，父亲现在将二十五英镑装入他的口袋，同时奖励他到巴黎一游。查利决定这一次要好好玩一玩。

2

火车快要到站了。列车员们正在清理行李，把行李堆放到车门旁，这样列车到站后把行李递给搬运工就省事了。女人们最后一次涂好口红，穿上裘皮大衣。男人们则费力地穿上厚厚的大衣，戴上帽子。坐在温暖舒适的卧铺车厢里几个小时后，旅客们彼此已经熟悉了，他们俨然已成了一个整体。但现在他们很快就要各奔东西了，一个人或两三个人一组，又都成了互不相关的个体。车厢中烟雾弥漫，空气中混合着烟草和人体的臭味，由于空气不流通而使人感到闷热难耐。人们突然感到了一种神秘的气氛。他们再次成为陌生人，心事重重地用茫然的眼光打量着对方。每个人都感到自己在内心中对周围人有一种模模糊糊的敌意。有些人已经开始在通道上排队，这样他们可以快点下车。卧铺车厢的热气使车窗蒙上了一层水雾，查利用手在车窗上擦净一小块，以便看清车外的景象。但他什么也没看见。

列车驶入车站。查利将他的行李交给搬运工，大步走向站台。他正等着西蒙·费尼莫尔来接他。没有马上看到这个老朋友他未免有些失望，但在车站的出口处有很多人，他想西蒙肯定是在那儿等着。他的目光扫过一张张热切的面孔。站外等待着的人们挤上来抓住刚出站者的手，女人们互相亲吻着，但他没有看到西蒙的面孔。他相信西蒙一定会在车站等他，因此在站前徘徊了一小会儿，但感到行李搬运工明显不耐烦了，因此只待了一会儿就跟着他走出了出站口。他隐约感到有些失望。行李搬运工给他叫了辆出租车，查利告诉司机要去的宾馆。西蒙在那家宾馆给他定了房间。梅森夫妇去巴黎的时候总是住在圣安诺赫街的一家宾馆。这家宾馆的顾客都是英国人和美国人。但二十年后他们仍然怀有错觉，认为自己发现的这家旅馆具有地道的法国特色。当他们看到地板上有一件美国人的行李，或者在电梯上遇见一个英国人的时候，他们的反应总是有点儿大惊小怪。

"天知道他们怎么也会住到这里。"

他们自己就一直小心翼翼地避免对朋友们谈及这件事。当他们偶然发现了一点儿老法国的影子，他们绝不会冒这个特色被破坏掉的风险。虽然宾馆经理和门房能说一口流利的英语，但梅森夫妇总是用蹩脚的法语与他们交谈，认为这是他们唯一听得懂的语言。但他们夫妇经常带着全家光顾这家宾馆的原因也正是查利独自前往巴黎时不住这家宾馆的理由。他热衷于冒险。按他父母的说法，一个体面的家庭旅馆除了法国的乡村土财主之外，别人是不会去住的。这类地方也配不上一次疯狂而浪漫的光荣经历。最近一个月他满脑子都在想象着这次出游会是什么样子。因此，他写信给西蒙，让他在拉丁区的某个宾馆给他订一个房间。

只要周围气氛合适，他对卫生设施并没有特别要求，即使脏点儿也不介意。西蒙适时给他回信说，在蒙帕纳斯火车站附近的一家宾馆给他订了一间房。这家宾馆坐落在一条安静的街道旁，就在雷恩街附近，离他自己居住的第一田园大街不远，来往很方便。

查利很快就将西蒙没有到车站来接他的不满忘掉了，他肯定要么在酒店等着，要么很快就会打电话来说他马上就会赶来。坐着出租车从巴黎北站穿过拥挤不堪的道路驶向塞纳河的途中，他的情绪高涨起来。晚上抵达巴黎真是美妙。天空中不停地飘下蒙蒙细雨，使街道显得既神秘又令人兴奋。商店灯火通明。人行道上满是打着雨伞的人，雨水顺着伞流到街道上，在昏暗的路灯下闪着亮光。这个景象使查利想起了雷诺阿的画。有时一阵风吹过，雨伞下女人们的裙子就缠到了腿上。对于一个审慎的英国人来说，出租车行驶的方式有点儿猛烈，每当司机为避免碰撞而带着刺耳的摩擦声急踩刹车的时候，他都要吸一口冷气。出租车被红灯拦在了一个十字路口，另两个方向的人流就像是受到警察袭击而惊惶失措的蜂群，黑压压地一下子涌了出来。查利兴奋地看着眼前的景象，他们似乎与英国的人群不同，显得更敏捷，更有激情。他的眼光偶然落在一个独行的女孩身上，她可能是个忙完一天工作正在回家路上的裁缝或打字员，他想象着这个女孩正急着赶去与情人幽会，不由得乐了。他又看到一对情侣在雨伞下手挽手地并肩走着，一个是留着胡须戴着宽边帽的年轻人，另一个是围着皮毛围脖的女孩，他们幸福的神态就好像只要他们在一起就根本不在意头顶的雨水，也没有意识到周围拥挤的人群。他被这对情侣深深打动了，感到又羡慕又兴奋，心中充满了喜悦。他乘的出租车与一辆漂亮的豪华轿车被并排堵在一角。轿车内坐着一个身着貂皮大衣的女子,描了眉，画了唇，侧影美得惊人。她可能是伽尔蒙特公爵夫人，在茶会后坐车返回她位于圣日耳曼大街的房子。一个人二十三岁的时候能够独自一人到巴黎来真是太妙了。

“上帝，这个假日真是太棒了。”

这家酒店比他预期的档次要高。它的外观与建筑装饰带有奥斯曼男爵后期设计的浮华风格。他得知西蒙已经为他预订了一个房间，但他既没有留下信件，也没有留下口信。他被带到楼上。但领他去的人并非如他所预想的那样是一个邋遢的擦鞋人，围着一个肮脏的围裙，胡子拉碴，一脸凶相；相反，他是一位和蔼可亲的经理，穿着晨礼服，能说一口流利的英语。房间内的家具既简朴又干净，有两张床，但经理答应只按照一个床位的价钱收取他的住宿费。他自豪地让查利查看与卧室相连的浴室。经理走后，查利四下打量着房间。他原先预计订下的会是一个小房间，窗上挂着单调的棱纹平布厚窗帘，木床上有一床巨大的羽绒被，还会有一个古旧的带穿衣镜的桃木大衣柜。他本来预计在梳妆台上能看到用过的发针，在抽屉内能找到用了半截的口红和一把断了齿的梳子，梳子上还会缠着几根染了色的头发。这就是他所想象的一个拉丁区学生租住的房间的情形，充满了浪漫色彩。一间浴室，那是他最没有想到的东西。他曾与父母一道去过瑞士，这个房间在瑞士也许只能算是廉价旅店。被褥很干净，但色调暗淡，而且也很旧了。即使是查利富有激情的想象力也无法赋予它们某种神秘色彩。他郁郁寡欢地打开行李袋，然后洗了一个澡。他认为西蒙对人有点儿冷淡。即使他嫌麻烦不想和他见面，也应该留下张纸条啊。如果西蒙没有露面，他将不得不独自去吃晚饭。他父母和佩茜现在可能已经到戈德尔明了，威尔弗雷德爵士的两个儿子和儿媳及特里·梅森夫人的两个侄女都要去聚会，那里将会举行一个欢快的聚会。他们会在一起唱歌、弹琴、做游戏和跳舞。他现在甚至有点儿后悔，当初要是没有急于接受父亲让他到巴黎度假的奖赏就好了。他忽然想到，西蒙也许是突然接到报社要他去某个地方公干的通知，由于事出意外，匆忙中忘了通知他了。他的心沉了下去。

西蒙·费尼莫尔是查利相处时间最长的朋友，他急于来到巴黎的原因其实也就是想与他在一起待几天。他们是一所私立学校的小学同学，又一起上拉格比中学，剑桥的大学生活他们也是一起度过的。但西蒙没等拿到学位，在第二年末就离开了剑桥。因为他得出了他是在浪费时间的结论。查利的父亲为西蒙谋到了伦敦一家报社的工作，最近一年他一直是这家报社派驻巴黎的记者。西蒙在这个世界上是独自一人，无牵无挂。他父亲曾在印度林业部工作，在西蒙的幼儿时期就与他母亲离了婚，原因是她与他人通奸。母亲离开了印度也抛下了西蒙，根据法院的裁决，他由父亲监护。他被送往英国，被寄养在一个牧师家中，直到上学的年龄。他母亲从此杳无音信，他不知道她是活着还是已经死了。西蒙十二岁的时候父亲死于肝硬化。他对父亲只有一些模糊的记忆。印象中他身材瘦高，脸色蜡黄，满脸皱纹，嘴唇总是紧紧地抿着。他死后留下的钱只够儿子读书的学费。梅森夫妇被这个可怜孩子的孤独所触动，在各个假期经常把他接到自己家。他是一个瘦弱的男孩，苍白的脸色使一双黑眼睛显得很大，一头浓密的黑发总是乱蓬蓬的，嘴很大，也很性感。他早熟而健谈，阅读广泛又很聪明。他完全没有查利的羞怯，不过这种个性在查利身上显得很迷人。维尼夏尽管从责任感出发尽力想要喜欢他，但做不到。她无法理解为什么查利喜欢上了这么一个各方面都与他截然不同的人。她认为西蒙鲁莽而自负。他不知感恩，认为别人为他做的一切都是应该的。她怀疑西蒙对他们夫妇的看法也不会太好。有时候当莱斯利用他一贯的语气睿智地谈起某件有趣的事情，西蒙就会用他那黑黑的大眼睛投去讽刺的一瞥，同时性感的嘴唇也会嘲讽地撅起。这种表情使你不由得觉得莱斯利是在啰里啰唆，有点儿愚蠢。当他们一家人在一起享受着恬静的夜晚，谈谈这、聊聊那的时候，西蒙时不时地就会陷入沉思。他人坐在那里，但目光却走了神，仿佛思绪飞到了千里之外。过了一会儿，他又会拿起一本书开始阅读，就好像这个房间内没有旁人似的。这不由使你感到他们家的谈话根本不值得一听。这种态度甚至可以说是没有礼貌的。但维尼夏责备的是她自己。

“可怜的孩子，从来也没有人教过他礼貌礼节。我要对他好一些。我会喜欢他的。”

她的目光落在了查利身上。她的儿子长相英俊，身材修长，一头蜷曲的棕发，蓝眼睛，长睫毛，皮肤白皙。他个头长得太快了，晚礼服的袖子已经有点儿太短了。虽然他也许没有西蒙那样出众的才华，但他心地善良，一举一动无不透着优雅。但如果她舍莱斯利而去，而莱斯利又成了一个酒鬼，天知道查利会变成什么样子。如果查利不是从小就受到文化的熏陶，有着良好的家教，而是像西蒙一样自己长大，那么他又会是个什么样子？可怜的西蒙！第二天她出门给西蒙买了半打领带。他看上去很高兴。

“您对我太好了。我这辈子还从来没有这样阔气过，以前最多也就同时有两条领带。”

一点儿表示心意的小礼物就引来了发自内心的慷慨感谢，维尼夏深受感动，一阵突然而至的怜悯之情使她难以自持。

她哭道：“可怜的孩子，你太孤独了，你没有父母照顾真是不幸啊。”

“哦，我母亲是个妓女，我父亲是个酒鬼，我敢说我并不想念他们。”

他说这话的时候刚十七岁。

但即使这样，维尼夏也没法喜欢他。他无情无义、玩世不恭，为达目的可以不择手段。查利认为他非常优秀，十分钦佩和尊重他，这激怒了维尼夏。而莱斯利也对他的博览群书和口才留下了深刻的印象。他还只是一个孩子，但在中学读书时，就已经是一个热情的社会主义者了；在剑桥，他成了一个共产主义者。莱斯利快乐而宽容地听他宣讲着他那疯狂的理论。对莱斯利而言，这套理论是空话连篇。直觉告诉他，这些空话并没有触及生活中的基本要素。

“如果他真的成了一个著名的记者或国会议员，在敌对阵营中有一个朋友是不会有害处的。”

莱斯利的思想很开明，他甚至承认社会主义者有几项见解很有道理，任何理性的人都不会反对这些观念。理论上他是举双手赞同实现煤矿企业的国有化的，而且他也不明白为什么国家不应该管理公共服务部门和私营企业，但他同时还认为不应该采取过激行动。例如，地租实际上就与政府完全没有关系。大城市都有贫民窟，这一点无法避免。与标准的公寓楼相比，其实底层社会的人更喜欢住在贫民窟内。梅森房地产公司在这方面并非毫无作为，但你不能指望一个地主能让人们一文不掏地白住他的房子。唯一公平的做法是让他的投资得到一个合理的回报。

西蒙·费尼莫尔决定要谋一个能驻国外数年的记者差事，这样他就能够了解欧陆的政治了。一旦他进入下议院，就能成为这方面的专家，而大部分工党议员对此必然是一无所知。莱斯利得知这家报社的老板准备录用一个才华横溢的年轻人，就领他去面试。临行前莱斯利警告他说，这个老板非常富有，如果他表现出自己的革命倾向，就无法指望给对方留下良好的印象。但西蒙谦虚的态度、充沛的精力与随和的谈吐给这个报界巨头留下了非常好的印象。

过后，莱斯利告诉妻子说：“他应试时的表现完美无缺。这个年轻人啊，就好像是换了一个脑袋，不是他本人了。以前我总是对你说，一个人的言谈与这个人的所思所想完全无关，这次得到印证了吧。到了要找一份工作，而且这份工作与他赖以为生的工资相关的时候，他就会像所有明智的人一样，把他那套理论忘到口袋里去了。”

维尼夏对他的观点表示同意。这样的事很有可能，他们自身的经验就证明了这一点。一个人可以既真正热爱美的事物，同时也热爱钱财。譬如洛伦佐·德美迪奇，他既是一个成功的银行家，也是一个真正的艺术家。维尼夏认为莱斯利为给一个不会感恩的人帮忙而给自己添了这么多麻烦，真是一个大好人。此外，推荐给西蒙的工作使他远赴维也纳，从而使查利可以免受他的影响。她始终对这种影响感到担心。正是因为西蒙狂野的思想渗入他儿子的头脑中，才使他产生了想成为一名画家的念头。西蒙干什么都无所谓，他身无分文，无牵无挂，但查利有一份轻松愉快的工作在等着他。这个世界上艺术家够多了。她感到宽慰的是，查利的心胸非常坦荡，品格绝对正直，即使接触到歪门邪道也不会毁坏他的良好修养。

此时查利正穿着衣服，不知该如何打发这个孤独的夜晚。他穿好裤子后，就给西蒙工作的报社拨去了电话。接电话的人正是西蒙。

“西蒙！”

“哈啰，你到了吗？你现在在哪里呢？”

西蒙的语气如此冷淡，这让查利吃了一惊。“我在宾馆。”

“哦，是吗？今晚打算干点儿什么？”

“没有什么打算。”

“我们最好一起吃晚饭，好吗？我这就去接你。”

他挂断了电话。查利手中的电话发出了断线的蜂音。他本以为西蒙非常想见他，就像他渴望见到西蒙一样。但从西蒙的语气和态度上来看，你会以为他们是一般的熟人，而且他们见不见面对他而言都无关紧要。当然，他们已经两年没有见面了，这段时间西蒙可能已经变得让他认不出来了。查利突然感到他的这次巴黎之行会无果而终。他忐忑不安地等待着西蒙，这种神经质他总是克服不掉。但当西蒙终于走进房间时，他发现西蒙的外表一点儿也没有变化。他现在二十三岁了，虽然只有中等身高，但仍然显得瘦长。他身穿一件棕色夹克和一条灰色法兰绒裤子，既没戴帽子也没穿大衣，显得很寒酸。他的脸比以往更瘦、更苍白，一对黑眸似乎也更大了。他的眼睛像是会说话，总是带着冷酷、好奇与怀疑，似乎表明这对眼睛背后肯定有一个优秀的头脑。他大大的嘴总是带着一种嘲讽的味道；他的牙齿不大但参差不齐，有点儿像小型食肉动物的牙齿。他下巴尖尖，颧骨突出，整个脸庞算不上俊秀，但他的表情非常丰富，平时也总是这样，街上的行人从他身旁走过时几乎无法不注意到他。在某些瞬间，他的脸上会有一种痛苦的美感。这不是一种性格之美，而是一种躁动不安，代表奋斗精神的美。令人烦恼的是，从他的微笑中看不到快乐的感觉，那几乎就是一种讥讽的扭曲；他笑起来就仿佛在忍受着极大的痛苦。他的声音高亢，但似乎不受他的控制。当他激动起来的时候，声音往往会变得尖锐刺耳。

查利克制住内心的冲动，没有放纵他那热情、友善而欢快的性格，没有跑到门口去与他紧紧握手，而是冷冰冰地接待了他。当听到敲门声后，他叫了声“请进”就接着修剪指甲。西蒙没有伸出手来同他握手。他点点头，仿佛他们白天已经见过面了。

“哈啰！”他问道，“房间还满意吗？”

“哦，当然。比我预期的还要好一些。”

“这里很方便，你带任何人来都可以。我饿死了，咱们一起去吃饭吧？”

“好的。”

“咱们去库波勒饭店吃饭。”

他们在楼上的一张桌旁面对面地坐下，各自点了饭菜。西蒙细细打量了查利一番。

“我看你的样子没有什么变化啊，查利。”他带着讥讽似的微笑说道。

“可幸运的是我的前程有了变化。”

查利感到有点儿腼腆。两年的分离至少在眼下是破坏了他们之间长期的亲密关系。查利是一个很好的听众，他从很小的时候起就受到了这方面的教育。他愿意静静地坐着听西蒙滔滔不绝地阐述他的思想，欣赏他雄辩的口才。查利一贯钦佩西蒙，从来没有夹杂过嫉妒之心。而西蒙也自认为是个天才，很自然地就把查利当成了配角。查利认为西蒙在这个世界上是孤苦伶仃的一个人，没有人很喜欢他；而他自己有一个幸福的家，生活富裕，因此就把自己的爱给予了他。而西蒙尽管很少关心旁人，但很关心他，这使他颇感安慰。西蒙对他人经常是讽刺加挖苦，但与他在一起的时候却能难得地显出温柔的一面。在他滔滔不绝的演讲中，西蒙偶尔有一次告诉查利，他在这个世界上唯一在乎的人就是查利。但现在查利隐约觉得他们之间存在着一道障碍，这使他略感不快。西蒙不安分的眼神上下打量着他，在他的新西装上停顿了一下，然后又扫了一眼他的衬衣领和领带。他感到西蒙不是要复归他们往昔单独在一起时的样子，而是流露出批判与冷淡的态度。他就好像在打量一个陌生人一样在观察着他，就好像内心在盘问自己，坐在对面的究竟是个什么样的人哪。这种目光让查利感到很不舒服，他的心在痛。

“做个商人的感觉如何？”西蒙问道。

查利的脸有点儿红了。他们过去彼此了解很深，他想西蒙会为这件事而嘲讽他，因为他最终屈从于父亲的意愿。他有这个心理准备，但性格太老实了，隐瞒不住真相。

“这个工作比我预想的好得多。工作很有意思，也不太累。我有很多属于自己的时间。”

而西蒙的回答让他很吃惊。“我认为你的选择很理性，你就是成了一个画家或钢琴家又能怎样？这个世界上的艺术家多如牛毛。艺术他妈的都是些乱七八糟的大杂烩。”

“西蒙！你怎么啦？”

“你还在受你那对模范父母的欺骗吗？他们对艺术可是自命不凡啊。你必须懂得，查利。艺术！哼，只是给饱食终日无所事事的有钱人取乐的玩物。我们的世界，我们生活的这个世界，没有这种无聊之物的落脚之地。”

“我认为……”

“我知道你想说什么。你认为艺术会产生美，使存在具有意义；你认为艺术对疲惫与沉重的心灵是种抚慰；你认为艺术能够使生活变得高贵而充实。狗屁！我们将来可能会再次需要艺术，但它不会是你想象的那种艺术，它会成为一种人民的艺术。”

“哦，上帝！”

“人民需要麻醉，而艺术可能是我们可以提供给他们的最佳形式。但他们还没有做好接受它的准备。目前他们需要另一种形式的东西。”

“哪种形式？”

“语言。”

他颇不寻常地带着一种嘲弄的语气吐出了这个单音节词，然后笑了。尽管他的嘴角显出苦相，但那一刻查利在他的眼神里看到了他过去经常看到的那种快乐。

他接着说道：“不说这些了。伙计，你日子过得挺美啊，每天去办公室享受生活。但这种生活不可能持续很长时间了，你最好还是抓紧享受个够，这可能是最好的办法了。”

“你这话是什么意思？”

“不要介意。我们以后再讨论这个问题。告诉我，你这次到巴黎来有什么打算？”

“嗯，主要是想看看你。”

西蒙的脸刷的一下红了。别人说这句话也就是表示亲切而已，但查利说出了这句他极难启齿的话，你绝对相信他是在掏心窝子。

“除此之外呢？”

“我还想看几部电影。如果有优秀的戏剧上演，我也想去看看。此外，我可能还想找点儿乐子。”

“我想你这是说要找个女人。”

“你知道，我在伦敦没有太多的机会。”

“以后我带你去苏丹宫。”

“那是什么地方？”

“以后你就会明白的。是个取乐的好地方。”

他们开始谈论西蒙在维也纳的经历，但他对此很保守。

“我过了较长的一段时间后才适应新环境。你知道，之前我从来没有离开过英国。我学会了德语。我想我读了很多书。我遇到了很多我感兴趣的人。”

“在那之后呢？谈谈你在巴黎的生活。”

“我多少都是在做同样的事情，我一直在梳理自己的想法。我还年轻。我拥有充足的时间。当我完成了巴黎的工作后，我会去罗马、柏林或莫斯科。如果我无法得到报社的工作，我会找其他活儿干。我随时都可以去教英语，够维持生活就行。我不是出生于富贵人家，我能将就过日子。在维也纳，为了锻炼自己的自律能力，我整整一个月就只靠面包和牛奶为生，这还算不上艰苦。我现在正在训练自己一天只吃一顿饭。”

“你的意思是说这是你今天的第一餐饭？”

“我起床的时候喝了一杯咖啡，一点钟的时候喝了一杯牛奶。”

“但这样做的目的是什么？你的工资不少啊，对不对？”

“我拿的是最低生活工资。当然，足够支付一日三餐了。但是一个人如果连自我都战胜不了，他又怎么能够战胜他人？”

查利咧着嘴笑了。他不再拘谨了。

“这话怎么听起来像是出自一本名言字典。”

西蒙淡淡地回答道：“可能是吧。我要带走我的财产，否则我就会失去它[①]。一句谚语凝聚了这个时代的智慧，只有傻瓜才看不起这样朴素的语言。你不要以为我打算一辈子都做伦敦一家报社的驻外记者或英语教师。这些都只是我的漫游岁月。我要利用这些时间来获取知识。我们俩接受的小学与中学教育都愚蠢透顶，那个所谓的剑桥大学就像是郊外的墓地，从那些地方是无法获取这些知识的。我所追求的不光是要获取书本知识和做一个有学问的人，这些只是一种手段；我所追

① 此句为法语。

求的是更难获得，并且也更重要的东西——不可征服的意志。我要像一个见习修道士在耶稣会铁的纪律下得到铸就一样去塑造自己。我一直都认为我很了解自己。没有什么比孤处于世，走到哪里都是陌生人，一辈子都与你毫不在意的人生活在一起这样的阅历更能让你了解自己了。但我对自己的认识出于本能。在国外的这两年里我学会了认识自己，认识的深刻程度就如同我对欧几里得第五公设定理的认识一样。我知道自己的长处与弱点，我准备在接下来的五六年时间里培养自己的长处，消除自己的弱点。我要严格训练自己，就像一个教练把一名运动员训练成为冠军那样来做。我有一颗好脑袋。世界上没有任何一个人观察事物能够比我还敏锐。相信我的话，我们生活的这个世界有一种伟大的力量。我拥有优秀的口才。靠说理是说服不了人们去行动的，你必须要具有雄辩的口才。大多数人都是白痴，他们能被语言所左右。承认这点尽管很屈辱，但现在你必须接受这个事实，就如同你接受在电影院里，一部成功的电影必须有一个快乐的结局一样。我对语言的掌握与运用已经接近炉火纯青，等我彻底掌握了这门技术，我将无往不胜。”

西蒙拿起白葡萄酒杯，猛喝了一大口，然后靠坐在椅子上笑了起来。他的脸因扭曲而变形，就像在承受着无法忍受的痛苦一样。

“我必须告诉你一件事，是几个月前发生在这里的事情。英国退伍军人协会或一个类似的组织正在召开一个会议，我忘了会议的具体目的是什么，大概讨论的是军人墓地这类事情。我的上司应邀出席发言，但他感冒了，头痛，就派我来代替他。你知道我们的报纸，为了扩大发行量它们会表现出一种血淋淋的爱国主义，报纸可以谎话连篇，但都披着高尚的道德外衣。我的上司真可以说是人尽其才啊。他干这行二十年啦，但从来就没有自己的观点。他说出来的东西毫无新意，他就是讲一个黄段子也都是别人听过八百遍的，让人甚至感觉不到还有淫秽的成分了。但他还是有其精明之处的。他知道报社老板想要什么，而且他也会使老板感到满意。好吧，我就代他作了发言。从我嘴里出来的也都是些陈词滥调。我大声讲着哗众取宠的话。我给他们讲的笑话古老得连白发苍苍的法官也会自愧年岁过小。但他们哈哈大笑。我讲到伤心事时悲怆的语调可能都会让你作呕。但他们的眼泪滚下了脸颊。我就像一个救世军少女将她的性压抑看做高尚的品格一样去鼓吹爱国主义。但他们对我的讲话报以经久不息的热烈掌声。我的讲话是当晚最后一个。散会后，大人物们争相与我紧紧握手，他们激动得难以自持。我完全俘获了他们。但是你知道吗，我在会上的发言从头到尾都是一文不值的废话。这一切都是语言的作用。语言、语言啊！可怜的老哈姆雷特，他就吃了没有掌握语言艺术的亏。”

查利说：“这可是一桩非常不道德的事。我敢说他们只是一些正派的普通人，只希望做他们认为是正确的事，更何况他们为证明其信念的诚意，可能已经准备掏出自己的腰包了。”

“你猜得很对。这次会议为这项鬼才知道的什么事业募集到了大把的钞票，比过去任何一次会议募集的都多。会议的组织者们告诉我的上司说，这完全归功于我精彩的演讲。”

坦白地说，查利对此感到不快。这不是他所熟识的西蒙。从前，尽管他的思想非常狂放不羁，尽管他的言语很刺激人，但其中含有一种高贵的成分。查利不偏袒哪一方，他只是对压迫和残酷的行为感到愤慨。这种不义之举使他勃然大怒。但西蒙没有注意到查利对他这番话的反应，或者他虽然注意到了，但也对此毫不在意。他完全沉浸在自我之中。

“但光有头脑是不够的。口才尽管必要，也只是雕虫小技。克伦斯基是两者兼备，但又有什么用呢？一个人更重要的是性格。我要锤炼的正是我的性格。我相信一个人的可塑性很大，只要敢于尝试，他就能改变自己。剩下的只是意志的问题了。我要训练自己，要能够面对侮辱、轻蔑和嘲笑无动于衷。我必须要达到一种彻底的精神上的超然境界。那时即使他们把我投入监狱，我也会感到自己就像是空中飞翔的鸟儿般自由。我必须要让自己坚强如钢。即使我犯了错误，我也不会动摇，而要装出很正确的样子并从中受益。我必须磨炼自己，不仅要能抵御被人怜悯的诱惑，而且要不知怜悯为何物。我必须要从自己的心灵中把爱的成分挤出去，让自己不可能有任何爱的感觉。”

“为什么？”

“我不能让自己的判断力受到任何情感的干扰，作为一个人，我可能会产生某种情感。查利，你是这个世界上我唯一在乎的人。我不会停止磨炼自己，直到我从骨子里确定，如果有必要的话，我会把你推到墙边亲手向你开枪，而且没有片刻的犹豫，没有片刻的遗憾。”

西蒙的眼光阴暗而混浊，它使你联想起一间废弃房子内的一面旧镜，镜子背面的水银已经掉了，当你看着这面镜子的时候你看不到自己，只能伴它向幽深处而去，不知在哪里潜伏着过去久远事件的影子和早已死亡的激情，而这些幽灵附体在一个神秘的生命中，以某种令人恐惧的方式颤抖着。

“你知道我为什么不去车站接你吗？”

“你要是能来接我当然很好，但我猜你有事走不开。”

“我知道你会很失望。一般情况下那个时段是我们办公室最忙的时候，我们必须时刻准备用电话向伦敦报告当天收到的新闻，但今天是圣诞节前夕，明天无需出报，我本来可以很方便地离开那里。我没有去的原因是我太想要去了。自从收到你的来信，说你要来，我内心就急切地渴望见到你。在火车预定到站的那个时间，我知道你会徘徊于站台找我，在熙熙攘攘的人流中会有一些失落，但我拿起一本书读了起来。我坐在那里，强迫自己去读书，不许自己接听电话，而我的内心却是每时每刻都盼着电话铃声响起。当铃声响起的时候，我知道肯定是你打来的，我的喜悦之情是如此激烈，让我禁不住要对自己发怒。我差点儿就没有接电话。两年多来，我一直在努力摆脱对你的感情。想知道我为什么要你过来吗？距离产生美，得不到的东西才更有魅力，这一点千真万确。当一个人见到了自己日夜思念的偶像，他常常会为偶像原来也不过如此而感到惊诧。我想，如果在我内心还留有一点儿过去对你的感情，那么你在这里待几天时间就足以将它们全都抹掉。”

查利带着迷人的微笑说道：“恐怕你会觉得我很愚蠢，但我无论如何也不明白你为什么要这样。”

“我确实认为你很愚蠢。”

“好吧，就算这个判断正确，理由是什么呢？”

西蒙皱起了眉头，他不安分的眼神一会儿跳到这里，一会儿又跃到那里，就像一只野兔试图逃避追捕一样。

“你是唯一在乎过我的人。”

“不对。我父母就一直很喜欢你。”

“不要胡说八道了。你父亲对我跟他对艺术一样，并非真心喜欢。但善待一个身无分文的孤儿，居高临下地予以施舍，对他产生影响，这给了他一种自己好善乐施的舒服感觉。你母亲认为我是一个不择手段追求私利的人。她认为我对你产生了她所厌恶的影响；我认为你父亲是个老骗子，而且是最坏的那类骗子，他甚至欺骗自己。你母亲看出了这点，因此感到受到了冒犯。我唯一让她满意的地方就是她一看到我就会想到，你各方面都与我截然不同，这真是太好了。”

“你对我的父母可是有点儿不恭啊。”查利语气温和地说道。

西蒙完全没有理睬查利的插话。

“我们俩一见如故。那个讨厌的老歌德可能会把这种现象称做选择性亲和。你给予了我这辈子还从未体验到的东西。我从未成为一个男孩，但和你在一起，我感到自己是个男孩了。与你在一起我就会忘掉自我。我欺负过你，戏弄过你，嘲笑过你，也怠慢过你，但我总是很崇拜你。与你在一起的时候我有一种妙不可言的感觉，与你在一起的时候我才能还原自我。你非常谦逊，非常随和，非常快乐，而且脾气也非常好，只有与你在一起的时候，我才没有了紧张感，才能从那股驱使我不断前进的驱动力中解脱片刻。但我不想躺下，不想放松自己。看到你甜甜的、谦逊的笑容，我的意志力就会被削弱。我的意志不能软弱，我的心灵不允许温柔。你蓝蓝的眼睛里流露出的是友善，是对人性的深信不疑，当我看到你的眼睛我就会动摇，但我不敢动摇。你是我的敌人，我恨你。”

当听到西蒙前面对他的某些评价时，查利有些不自在地涨红了脸，但现在他心情愉快地笑了。

“哦，西蒙，你胡说些什么呀。”

西蒙没有理睬他的话。他用闪着亮光、充满激情的眼睛盯着查利，仿佛要钻进他灵魂的深处。

“他的身上有什么呢？”他仿佛在自言自语，“或许只是一个偶然的印象，让人产生了他的心灵具有某种优秀品质的错觉？”然后他才对查利说：“我常常问自己，我在你身上看到了什么？肯定不是你俊美的面庞，虽然我敢说这有些关系；也不是你的智慧，你虽然有智慧但并不出类拔萃；同样不会是你厚道的性格或你的好脾气。你身上到底有什么可以让人们一看到你就喜欢上你？你还没有上阵就赢了一半。是魅力？什么是魅力？我们都知道这个单词的意思，但我们都无法对它下一个精确的定义。但我知道如果我拥有你身上的优点，再加上我的头脑和意志，在这个世界上我就将无往而不胜。你有活力，这就是魅力的一部分。但我精力同样旺盛。我可以几天内只睡四个小时，我也可以一天内连续工作十六个小时而不感到疲倦。当人们首次结识我时，都会对我产生敌对情绪，我不得不完全靠自己的头脑去征服他们。我不得不利用他们的弱点；我不得不让自己对他们有用；我不得不去奉承他们。当我来到巴黎后，我的上司认为我是他所遇见过的年轻人中最招人讨厌、最骄傲自大的人。当然，他是一个傻瓜。一个人如果能像我一样洞悉自身的缺点，他怎么可能骄傲自大？现在他完全听凭我摆布。但我拼命工作所换来的东西，你只要眨一眨长长的睫毛就能得到。魅力真是绝对重要。在过去的两年里，出于需要，我认识了许多著名的政治家，他们全都拥有魅力。只不过有人多一些，有人少一些罢了。但这些人并非都是天生就有魅力的。这表明魅力可以获取。魅力本身毫无意义，但它使拥有魅力者产生了追随者，而且追随者们乐于为他做出奉献，会完全服从命令，盲目行事。奖励他们一句好听的话，他们就会感到心满意足。我在工作中对此进行过验证。他们一旦崇拜你，其奉献之心就如同打开了阀门的水流。一见到你，他们的脸上马上会浮现友好的微笑；他们的双手时刻准备着为你鼓掌。而这位领导者说话时温暖的语气似乎在说你会受到赏识；摆出一副感兴趣的样子能让你认为你所焦虑的事也是他的当务之急；亲密的态度并不代表什么，但可以诱使你产生错觉，以为自己是他的亲信。富有魅力者虽然说的也都是旁人说过八百遍的陈词滥调，但那些老伙计之类的话出自他们的口就让人感到那么舒坦。他们能够模仿自然，完美地表现出一种轻松而自然的态度；他们能够敏锐地洞察傻瓜们的虚荣心，小心翼翼地从不冒犯它。这些我全都可以学会，只要多一分努力，多一点儿自我控制能力就能办到。当然，他们有时也会做过头，他们的魅力表现得过于机械，以致不起作用了。人们看穿了这一点，就会感觉自己受到了欺骗，就会表示愤慨。”

他又用锐利的目光扫视了查利一眼。“你的魅力是天然的，这就是为什么它更具杀伤力的原因。脸上的皮肤轻轻皱一皱就能让你的生活如此轻松自在，这难道不荒唐吗？”

“你到底是什么意思？”

“我想让你来巴黎的原因之一，是想清楚地看到你的魅力是怎么组成的。据我所知，魅力取决于构成你下眼眶的一些特殊的肌肉组织。我相信它应该存在于你微笑时眼睛下面皮肤的小褶皱中。”

被进行这样的解剖使查利感到非常尴尬，为把话题从自己身上引开，他问道：

“但你费这么大劲的目的是什么？”

“谁知道呢。走，咱们去多姆咖啡馆吃饭去。”

“好吧，我要多点一些菜，咱俩好好吃一顿。”

“今晚我请客。咱俩在一起吃饭，这是第一次由我买单。”

当他从口袋里掏出几张钞票预备结账用时，带出了两张卡片。

“看，我给你买了张在圣厄斯塔什教堂举行的午夜弥撒的票。它应该是巴黎最优秀的教堂音乐会了，我想你会喜欢的。”

“噢，西蒙，你真好。我非常喜欢。你会跟我一起去的，是不是？”

“我得看看到那时的感觉如何吧。总之你先拿着票。”

查利把票装入口袋，然后他们向多姆咖啡馆走去。雨已经停了，但人行道的路面还是湿的，当商店橱窗的灯光或路灯照到上面，路面就泛出苍白的亮光。很多人来来往往，徘徊在街道上。他们从光秃秃的树木的阴影中走出，就仿佛从舞台的边幕中走出一样。他们走过光线照亮的路段，然后又消失在另一片黑暗之中。阿尔及利亚小贩们肩上扛着一捆捆东方地毯和廉价的皮毛从身边走过，他们的眼睛警惕地注视着每一个可能的买主，谄媚但固执地招呼着顾客。面目粗俗的男孩们头戴土耳其毡帽，挎着装有落花生的篮子，用沙哑的嗓音反复而单调地喊着：“花生米！花生米！”在一个角落里站着两个黑人，黝黑的面孔由于寒冷而收缩着。他们就那样一动不动地等待着，仿佛时间已经停止。但除了等待，他们还能做些什么呢？这两位朋友到了多姆咖啡馆。夏季时顾客可以露天坐着的阳台现在都封上了玻璃。每张桌子都被占满了，但是当他们走进店里的时候，一对夫妇吃完饭站起来要走，他们马上占据了空出的地方。饭店内有点儿冷，而西蒙没有穿大衣。

“你不冷吗？”查利问他，“要不你坐里面？”

“不冷，我锻炼过自己的耐寒能力。”

“但你感冒了怎么办呢？”

“我不管它。”

查利经常听人谈起多姆咖啡馆，但从来没有来过。他非常好奇地四下打量着周围座位上的人们。这些人中有身着套头毛衣的青年人，其中一些人蓄着短胡须；还有身着雨衣的女孩，她们都没有戴帽子或头巾。他估计这些人都是些画家和作家，看着他们，查利有点儿兴奋。

"他们是英国人或美国人，"西蒙轻蔑地耸耸肩说道，"他们大都是些废物和无赖，可怜巴巴地装扮成戏剧中的某个角色，而这个戏剧早就不再上演了。"

对面桌是一帮身材高挑的金发年轻人，像是斯堪的纳维亚人；另一桌是几个肤色黝黑、打着手势热烈交谈的黎凡特人。但大多数顾客还是衣着体面、寡言少语的法国人。他们是附近店铺的小老板，光顾多姆咖啡馆很方便。他们大都操着外省口音，仍然像查利一样认为这家咖啡馆是艺术家与学生们的度假胜地。

"可怜的小畜生们，他们没有钱接着去享受拉丁区的生活了。他们生活在饥饿的边缘，像划船的奴隶一样拼命干活。我想你已经读过《波希米亚生活》这本书了。书中是这样描述的：鲁道夫现在穿上整洁的蓝色西服了，但这套西服是他买来的二手货，每天晚上他都要把裤子压在床垫下以防走样。他一个铜板都掰成两半花，谨小慎微，生怕毁了自己的前程。米米和赛特是勤劳的女孩，工会成员，她们晚上只要有空余时间就去参加党的会议，即使她们失去了贞操也会保持头脑清醒。"

"有姑娘跟你一起住吗？"

"没有。"

"为什么不找一个？我认为这样生活会非常快乐。你在巴黎的这一年多时间，一定有很多机会挑选一个女友。"

"是的，我有那么一两次机会。想起这件事来就觉得有点儿奇怪。你难道不知道我住的地方是什么样子吗？一间工作室加一个厨房，没有浴室。按规定管理员要每天过来打扫房间，但她患有静脉曲张，讨厌爬楼梯。我只有这样的条件，但已经有三个女孩想要来和我一起分享这个肮脏的住所。一个是英国人，她在这里的共产国际局找到了一份工作；另一个是挪威人，她在索邦大学工作；还有一个是法国人——你一定认为她更理智些，她是一个裁缝，但失了业。一天晚上，当我正要出去吃晚饭时遇上了她，她告诉我她已经一整天没吃饭了，于是我给她买了一餐饭。那是一个星期六的晚上，她一直住到星期一。她想留下来，但我让她离开，她就走了。那个挪威人就相当讨厌了。她想给我织补袜子，给我做饭，给我擦洗地板。当我告诉她什么也不用她做时，她就总在街角等着我，在大街上跟着我。她告诉我如果我不松口她就会自杀。她给了我一个铭记于心的教训。最终我不得不相当强硬地对待她。”

“你这句话是什么意思？”

“有一天我告诉她我讨厌他的纠缠。我告诉她，如果下次在街上她再来跟我打招呼我就揍扁她。她很愚蠢，不知道我是认真的。第二天，当我走出家门的时候，大约是十二点左右，我正要走进办公室，而她站在马路的另一边。她向我走来，带着一副愁眉苦脸、畏畏缩缩的表情，并开始跟我说话。我没等她吐出两三个单词就朝她的下巴猛击了一拳，她就像个木桩一样倒了下去。”

西蒙的眼睛由于兴奋而闪闪发亮。

“然后呢？”

“我不知道。我想，她又站了起来。我抬头就走了，没有回头去看她。不管怎么说，她明白了。这也是我最后一次见到她。”

这个故事使查利感到非常不舒服，但同时又让他想笑。但他对此感到羞愧，没有笑出来。

“最好笑的是那个英国共产党员。天啊，她竟然是一个主教的女儿。她牛津大学毕业，是经济学学士。她非常有教养，哦，一个绝对的淑女，但她将私通和乱交视为一种神圣的责任。每当她与同志上床的时候，她就觉得是在为事业作贡献。我们本来可以成为好朋友，可以并肩战斗，一起为理想而奋斗。主教给了她一笔钱，作为她的生活补贴，我们打算将两人的钱放在一起共用，将我的工作室改造成一个中心，使同志们可以下午在这里喝喝茶，讨论当天亟待解决的问题。我只是对她说了一些逆耳的忠言，但从此我们就一刀两断了。”

他再次点燃了烟斗，独自微笑着。这是一种他特有的带着痛楚的微笑，仿佛他正享受着一个笑话，而这个笑话伤害的对象正是他自己。查利几次想说话，但不知说些什么才能不显得做作，从而引起西蒙的讽刺。

“那么你打算在你的生活中完全切断人际关系？”他犹犹豫豫地问道。

“是的，完全切断。我要自由。我不能让其他人控制住我。这也正是我将那个小裁缝赶走的原因。她是所有人中最危险的一个。她有教养，对我温柔而亲切。她身上带有贫苦人的温顺，他们认为生活就是受苦受难，不敢有其他企盼。我不可能爱上她，但我知道她的感恩之情、她对我的崇拜、她取悦于我的愿望，还有她纯真快乐的性格都非常危险。我看得出，她很容易像吗啡一样让我上瘾，使我无法挣脱这种依赖。在这个世界上没有什么比一个女人的谄媚更阴毒了，而我们又从骨子里想要得到，结果我们就会成为她的奴隶。我对辱骂无动于衷，对谄媚也要毫不心动，我必须做到这一点。没有什么比一个女人天生具有的品格更能吸引人了。那个女孩会占有我的全部身心，我将永远无法逃脱她的控制。”

“但是，西蒙，像其他人一样，你也有七情六欲啊。你已经二十三岁了。”

“我的性欲很强吗？没有你想象的那么强。当你每天工作十二至十六个小时，每天平均只睡六个小时；当你一天只吃一顿饭就够了的时候，也许你就会惊奇地发现性欲大大减退了。巴黎在满足人的性本能方面非常不错，不用浪费多少时间，花费也不大。当我感到欲望干扰了我的工作时，就去找一个女人，就像患了便秘服泻药一样。”

查利乐了，清澈的蓝眼睛闪烁出光芒，张开嘴唇露出了迷人的微笑，也露出了一口结实而洁白的牙齿。

“你不感到失去了很多乐趣吗？你知道，一个人年轻的时光很短暂啊。”

“可能是这样。但我知道一个人必须静下心来，否则在这个世界上他将一事无成。切斯特菲尔德勋爵对性交所下的结论是：欢愉短暂，姿势滑稽，费用巨大。性可能是一种无法抑制的本能，但如果一个男人让性牵着鼻子走，那他就是一个可怜的傻瓜。我不再惧怕性的诱惑了。再过几年我就能完全摆脱它。”

“你能够确定自己不会在某一天爱上某个人？你知道，即便是最理智的人也发生过这样的事情。”

西蒙用一种奇怪的目光看了一眼查利，这个眼神甚至让人想到了敌意。

“我要从内心深处彻底摒弃这种情感，就像我会把一颗烂掉的牙齿从口中拔出一样。”

“这说起来容易做起来难啊。”

“我知道。容易办到的事都没有多大价值。但人有这样一个奇怪的特点，如果事关他的自我保护，如果到了生死存亡的关头，他就会爆发出力量。”

查利沉默了。如果其他任何一个人像西蒙这样跟他交谈，他都会认为对方只不过是为了显得自己与众不同而装模作样而已。查利在剑桥的三年已经听够了这类言过其实的夸夸之谈，但他以常识来判断，用些许幽默来应对，就能还原其本意。但他知道西蒙从来都是说到做到。他根本就瞧不上伙伴们的评价，也不屑于装腔作势好引起他们的钦佩。他无所畏惧，言出必行。他说他认为应该这样或那样，你可以肯定他就是这样想的；如果他说他做了某件事，你也不要有任何怀疑，他肯定是做了这件事。

正如西蒙所描述的生活方式在查利看来似乎属于一种病态和非自然状态一样，他流畅表达出来的思想虽然表明经过了他的深思熟虑，但在查利看来是残忍与可怕的。他注意到西蒙没有说出他如此严厉地约束自己的目的是什么，但在剑桥读书时他就是一个极端的共产主义者，自然可以假定他正在训练自己的目的是革命一旦爆发就能发挥自己的作用。这场革命预计不久就将爆发，他们所有人都将被裹挟其中。查利更关注艺术，但他也曾在西蒙的房间内饶有兴致地听他们进行激烈的辩论，但感觉这件事与他没有任何特别的关系。如果硬要他在这个从未认真考虑过的问题上表明自己的看法，查利可能会同意他父亲的观点：无论欧洲大陆发生什么变化，英国都不会有共产主义的危险。他们在俄国搞得一团糟，这表明共产主义行不通。这个世界上总是有穷人与富人之分，今后也将如此。英国的工人阶级太精明了，他们不会让自己被一些不负责任的鼓动者们牵着鼻子走。不管怎么说，英国工人阶级的生活还算过得去。

西蒙接着往下说。过去他已经习惯于将自己的想法告诉查利，因此现在他渴望将憋在脑袋里好几个月的思想全都倾泻出来。虽然他曾非常专注地反复思考过这些想法——能够专注于某件事是他的天赋——但他发现有查利这个理想的听众来验证，这些思想就能变得清晰而有力量。

“人们关于爱的论述浩如烟海，这你知道，但那不过都是些废话。认为爱非常重要的观点与事实完全不符。人们都说它是人的价值的最高体现，似乎不证自明。但世上的一切都需要得到证明。在柏拉图将他多愁善感的感官享受穿上了迷人的文学形式外衣之前，古人除了实用性外并没有太重视这个问题。伊斯兰教徒们在这一点上具有健康的现实主义态度，他们认为这只是一种生理需要，没有什么更高层次的东西在里面。是基督教用新柏拉图主义支撑起性的情感说，使它成为最终的目的，成为生命存在的理由。但基督教是奴隶们的宗教。基督教为那些疲惫不堪、心情忧郁的奴隶们创造了一个来世的天堂，作为他们今世遭受苦难的补偿。而爱成了一种精神鸦片，使他们能够承受目前的痛苦。但就像所有的毒品一样，它不会有多少效果，而是最终毁灭了那些上瘾者。两千年来它窒息了我们人类。它削弱了我们的意志，销蚀了我们的勇气。在我们生活的这个现代世界中，对我们而言，几乎所有的东西都比爱更加重要，只有愚蠢的软蛋们才会受其摆布。我们都明白这些，但我们仍然对它愚蠢地大唱颂歌。在书本中、在舞台上、在教堂的讲坛和教师的讲台上，还在灌输着这个陈腐而伤感的垃圾，这个过去用来蒙骗亚历山大大帝的奴隶们的谎言。”

"但是，西蒙，古代世界的奴隶们正好相当于现今的无产阶级啊。"

西蒙的嘴唇颤抖着微微一笑，他凝视的目光使查利觉得自己似乎说了愚蠢的话。

"这我知道。"西蒙平静地说。

他不安分的眼睛停滞了一会儿。尽管他在看着查利，但他的目光似乎在凝视着远方的某件东西。查利不知道他在想些什么，但感到有点儿心神不宁。

"两千年所形成的习惯可能使爱成了一个人不可或缺之物。既然如此，那就必须认真对待这种情感。如果麻醉品是必不可少的东西，那么分发麻醉品的最佳人选绝对不能是一个瘾君子。如果爱可以有一些有用之处，那么利用它的人一定自身先要对它有免疫力。"

"你似乎并不想告诉我，你排斥让生活感到愉快的一切所要达到的目的是什么。我不知道你牺牲这一切是否值得。"

"查利，过去一年你都在做什么啊？"

这个突如其来的问题似乎答非所问，但他以一贯谦虚坦诚的态度回答了这个问题。

"我想我干的都是些平凡的事。我几乎每天都去办公室，我用了一定的时间去了解房地产工作的性质及诸如此类的事情。我一直在跟父亲一起打高尔夫球。他喜欢一个星期打两三场球。我还一直保留着弹钢琴的爱好。我听了很多场音乐会，观看了大多数展出的美术作品；偶尔还去听歌剧，看几部戏剧。"

"你过得真的非常惬意吗？"

"还不坏。我自己觉得很享受。"

"那么明年你打算做些什么？"

“大致差不多吧，我还没有细想。”

“那么后年呢？后年的后年呢？”

“我想几年后我会结婚成家，然后我父亲退休并将他的工作交给我。目前看来这份工作的待遇很不错，年收入有一千英镑。当然，最终我还会分到我父亲在梅森房地产公司一半的股份。”

“然后你就会过上你父亲之前的那种生活？”

“除非工党政府没收了梅森房地产公司，那样的话我当然会陷入困境了。但在此之前，我还是很愿意做我那份不起眼的工作，并根据我的收入尽可能地去寻找乐趣。”

“当你离开这个世界的时候，你是否一点儿也不介意是否曾给这个世界留下了点儿什么印迹？”

这个意想不到的问题使查利惊慌失措，他的脸一下涨红了。

“我想我不会介意。”

“那么你不感到遗憾吗？”

“说实话，我从来没想过这个问题。但如果你要我实话实说，我想如果我不介意，那我就是一个傻瓜。我不会成为一个伟大的艺术家。在我毕业后的那年夏天，当我们一起到挪威钓鱼的时候，我同我父亲谈过这个问题。他非常含蓄地阐述了他的观点。可怜的老爸，为了顾及我的感受他是煞费苦心，但我不得不承认他说得对。我天生心灵手巧。我的绘画、写作和钢琴水平都不错，如果我能专心致志于某一件事，也许我有成功的可能，但我缺乏持之以恒的毅力。父亲说光有灵气还不够，他说得很对。他说做一个最好的商人比当一个二流的画家要强，我认为他这个观点也对。毕竟我是有点儿运气的。老赛伯特·梅森娶了一个厨娘，开始在一小片土地上种植蔬菜，而伦敦的扩张将这片土地变成宝贵的财产。如果我能恪尽职守地生活在这种上天赐予的，或者说是机遇给予的——随便你怎么认为——状态下，难道你不觉得我应该满足吗？”

西蒙冲他笑了笑，这次的笑容可称得上这个晚上最宽容的笑了。

“我想你是应该满足，查利。但这个结论不适合我。我宁愿在穿过街道时被公共汽车给碾成肉酱也不希冀过你那样的生活。”

查利平静地看着他。

“你看，西蒙，我生性快乐，但你不是这样。”

西蒙笑了。

“我们能够改变这点，让我们试试吧。走，散步去。我带你去苏丹宫。”

3

这是一栋外观堂皇的建筑，但正门很不显眼。为他们开门的是一个身着土耳其服装的黑人。当他们走进一个昏暗而狭窄的走廊时，一个女人从前厅走了出来。她瞥了他们一眼，冷冰冰地接待了他们。但她马上认出了西蒙,立即装出一副和蔼可亲的样子。他们亲切地握了握手。

“这位是欧内斯廷小姐。”西蒙向查利介绍说，然后又向她介绍道，“我这位朋友今晚刚到巴黎，他希望来见见世面。”

“那你把他带到这里来就对了。”

她打量了查利一眼。查利感到这个女人不到四十岁的样子，容貌姣好但有些冷酷；鼻梁挺直，下巴结实，嘴唇轻轻地涂了一点儿口红。她穿着一身整齐但有点儿男性化的深色西服。里面是一件有衣领的衬衣，扎着领带，还用别针别着一枚英国一个著名步兵团的纹章。

“他很英俊。”她说，“这里的女士们会很高兴看到他的。”

“今晚当班的夫人呢？”

“她回家与家人一起过节去了。我替她当班。”

“我们进去了，可以吗？”

“你认得道。”

两个年轻人走过走廊，推开一扇门后就进到一间宽敞的房间中。

这个房间被布置成一间土耳其浴室的样子，装饰艳丽，但俗不可耐。四周是一圈长沙发，沙发前有小桌子和椅子。室内人不多，稀稀落落地坐着。大多数人就穿着他们平时穿的衣服，少数几个人则身着晚礼服。男人们三两个人坐在一起，但有一张桌边则有男有女，女士们身着晚礼服，她们显然是特意来参观巴黎的这一景观的。身穿土耳其服装的侍者站在周围,时刻留神着客人们的吩咐。舞台上有一支管弦乐队，由一个钢琴师、一个小提琴手和一个吹萨克斯风的男人组成。两张对面摆放的长凳伸出到舞池中，上面坐了十到十二个年轻的女子。她们趿拉着高跟的土耳其拖鞋，穿着宽松下垂的裤子。裤子是用某种闪光布料做的，一直垂到脚踝。她们的头上都扎着一方头巾，上半身完全赤裸着。还有一些同样装束的女孩则与一些男人坐在一起，这些男人请她们过来一起喝一杯。西蒙和查利坐下来，点了一瓶香槟。乐队开始演奏。三四个男人站了起来，走到那两张长凳前选了一个舞伴后开始跳舞。其他女孩无精打采地站起来自己结对跳起了舞。她们一边有一搭没一搭地唠着，一边向坐在各个桌旁的男人们投去好奇的目光。显然那帮成员中有衣着时髦的外国女人的观光者激起了她们的好奇心。表面上看,除了姑娘们半裸外,这里与任何一家夜总会都没有什么区别,都是跳舞的好地方。查利注意到在一张邻近的桌子旁坐着两个带公文包的男人，他们在交谈的过程中还从公文包中取出文件，就好像置身于一家咖啡厅一样漫不经心地谈论着业务。来观光的那帮人中有一个男人站了起来，他走过去对两个在一起跳舞的女孩说了句什么，于是她们停下来，走到那个男人所在的桌旁，一个穿着一身漂亮的黑色晚礼服，脖子上挂着一串翡翠项链的女人站了起来，并开始与其中的一个女孩跳舞。另外一个女孩又回到长凳上坐了下来。当班的鸨儿是一个穿着外套和裙子的女人，她向西蒙和查利走来。

“难道就没有哪位姑娘合您这位朋友的胃口？”

“来陪我们坐一分钟，喝一杯。他正在四下打量呢，今晚还早。”

她坐了下来，西蒙叫侍者过来，要了一杯橙汁饮料。

“他第一次来这里就赶上了这样一个安静的夜晚，真是对不起啊。你也知道，平安夜很多人都不得不待在家里。但一会儿这里会热闹一些，一大群英国人正在赶往巴黎来过圣诞节。我看报纸上说他们正坐着‘金矢’号往这里赶呢，距巴黎大概还有三站地。英国真是一个伟大的国家，英国人有钱啊。”

查利感觉有些羞涩，什么也没有说。于是她问西蒙他是否听得懂法语。

“他当然懂。他在都兰花了六个月时间学习法语。”

“那里太美了！去年夏天度假时，我坐车将盛产葡萄酒的庄园城堡地区跑了个遍。安热勒就是图尔市人，也许你的朋友会愿意与她一起跳舞。”她转过身对查利说：“你跳舞的吧？”

“是的，我很喜欢。”

“她出生于一个非常优秀的家庭，受过良好的教育。我在图尔市的时候去看望过她的父母，他们对我照顾他们的女儿表示感谢。他们是有很高社会地位的人。你不要以为随便哪个人我们这里都要，夫人对选人非常挑剔。苏丹宫很有名，我们非常珍惜我们的名声。这里的所有女士都来自在自己的家乡非常受人尊敬的家庭。这也是她们为何喜欢到巴黎来工作的原因。在这里她们就不会使亲戚朋友们感到尴尬。生活很难啊，一个人不得不用所有的办法谋生。当然，我并没有伪称她们属于贵族，但贵族在法国算是彻底没落了。依我看，法国的资产阶级是绩优股，价值更高。他们是这个国家的脊梁。”

欧内斯廷小姐留给你的印象是，她是一个非常讲原则但又明白事理的女人。你会感到她对时下社会问题的评述值得一听。她拍了拍西蒙的手，然后接着对查利说：

“看到西蒙先生我总是很高兴。他是我们这里所有人的好朋友。他来的次数不多，但总是那么有绅士风度。他从来没有像有些英国人那样喝得酩酊大醉，而且还可以同他谈论有趣的话题。我们一贯欢迎记者先生到这里来。有时我觉得我们的生活圈子有点儿窄，能与一个知晓各种事情内幕的人聊聊非常有好处，能够让我们知道很多事情。他非常同情我们。”

奇怪的是，在这种环境下，西蒙给人的感觉就好像他回到了家里一样，表现得随和而亲切。如果他的这种表现是在演戏，那他也确实是一个优秀的演员。你可能会觉得他与这家妓院当班的鸨儿间有点儿情投意合，这确实怪异。

“有一次，他带我去法国大酒店观看一场彩排。几乎所有巴黎的名流都在那里。院士、部长和将军们都聚在那里。我看得是眼花缭乱。”

“我补充一句，那里没有一个女人看上去比您更显尊贵。众人面前和您在一起我很挣面子。”

“当西蒙先生挽着我的胳膊走进大厅时，你当时要是看到那些曾到过这里的大佬们脸上的表情就好了。”

查利知道，挽着这样一个人去参加一个盛大的正式社交集会是一种笑话，是西蒙才想得出来的幽默讽刺。他们又谈了一会儿，然后西蒙说：

“听着，亲爱的，我这位年轻的朋友可是第一次到这里来啊，我们应该有所表示才对。把他介绍给公主怎么样？你不觉得他会喜欢她吗？”

欧内斯廷小姐棱角分明的脸上露出了笑容，她开心地看了查利一眼。

“好主意。至少他会体验到以前所没有过的经历。她长得很漂亮。”

“让她过来喝一杯。”

欧内斯廷小姐召唤一个侍者过来。

“告诉奥尔加公主到这里来。”然后她转身对查利说：“她是俄国人。当然，自从俄国爆发革命后我们这里就满是俄国人，我们烦透了他们和他们的斯拉夫人性格；有一段时间客人们还觉着看到这么多俄国人挺有意思，但现在他们感到厌烦了。不过这些俄国人的行为并不出格。他们吵吵嚷嚷，让人不得安宁，因为他们都没有这方面的教养，不知道各种场合下的礼仪。但奥尔加公主却是一个与他们不同的人。她为人有自己的原则。你可以看出来，她受过良好的教养。她有内涵，没有人能否认这一点。”

欧内斯廷小姐还在说着的时候，查利看见侍者走到坐在一条长凳上的一个女孩跟前同她说了几句。他的眼睛一直在四下打量，所以之前曾注意到她。她静静地坐在那里，有点儿奇怪。你会以为她根本就没有意识到周围还有其他人。她站了起来，朝他们这个方向扫了一眼，然后慢慢走过来。她的步态中显出一种独特的冷淡。她走到跟前后朝西蒙微微一笑，然后同他握了握手。

她坐下后说道：“我刚看见你们。”

西蒙问她是否喝一杯香槟。

“好的。”

“这位是我的朋友，他想认识你。”

“我受宠若惊。”她面无表情地看了查利一眼。她默默地打量着他，似乎没完没了，这使他很尴尬。但她的目光既不热情，也没有诱惑。她这种十足的冷漠几乎是要惹恼别人。“他很帅气。”查利腼腆地笑了笑，然后她的嘴唇动了动，似乎有那么一点儿笑意。“他看起来脾气很好。”

她的头巾和宽松的裤子都是由淡蓝色的薄纱做的，上面布满了银色的小星星图案。她个子不算很高，浓妆艳抹；她的脸颊上搽着厚厚的一层胭脂，嘴唇猩红，眼皮瓦蓝；眉毛和睫毛都用睫毛膏描得黑黑的。她肯定算不上美人，只是有那么几分漂亮。她颧骨有点儿高，长着一个肉肉的小鼻子；一双眼睛既没有陷入眼窝中，也没有突出眼窝，而是与脸部一样高，就像窗子与墙壁平齐一样。她蓝色的眼睛很大，在蓝色头巾与黑色睫毛的衬托下，就像是蓝色的火焰。她的身材修长而苗条，显得很优雅；皮肤洁白而有透明感，有一种丝绸般柔软的感觉。她的一对乳房像处女的一样，小巧而圆润；凸起的乳头透着粉红的颜色。

“查利，为什么不请公主跳舞啊？”西蒙说。

“跳舞吗？”他问道。

她的一个肩膀微微耸了耸，一言不发地站起身来。这时欧内斯廷小姐也说她有其他事情要处理，离开了他们。同一个上身一丝不挂的女孩一起跳舞，这对查利来说是从未有过的体验，真是让他浑身热血沸腾。用手搂住她赤裸的身体，感觉到她的乳房紧贴着自己，这使他有些喘不过气来。她的手小巧而柔软，就握在他的手中。但他是一个教养良好的年轻人，因此感到只有像他在伦敦与任何一个不认识的女孩跳舞时那样彬彬有礼地说话才能避免失态。她的回答也算谦恭有礼，但他感到她有些三心二意，对自己说的是什么并不在意。她朦胧的眼神在房间内四处逡巡，但并没有什么迹象表明有什么东西激起了她的兴趣。他将她搂得更近了一点儿，但她好像没有任何反应一样就接受了这更亲密的举动。她默许了。乐队停止了演奏，他们回到自己原来的座位。西蒙正独自坐在那里。

“嗯，她的舞技如何？”他问道。

“不算太好。”

她突然笑了起来。这是她第一次表现出了活力，她的笑声既坦率又欢快。

她用英语说道：“我很抱歉没有专心。下次我会跳得更好些。”

查利的脸刷一下红了。

“我不知道你懂英语。要不我也不会这样说的。”

“不过您完全是实话实说啊。您的舞技那么高，应该有一个舞技不错的舞伴。”

在此之前，他们说的都是法语。查利的法语说得不是很准确，但足够流利，而且发音不错。她的法语说得很好，但有一种唱歌似的俄语音调，显出一种异国风味。她的英语还不错。

“公主在英国受过教育。”西蒙说。

“我两岁时去的英国，一直待到我十四岁时为止。自那以后我就很少说英语了，我差不多要忘了该怎么说了。”

“那时你住哪里？”

“住过伦敦拉德布罗克格罗夫大街，也住过夏洛特街。哪里便宜就在哪儿住。”

“我现在要把你们年轻人留在这儿啦。”西蒙说道，“查利，我明天会去看你。”

“那你不去参加午夜弥撒了？”

“不去了。”

他冲他们点了点头就走了。

“你认识西蒙先生很长时间了吗？”公主问道。

“他是我交往时间最长的朋友。”

“那你喜欢他吗？”

“当然。”

“他与你非常不同。我本以为他会是你最讨厌的人。”

“他绝顶聪明，一直是我非常要好的朋友。”

她张开嘴想说点儿什么，但考虑了一下，就没有说出来。乐曲声又响了起来。

“再跟我跳一曲吗？”她问道，“我想让你看看，我要是想跳的话，我的舞技还是可以的。”

也许是因为西蒙离开了，她不再感到局促的缘故。也许是查利翩翩的风度，也许是查利知道她懂英语后局促不安的表现，反正这次她开始聚精会神地跳舞，她的态度也有了变化。她现在表现得很亲切，这出乎查利意料，感觉到了她的吸引力。他们边跳舞边聊着。她的态度可以称得上有点儿快乐了。她讲述了自己的童年。她用一种黑色幽默的口吻描述了她和父母在伦敦廉价出租屋内的凄惨生活。现在踩着查利的步点，她跳得很好。他们又坐下来。查利看了看表，快到午夜了。他感到进退两难。他在家的时候就经常听人们说起圣厄斯塔什的教堂音乐，平安夜在那里听弥撒是他不能错过的机会。到达巴黎的激动、他与西蒙的长谈、苏丹宫的新体验再加上喝下的香槟，使他异常兴奋。他抑制不住要去听音乐的冲动，这种冲动与他对刚才跳过舞的女孩产生的性冲动一样强烈。为了这样一个目的在这样一个特殊的时刻走开显得有点儿傻。可弥撒就要开始了，他就是想去，毕竟没有人需要知道他的想法。

他带着迷人的微笑说道："看，我有个约会。我现在必须离开了，但我会在一小时后回来的。我还可以在这里找到你，是吗？"

"我一晚上都在这里。"

"但你不会约别人吗？"

"你为什么一定要走啊？"

他有点儿羞涩地微微一笑。

"恐怕这听起来有些荒谬，但我的朋友给了我两张去听圣厄斯塔什教堂弥撒的票。如果错过了，我这辈子可能就不再会有机会听到了。"

"你要同谁一起去？"

"就我自己。"

"你能带我去吗？"

"你？但你怎么脱身呢？"

"我有办法解决。给我一百法郎，我会处理好的。"

他怀疑地看了她一眼。她裸着的身体，闪着点点星光的蓝色头巾和长裤，浓妆艳抹的脸，怎么看也不是适合去教堂的人。她看见了他带着疑问的眼神，笑了起来。

"只要让我去，我愿意付出任何代价。就这样吧。我可以在十分钟内换完装。去听弥撒肯定会使我快乐无比的。"

"好吧。"

他给了她钱。她告诉他在门口等着，然后匆匆离去。他付了酒钱，然后掐着表等了十分钟后就走了出来。

当他走到走廊时，一个女孩来到他跟前。

“您看，我没有让您久等吧？我已经向欧内斯廷小姐请完假了。她认为俄罗斯人都是些疯子。”

直到她说话他才认出她来。她穿着一件棕色外套和裙子，头戴毡帽。她卸了妆，甚至嘴唇上的口红也擦掉了。两弯剃得细细的眉毛下的眼睛看上去既不那么大，也没有那么蓝了。一身棕色服装虽然很普通，但穿在她身上很合身，你猜不出她的职业是什么。她看起来就像是一个年轻的女工。每当午饭时这些女工就会从街道两侧百货商场的后门中涌出。她算不上漂亮，但看上去很年轻。她的举止中露出某种谦卑，这使查利的心一阵酸痛。

“你喜欢音乐，是吗公主？”当他们坐进一辆出租车后他问道。

他不知道该怎样称呼她才好。虽然她是一个妓女，但考虑到她出身名门，他觉得刚认识她不久就直呼她奥尔加会显得很粗鲁，要不是她在生活的逼迫下沦落到如此屈辱的地位，他理应表现得更加尊重。

“我不是公主，我的名字也不叫奥尔加。他们在苏丹宫这么叫我，是因为顾客们会认为能与一位公主上床很有面子；他们叫我奥尔加是因为除了莎莎外这是他们唯一知道的俄罗斯人名字。我父亲是列宁格勒大学的一位经济学教授，我母亲是一位海关官员的女儿。”

“那么你叫什么名字呢？”

“莉迪娅。”

他们到达时弥撒正好刚刚开始。这里人山人海，根本就不可能找到一个座位。教堂里冰冷刺骨，查利问她是否需要穿上他的大衣。她摇摇头，没有说话。廊道上点着光秃秃的电灯泡，它们将刺眼的光线投向穹顶、廊柱和黑压压一大片做礼拜的人群。唱诗班被笼罩在夺目的灯光之下。他们在一个廊柱旁找到一个地方，在廊柱的影子下觉得有了一块自己的小天地。在一个凸起的平台上有一支管弦乐队。祭坛前是身着华丽法衣的神父。在查利听来音乐似乎有些华丽，他感觉有点儿失望。音乐并未如他所预想的那样打动他。独唱者们金属般质感、像唱歌剧一样的嗓音让他感到浑身冰冷。他觉得是在看表演，而不是在参加一个宗教仪式，音乐并没有在他内心激起敬畏的感觉。但尽管如此，他还是很高兴能来。电灯泡发出的光线像一把利剑劈开了教堂内的黑暗，使哥特式的轮廓更显冷酷。祭坛上插着很多蜡烛，显得温柔而明亮；神父们的动作表示的是什么意思，查利一无所知；寂静的听众似乎不是在参与弥撒，而像是车站入口处等待大门打开的焦躁人群；湿衣服的恶臭混合着焚香的芳香；刺骨的寒冷像是不可见的威胁在一点点地沁入骨髓；他从这一切中感受到的不是宗教的激情，而是人类自诞生之日起就植根于内心的神秘感。他的神经绷紧了。当管弦乐队的伴奏进入高潮之时，唱诗班突然用最高音调爆发出《真挚来临》这首圣诞音乐，他感到了一种莫名的狂喜。然后一个男孩唱起了赞美诗。寂静中飘起了一股细细的、银铃般的声音，音符就好像在慢慢地流淌；起初是有点儿踌躇的奇异曲调，就好像歌手对自己也不太相信一样，宛如清澈的小溪在白色的石子上流淌；接着，歌手仿佛获得了信心，声音也像是被一只巨大的黑手牵着缓缓升起，沿着教堂拱门错综的轮廓，直抵黑暗的穹顶。突然，查利意识到他身边的女孩哭了，是莉迪娅。他微微回了一下头，但英国人的礼貌习惯使他没有开口，而是假装没有看见。他认为幽暗的教堂和男孩纯净的声音使她内心突然充满了羞耻感。他是一个富有想象力的年轻人，而且读过很多小说。他觉得可以猜出她现在的感觉，对她充满了同情。然而，她居然会被这种二流的音乐感动成这样，这使他觉得奇怪。但伴随着低沉的呜咽，她全身开始剧烈地颤抖，他现在不能继续假装不知道她遇到了麻烦。他伸出一只手去握她的手，想以此安抚她的情绪，但她几乎是粗鲁地推开了他的手。他感到有些尴尬。现在她哭得那么厉害，旁观者不可能不注意到。她是在当众出丑。查利臊得满脸通红。

“你想出去吗？”他小声问道。

她愤怒地摇摇头。她抽泣得越来越厉害，几乎是全身痉挛了。突然，她一下子跪在地上，用双手捂住脸痛哭起来。她以一种很奇怪的方式蹲在地上，像是一包被扔掉的衣服，要不是肩膀在颤抖，你会以为她昏死过去了。她蜷缩在高大的廊柱脚下。查利尽管感到很难堪，但依然挡在她前面，试图不让这种情形被他人看到。他看见许多人先向她，然后向他投去了古怪的目光。想到他们脑袋中的假定，他很是气恼。乐队停止了演奏，唱诗班也不唱了，寂静使人感到一种敬畏之情在内心生成。领受圣餐的人们一排排地拥上前去，一直挤到圣坛的台阶上，等待神父为他们提供圣餐。查利是个心思细腻的人，他一直看着圣坛上明亮的蜡烛，避免直接去瞅莉迪娅。但当她微微抬起身子的时候，他感到了她身体的移动。她转过身来将手臂靠在廊柱上，将脸埋在臂弯内。这场痛哭使她精疲力竭，但她现在双臂摊开斜靠在坚硬的石柱上，双腿跪在石板上的无助姿势表达出的是比刚才更加难以忍受的痛苦。她刚才蜷缩在地板上一动不动的身影就像是一个受到强大外力撞击而非正常死去的人。

弥撒快要结束了。管风琴的演奏自动加入到乐队的演奏中，退场的人们纷纷涌向出口而汇成了越来越大的人流，大家都急于去寻找自己的汽车或打出租车。这时乐队停止了演奏，活动结束了。巨大的人群缓缓地向出口方向移动。查利一直等到廊柱旁只剩下他们两人，人群的后端呈楔形地压向大门。他把手搭在她肩膀上。

“起来吧。我们得走了。”

他用双臂搂住她，把她抱着站起来。她就像个木偶一样随他怎么做。她始终看着其他方向，避免与他对视。查利挎着她的胳膊把她带过廊道，又等了一小会儿，直到门内只剩十几个人了。

“你想走几步吗？”

“不，我太累了。去找一辆出租车吧。”

但一时找不到出租车，他们只能走一小会儿了。当他们走到一盏路灯下时，她停下脚步，从包里拿出一面镜子照照自己。她的眼睛肿了。她拿出一个粉扑在脸上拍了拍。

他和蔼地笑笑说：“没有多大关系。我们最好找个地方喝一杯。你不能就这样回苏丹宫。”

“我一哭眼睛就会肿。要几个小时才能恢复。”

就在这时一辆出租车从身旁驶过，查利叫住了它。“我们去哪儿呢？”

“哪里都可以。去瑟莱克饭店。蒙帕纳斯大街。”

他告诉司机要去的地方，出租车向塞纳河对岸驶去。当他们到达时他犹豫了，她选的这个地方似乎很拥挤。但她走下了出租车，他只能跟着。尽管天气很寒冷，但很多人还是坐在露台上。他俩在露台上找到一张空桌。

“我去洗手间洗洗眼睛。”

几分钟后她回来了，在他身旁坐下。她将帽子尽可能地拉低，以遮住肿胀的眼睑，在脸上还扑了一些粉，但没有涂胭脂，显得脸色很白。她很平静，只字未提刚才那场情绪失控的哭泣，你可能会想到她认为这是一件很自然的事情，无需解释。

“我饿极了，你一定也饿了。”

查利确实也是饿极了。她去洗手间时他还在想，如果给自己点了熏肉和鸡蛋，在这个场合是否显得粗俗。她的话打消了他的顾虑。看来熏肉和鸡蛋正是她想要的。他想要一瓶香槟，认为她现在需要来点儿刺激，但她制止了他。

“何必要浪费钱？来点啤酒吧。”

他们狼吞虎咽地吃着这些简单的饭菜，几乎没有说话。查利出于礼貌试图讲点儿什么，但她并没有交谈的意思，两人就这样默默地吃着。当他们吃完饭，喝完咖啡后，他问莉迪娅想上哪里去。

“我就在这里坐一会儿。我喜欢这个地方。这里使人感到舒适和亲切。我喜欢坐在这里看看来这里的人。”

“好吧，那我们就坐在这里。”

这完全不是他计划要度过的第一个巴黎夜晚。他真希望当初没有这样傻，竟然带她去参加午夜弥撒。他是个软心肠的人，不可能扔下她不管。但也许他的回答中有些语调触动了她，她转过身来直视着他。她再次露出了他已经看过两三次的微笑。这是一种很奇怪的笑容。笑起来嘴唇几乎一动也不动，笑容中虽然没有愉悦的成分，但并不乏善意；这种勉强露出的笑容很罕见，讽刺的味道多于欢快，是理想幻灭后一种坚忍态度的流露。

“坐在这里你会感到很乏味的。为什么不回苏丹宫去，让我自己待在这里？”

“我不会这样做的。”

“你知道吗，我喜欢一个人坐在这里。我有时会自己一个人到这里来，一坐就是几个小时。你到巴黎来的目的不就是寻欢作乐吧？你不回苏丹宫就成傻瓜了。”

“如果你不觉得我讨厌的话，我更想和你一起坐在这里。”

“为什么？”她轻蔑地瞥了查利一眼，“你认为自己是在高尚地做出自我牺牲吗？还是对我感到歉疚或只是好奇而已？”

查利不明白她为什么突然生气，而且说出这些伤人的话。

“我为什么要对你感到歉疚？为什么要对你感到好奇？”

他的意思是想让她明白，她不是他人生中遇上的第一个妓女，他也不可能对一个肮脏的，而且完全可能是编造出来的故事产生深刻印象。莉迪娅盯着他，脸上完全是一种突然听到了无法相信的话的表情。

“你的朋友西蒙对你说过关于我的事吗？”

“什么也没说。”

“那为什么你的脸红了？”

“我脸红了吗？”他笑了。

其实西蒙曾告诉过他，她床上功夫不错，花在她身上的钱值。但查利觉得这些话不应该在此时此刻告诉她。现在她脸色苍白，眼睑浮肿，穿着一身廉价的棕色服装，戴着黑色的毡帽，你无论如何也无法把眼前的这个人与穿着蓝色土耳其裤，赤裸着身体，浑身上下散发着异国情调的那个尤物联系在一起。她现在完全是另外一个人，娴静又体面，少言寡语。对查利而言，与这样一个人上床就像是与佩茜母校的一个年轻女教师上床一样，完全不可想象。莉迪娅又沉默了下来。她似乎陷入到一种冥想状态中。最后她开口说话了，但仿佛是在继续着她的思绪，而不是在对他说话。

“我刚才在教堂里哭泣的原因并非如你所想。为那个原因我已经哭够了。刚才我哭泣是由于别的原因，我也说不清是什么原因，恐怕只有上帝才知道。我感到非常孤独。那里所有的人都有自己的祖国，自己的家。明天他们全家人，父亲、母亲和孩子们，都将在一起过圣诞节；其中一些人如你一样，到那里去只是为了听音乐；有些人并不信仰上帝，但那里所有的人都被一个共同的感觉连在了一起。这个仪式他们从生下来就熟悉，其意义流淌在他们的血液中；神父们说的每一句话，做的每一个动作他们都非常熟悉；即使他们的头脑不信仰上帝，但他们的心相信；敬畏与神秘感沁入了他们的骨髓。乡村、城镇的街道和他们玩耍的花园构成了他们童年回忆的一部分。这些把他们联结在一起，使他们成为一个整体，某些深层次的本能告诉他们，他们彼此相属。但我在那里是一个陌生人。我没有祖国，没有家，没有属于自己的语言。我没有归属，我是个弃儿。”

她哀痛地笑了笑。

“我是俄罗斯人，但我对俄罗斯的全部了解就是我读过的书。我渴望见到一望无际的金色玉米地和银色的山毛榉森林，这些是我读过的书中的描述。虽然我想尽了办法，但我还是无法亲眼看见这样的景色。我从电影中认识了莫斯科。我有时绞尽脑汁想在头脑中勾画出一幅俄国村庄的景象——契诃夫的小说中描述的由原木和茅草屋顶的房屋组成的落后村庄。但我头脑中的画面无法让自己满意，我知道这些画面根本就不是实际的样子。我是俄罗斯人，但我讲的俄语要比我的英语和法语糟多了。托尔斯泰和陀思妥耶夫斯基的书，我读译作比读原著要容易得多。对俄罗斯人来说，我就是一个外国人，就像英国人和法国人把我视作外国人一样。你是一个有祖国有家庭的人，有人爱你。你们的生活方式相同。就算你们互不相识也能相互理解。你怎么能知道一个无所归属的人的感受呢？”

“你一个亲人都没有了吗？”

“一个也没有了。我父亲是一位社会主义者，但他是一个平和温顺的人，全身心地投入到学术研究中。他不参加任何政治活动。他欢迎这场革命，认为俄罗斯由此开始了一个新时代。他接受布尔什维克的统治。他只是要求允许他继续大学的工作。但他们把他逐出了校门。一天他得到了消息，说他将会受到逮捕。我爸爸、妈妈和我，我们三人通过芬兰逃了出来。当时我两岁。我们在英国住了十二年。那些年是怎么过来的，我不知道。有时我父亲干点儿零工，有时靠别人贴补我们。但我父亲思乡心切。之前他除了在柏林留学外，从未离开过俄罗斯。他无法适应说英语的生活，最后他觉得必须回去。我母亲恳求他不要这样做。他无法控制自己，这种愿望太强烈了，他必须回去。他与俄国驻伦敦大使馆的人进行了接触，他说他准备接受布尔什维克安排给他的任何工作。他在俄罗斯享有良好的声誉，他的著述受到了广泛的赞誉；他是他那个研究领域的权威。他们答应了他的一切要求，他就搭船回国了。船一靠岸，他就被契卡[①]的人带走了。我们听说他被带到监狱四楼的一间囚室，被从窗户中扔了出来。他们说他是自杀身亡。”

她轻轻地叹了口气，又点燃了一根烟。他们吃完晚饭后她就一直在吸烟。

“他是一个性情温和的人。他从来没有伤害过任何人。我母亲告诉我，他们结婚后这么些年来，他从未对她说过一句粗鲁的话。由于他

① 十月革命后苏维埃俄国的国家安全保卫机构，全称是“全俄肃清反革命及怠工特设委员会”。

与布尔什维克当局的讲和，之前曾帮助我们的人不再帮助我们了。我母亲认为我们最好到巴黎来。她在这里有些朋友。他们给她寄来了工作推荐信。我跟着一个女装裁缝当学徒。后来我母亲去世了。因为食物不够我们两人吃，她为了不使我挨饿，自己就经常不吃东西。我在一个裁缝那里找到了一份工作，她给我的工资只及这个岗位通常工资的一半，因为我是俄罗斯人。如果不是我母亲的朋友阿列克谢和伊芙吉尼娅让我睡在他们家，我可能也早就饿死了。阿列克谢在一家俄罗斯餐厅的管弦乐队拉小提琴，伊芙吉尼娅负责女士行李寄存处。他们有三个孩子，我们六个人挤在两个房间内。阿列克谢曾是一名职业律师，在大学时曾是我父亲的学生。”

“你现在还与他们住在一起？”

“是的，我还与他们住在一起。他们现在非常贫困。你知道，所有人都讨厌俄罗斯人，他们讨厌俄罗斯人开办的餐馆，讨厌俄罗斯人组成的乐队。阿列克谢四年来一直都没有找到工作。他的脾气愈来愈坏，为一点儿小事就争吵不休，还染上了酒瘾。他们的一个女儿被住在尼斯的姑姑收养了，另一个女儿做女佣；儿子则做了舞男，在蒙马特夜总会操业；他经常到这里来，不知道今晚为什么没来，也许碰上了一单生意。他父亲喝醉了酒就骂他、打他，但他找到一个相好的就能拿到几百法郎，全亏了这些钱这个家的日子才能对付过去。我现在还住在那里。”

“真的？”查利惊讶地问道。

“我必须有个住的地方。我只有晚上才到苏丹宫去，生意清淡的时候我经常是四五点钟就回去了。但这段路途可真够远的。”

他们默默地坐了一会儿，没有说话。

“你刚才为什么说你哭泣的原因不是如我所想的那样？”查利打破了沉默，问道。

她又一次用好奇而又怀疑的目光看了他一眼。

“你真的不知道我是谁？我想你的朋友西蒙是为此而特意挑的我。”

“他除了告诉我……告诉我你会让我很快活外就什么也没说。”

“我是罗伯特·伯杰的妻子。这就是虽然我是俄罗斯人，但那些来苏丹宫的客人们也会来找我的原因。这使他们感到非常兴奋。”

“你可能会认为我很笨，但我真的不知道你在说什么。”

她苦笑了一声。

“我也算是声名远扬啊。不出一天，这个名字就挂在每个人的嘴边了。罗伯特·伯杰谋杀了一位叫做特迪·约旦的英国书商。他被判处了十五年的苦役。他现在法属圭亚那的圣洛朗服刑。”

她就这样平淡地说起了这件事，查利简直不敢相信自己的耳朵。他大吃一惊，感到惊骇与毛骨悚然。

“你真的不知道吗？”

“我发誓不知道。刚才你说的案件我记得曾在英国的报纸上看到过。这起案件当时有些轰动，因为受害人是个英国人，但我忘了……你丈夫的名字。”

“这件事在法国也轰动一时。审判持续了三天。人们争相去参加旁听。各家报纸都在头版用整版的篇幅报道这起案件。当时人人都在谈论这件事。哦，这起案件应该引起轰动。正是在这起案件中我第一次见到了你的朋友西蒙，至少也是他第一次见到我。当时他负责为他工作的报纸报道这起案件，而我则出现在法庭上。这是一个令人兴奋的审判，给记者们带来了大显身手的良机。你一定要让他亲口告诉你这件事。他为他写的报道深感自豪。文章写得非常精彩，部分报道被翻译成法语在法国报纸上刊载了。这起案件为他带来了很多好处。”

查利不知道该说些什么。他对西蒙非常生气。西蒙是在恶作剧，让他身处现在才明白的尴尬处境中。

“这段经历对你来说一定像场噩梦。”他讪讪地说道。

她稍微转过身来，直视他的眼睛。他自己一直都生活在无忧无虑中，以前从未见过这样一张写满绝望的脸庞。它几乎不像是一张人的脸，而像是一个艺术家带着某种激情绘制出的日本面具。他打了个寒战。因为查利是英国人，所以之前莉迪娅主要是用英语与他交谈，只是在她感到用这种不熟悉的语言很难表达出自己想说的事情时才偶尔说法语。但她现在完全操起了法语。她声调平和的俄语式发音使她的话听起来有一种哀怨的奇异感觉，但同时又使人感到她说的话十分虚幻，仿佛你是在听一个人的梦呓。

“当时我结婚只有六个月。我怀孕了。也许正是这个原因救了他的命。可能与他很年轻也有关系。他才二十二岁。孩子在出生时就死了。这件事使我太痛苦了。我爱他。他是我第一个深爱的人，也将是最后一个。他被判刑后，他们就想让我跟他离婚。在法国法律中，一方被判处流放就有足够的理由提出离婚。他们告诉我，罪犯的妻子们一般都会选择离婚的。当我不这样做时他们对我很是恼怒。他的辩护律师对我很友善。他说我已经为丈夫做了力所能及的一切，我这段时间非常不容易。但如果我想要给予丈夫长期的支持，我眼下就应该想想自己该怎么办。我还年轻，必须开始新的生活。如果我继续与一名罪犯保持夫妻关系，我今后的生活将更加艰难。我说我爱罗伯特，罗伯特就是我的一切。无论他做了什么事我都爱他。如果我能随他一起去流放，而他也需要我的话，我会高高兴兴地随他而去。律师对我的话颇不耐烦。他耸耸肩膀,说你们俄罗斯人真是没有办法。但我要是改变了主意，想离婚的话可以去找他，他会帮我办理这件事的。伊芙吉尼娅和阿列克谢这个可怜的醉鬼，没用的人，他们也不让我得到安宁。他们说罗伯特是个坏蛋，是个邪恶之人，他们说我继续爱他是可耻的行为。就好像一个人若因爱而丢脸就可以不爱一样！把一个人称为坏蛋非常容易。但坏蛋是什么意思？他杀了人，他也为此受到了惩罚。他们谁也没有我更了解他。他爱我。他们不知道他是多么温柔，多么迷人，多么快乐，多么孩子气。他们说，他差点儿要像杀害特迪·约旦一样杀了我。他们不知道，这只能让我更爱他。”

对查利而言这几乎是不可能的。他一点儿也不了解事情的前后经过，更无法理解她这些前后毫无关联的话。

“他为什么要杀死你？”他问道。

“他杀死约旦回家后已经很晚了，当时我已经上床睡觉了。但他母亲还在等着他。我们与她住在一起。他非常兴奋，但她妈妈看到他后就知道他做了什么可怕的事情。你不知道,几个星期来她一直心神不宁，猜想会有这一刻。她这段时间焦虑得要发狂。

“‘这么长的时间你去哪儿了？’她盯着他问道。

“‘我？哪儿也没去，’他说，‘与小伙子们一起瞎逛了逛。’他咯咯地笑了，轻轻地拍了拍她妈妈的脸颊，‘杀一个人很容易啊，妈妈。太简单了，真可笑。’

“这时她才知道他做了什么。她突然大哭起来。

“她说：‘哦，我可怜的儿媳啊，她会多么不幸，多么绝望啊。’他低下头，叹了口气。

“他说：‘也许我把她也杀了会更好些。’

“‘罗伯特！你疯了？’她喊起来。他摇了摇头。

“‘不要害怕，我不会有这个勇气的，’他说，‘可是，如果我在她熟睡的时候杀死她，她什么都不知道。’

“‘我的上帝，你为什么这样做？’她叫道。

“突然，他笑了起来。他的笑声很美妙，很有感染力。听到他的笑声你肯定会感到快活。

“‘别犯傻了，妈妈，我只是开个玩笑，’他说，‘我什么都没做。上床睡觉去吧。’

“她知道他在撒谎。但他没有再说什么了。最后她回到了自己的房间。我们住的是一所不起眼的小房子，但有一个小花园，花园的那头还有一个小亭子。我们结婚时她把房子让给了我们，自己搬到小亭子去住。这样她就可以和儿子生活在一起，而又不必睡在我们的头顶上。罗伯特走进我们的房间，他在我的唇上吻了一下。我醒了。他的眼睛闪闪发亮。他有一双蓝眼睛。尽管不如你那么蓝，有点儿灰色，但他的眼睛很大很有神。他的眼睛几乎总是带着笑意，而且非常机敏。”

讲这些话的时候，莉迪娅逐渐放慢了语速。就好像她突然有了某种想法，她一面说话一面在心里反复掂量一样。她用一种奇妙的表情看着查利。

“你眼睛中某种东西很像他，你的脸型也跟他一样。但他比你矮一点儿，肤色也跟你们英国人不一样。他长得非常英俊。”她沉默了片刻，“你那个西蒙真是一个恶毒的笨蛋。”

“你这话是什么意思？”

“没有什么意思。”

她将胳膊肘支在桌子上，用双手托着下巴，身子向前倾着，然后接着说了下去。她瞪着茫然的眼睛，声音相当单调，仿佛她是在催眠状态下回忆起过去发生的事情。

“我醒来后笑了。

“我说：‘你这么晚才回来。快点儿上床睡觉吧。’

“‘现在我无法入睡。我太激动了。我饿了。厨房里有没有鸡蛋？’

“这时我彻底清醒了。你不知道他穿着新做的灰色西装坐在床边的样子多么迷人。他很注重穿着，而且衣服穿在他身上总是那么得体。他深褐色的卷发长长地披在脑后，非常漂亮。

“我说：‘我穿上睡衣，咱们去看看。’

“我们走进厨房，我找到了鸡蛋和洋葱。我做了洋葱炒鸡蛋，还烤了一些面包。有时候我们去剧院或音乐会，回来会很晚，回家后就自己动手做点儿吃的。他爱吃洋葱炒鸡蛋，我就按他喜欢的方式炒这道菜。我们非常享受自己动手做的简单晚饭。他走进地窖拿出一瓶香槟。我知道他母亲会生气的。罗伯特一起看赛马的一个朋友送给他六瓶香槟，这是最后一瓶，但他说现在想喝香槟。他打开了酒瓶塞。他狼吞虎咽地吃着洋葱炒鸡蛋，一口气喝干了一杯香槟。他极度亢奋。我们刚进厨房的时候我就注意到，虽然他两眼炯炯，但脸色苍白。即使我不知道发生了某件不同寻常的事，我也应该想到他喝过酒了。但现在他脸上有了红润气色。我还以为他是又累又饿才这样。我确信他在外奔波了一整天，忙得没有吃上一口饭。虽然我们只分开了几个小时，但他回到我身边后高兴得几乎要发疯了。

“他不停地吻我，我在炒菜的时候他也想搂住我，我怕炒煳了鸡蛋就只能把他推开。但我还是忍不住笑了起来。我们紧紧地靠着坐在厨房的桌子旁。他不断用各种他能想出来的亲切称呼叫着我，他几乎时刻都要用手拉着我。你会以为我们刚结婚一个星期，但实际上我们已经结婚半年了。我们吃完饭后，我想将锅碗瓢盆都洗干净，这样他妈妈明早做早饭时厨房就不会一团糟,但他不让我干活。他想马上就上床。

“他就像有鬼神附体一样。任何一个男人对一个女人的爱都不可能如那个晚上他对我的爱。任何一个女人都无法如我在那个晚上对自己男人那样崇拜。他的欲望之火无法熄灭，我似乎无法满足他的激情了。没有任何一个女人会有这样一个美妙的情人，而且他还是我的丈夫。我的！我的！我崇拜他。如果他同意，我会吻他的脚。当他最后精疲力竭地睡着时,黎明已经透过窗帘的缝隙往屋里偷看了。但我无法入睡。我借着愈来愈强的光线看着他的脸。这是一个男孩没有皱纹的脸。他搂着我睡着，嘴唇上还带着一丝幸福的笑意。最后我也睡着了。

“我醒来的时候他还在睡。我悄悄地起了床，以免惊醒他。我走进厨房为他煮咖啡。我们很穷。罗伯特曾在一家经纪公司就职，但他同雇主吵了一架后就离开了那里。自那以后，他就没有找到任何固定的工作。他迷上了赛马，有时靠赌马赚点儿钱。他母亲反对他这样做。他偶尔还参与二手汽车的买卖，靠佣金挣点儿小钱。但我们的生活主要是靠他母亲的养老金和她的一点儿积蓄。她是一名陆军医生的遗孀。我们没有雇用人，我婆婆和我自己做家务。我走进厨房时她已经在那里了。她正在刮土豆皮，做午饭。

“‘罗伯特呢？’她问我。

“‘他还在睡觉。你要是看看他睡觉的样子就好了。他头发蓬乱，看起来就像十六岁似的。’

“咖啡放在炉盘上，牛奶还是热的。我把咖啡放到炉上煮沸，然后喝了一杯。我悄悄爬上楼去取罗伯特的衣服。他是一个衣着考究的家伙，我已经学会了如何为他熨烫衣服。我准备将他的衣服熨烫好后整洁地挂在椅子上，他醒来就可以穿了。我又爬下楼，把衣服拿到厨房先刷一刷，然后用熨斗熨烫。当我把裤子放到厨房的桌子上时，我注意到一条裤腿上有许多污渍。

"'这是什么呀？'我喊道，'罗伯特把裤子搞得这么脏。'

"伯杰夫人刷的一下从椅子上站了起来，土豆滚了一地。她抓起裤子，仔细打量起来。她的身子开始颤抖。

"'我不知道是什么，'我说，'罗伯特会大发雷霆的。这是他的新西装。'

"我看到她心神不宁。但你知道，法国人在某些方面很有趣，他们对待事情不像我们俄罗斯人那样漫不经心。我不知道罗伯特为这套西服花了几百法郎，但我知道如果这套西服毁了，她会心痛得一个星期睡不着觉。

"'我会把它弄干净的。'我说。

"'把罗伯特的咖啡给他拿上去，'她厉声说道，'已经十一点多了，他该起床了。裤子交给我。我知道怎么处理。'

"我给他倒了一杯咖啡，刚要端上楼去，就听到罗伯特趿拉着拖鞋走下楼梯。他冲他母亲点点头，然后就要报纸看。

"'咖啡还是热的，抓紧喝了吧。'我对他说。

"他没有理我，而是打开报纸，翻到了报道最新消息的版面。

"'没有什么新闻。'他母亲说。

"我不知道她说的是什么意思。他看完了这版的文章，然后喝了一大口咖啡。他异乎寻常地没有说话。我拿起他的外衣，开始用刷子刷。

“‘你昨晚把裤子弄得脏透了，’我说，‘你今天只能穿蓝色西装了。’

“伯杰夫人已经把弄脏的衣服放在了椅子背上。她把衣服拎起来，让他看污渍。他看着衣服发了一分钟呆，他妈妈也一言不发地看着他。他几乎无法挪开自己的眼睛。我无法理解他们的这种沉默。太奇怪了。我以为他们正在为一件微不足道的小事而悲伤，这可有点儿太荒谬了。当然，法国人是节俭到骨子里啦。

“‘咱们家里有一些汽油，’我说，‘可以用汽油把污渍擦掉。或者可以将衣服拿到洗衣店去洗。’

“他们没有回答。罗伯特皱着眉头，眼睛瞅着地面。他母亲将裤子转过来，我猜她是想看看裤子后面是否也有污渍；然后，她发现裤子的口袋里有东西。

“‘你在口袋里装了什么？’

“他跳了起来。

“‘别去碰它！别看我的口袋。’

“他试图将裤子从她手中夺走，但他还没来得及，她就已经将手伸进了裤子的后口袋，掏出了一捆钞票。当他看到她拿在手上的钞票后，就一动不动地呆在了那里。她手中的裤子滑落到地上。她呻吟了一声，用手捂住胸口，仿佛被刺了一刀。当时我看到他们两人的脸色都像死人一样惨白。我突然想到，罗伯特经常对我说，他确信他母亲在这栋房子的某个地方藏着一小笔钱。我们最近非常缺钱。罗伯特非常渴望到里维埃拉[①]去一次。我从来没有去过那里，他几个星期来一直念叨，如果他能得到哪怕只有一小笔钱，我们就到那里去，补上一个蜜月。

---

① 里维埃拉，法国南部和意大利北部的地中海沿岸地区，从戛纳延伸到拉斯佩齐亚，以其优美的景色、宜人的气候以及假日游憩胜地而著称。

你不知道，我们结婚时他正在那家经纪公司工作，脱不开身。我脑海中闪过的想法是他发现了他母亲的积蓄。想到他竟然偷拿了她母亲的钱，我的脸红到了脖子根，但我并不感到突然。我同他一起生活了六个月，知道他认为这只是闹着玩而已。我看到她手里拿着的都是千元法郎的大钞。最后我看清了，一共有七张。她盯着他，好像眼珠要冒出来一样。

"'罗伯特，你什么时候拿到这些钱的？'她问道。

"'他笑了笑，但我看得出他很紧张。

"'我昨天投的注很幸运。'他回答道。

"'哦，罗伯特，'我叫道，'你不是答应过你母亲，你永远不去赛马了吗？'

"'这次是个例外，'他说，'我无法抗拒。亲爱的，我们可以到里维埃拉去了。你拿着这些钱，要不它们就会一点儿一点儿从我的手指缝中溜掉。'

"'不，不，她不能拿这些钱。'伯杰夫人喊了起来。她浑身颤抖地看了罗伯特一眼，让我大吃一惊。然后她转向我。'去收拾你的房间吧。房间不能一整天都不整理。'

"我明白她是找个借口让我离开。我想如果他们要吵架我还是躲开为妙。儿媳的位置很微妙。他母亲崇拜罗伯特，但他生活奢侈，这使她愁得要命。她不时会大吵大闹一场。有时他们俩会在花园那头她住的亭子内关上门争吵，我能听到他们逐渐升高的声音。他会绷着脸带着怒气而走；当我看到她时，我知道她一直在哭。我上楼去了。当我再次走下楼梯的时候，他们立即不说话了。伯杰夫人让我出去买些鸡蛋好做午饭。通常罗伯特大约在中午出门，直到晚上才回家，而且常常很晚才回来。但那天他没有出门，他在家看看书，弹弹钢琴。我问他和母亲都谈了些什么，他没有告诉我，只是说别多管闲事。我觉得他们两人一整天也没说十几句话。我想会永远都这样吗？我们晚上上床后，我偎依着罗伯特，用胳膊搂着他的脖子。当然，我当然知道他很烦，我想安慰他，但他把我推开了。

"'看在上帝的分上让我静一会儿，'他说，'我今天晚上没有情绪，不想做爱。我还有其他事情要考虑。'

"我感到很受伤，但没有说话。我转身离他远点儿。他知道伤了我，过了一小会儿他伸出手轻轻地摸了摸我的脸。

"'睡吧，亲爱的，'他说，'别难过了，今天我的心情实在糟糕。昨天我喝太多了。明天我就能调整过来了。'

"'那些钱是你母亲的吗？'我低声问道。

"他没有马上回答，最后才说道：'是的。'

"'哦，罗伯特，你怎么能这样？'我喊道。

"他想说点儿什么，但张了张嘴没有说出来。我心里非常不快。我想我开始哭了起来。

"'如果有人要问你什么，你就说从来没有看到过我拿这笔钱。你要说从来都不知道我有过很多钱。'

"'你怎么能想象得出我会背叛你？'我哭道。

"'至于裤子嘛，妈妈说污渍洗不掉了。她把那条裤子扔掉了。'

"我突然想起，当天下午我闻到什么东西烧着了的味道，当时罗伯特在弹琴，我跟他坐在一起。我站起来想看看是怎么回事。

"'坐着别动。'他说。

"'可是厨房里好像有东西烧着了。'

“‘可能是妈妈在烧旧抹布。她今天脾气不好，如果你这时候去惹她，她会大发雷霆的。’

“我现在知道了她烧的不是旧抹布，她并没有将裤子扔掉，她是将裤子烧掉的。我开始感到极度的恐怖，但我什么也没说。他握住我的手。

“‘如果有人问起这件事，’他说，‘你一定要说我洗车时把裤子弄得太脏了，只能扔掉。我母亲在前天把裤子给了一个流浪汉。你会发誓这样说吗？’

“‘是的。’我说。但我几乎说不出话来了。

“然后他说了句更可怕的话。

“‘我的脑袋可能就靠你这句话才能保住了。’

“我太震惊，太恐惧了，一句话也说不出来。我的头开始疼，几乎要裂开了。整整一个晚上我没有合一下眼。罗伯特断断续续地睡着了。他甚至在睡眠中也露出了不安，来回翻身。第二天我们早早地下了楼，但我婆婆已经在厨房里了。按照惯例，她平时都穿戴齐整，她出门时看上去很时髦。她是一名参谋军官的女儿和一个军医的遗孀，她感到自己是有一定社会地位的人。她不让任何人知道她目前窘困的经济处境，在去探访以往曾跟她父亲或丈夫一起服役的老朋友时，她都要刻意打扮一番。那时她留着卷发，双手的指甲修剪得很考究，脸上搽着胭脂，看上去不到四十岁的样子。但眼下她头发蓬乱，没有化妆，穿着一件睡衣，看上去就像一个已经退休、靠有限的积蓄生活的老鸨。她没有向罗伯特打招呼，而是默默地递给他报纸。他读报时我观察着他，看到他的神情变了。他注意到我在打量他，于是抬起头来。他笑了。

“‘哦，小美人，’他快活地说，‘咖啡好了吗？你是要整个上午都站在那里看着你的夫君，还是打算服侍他吃早饭呢？’

“我知道报纸上肯定登了些什么，肯定有我必须知道的事情。罗伯特吃完了早餐，然后上楼去穿衣服。当他再下来准备出门时，我吃了一惊。因为他现在身穿两天前穿的那件浅灰色西装和与它相配的裤子。当然，我马上想起他定做这套西服时做了两条裤子。关于这件事还曾有过争论。伯杰夫人曾抱怨他要的西服太贵，但他坚持说除非他穿着体面，否则无法指望能找到一份工作。最后她一如既往地让步了，但坚持应该定做两条裤子。她说裤子总是先磨坏，如果一起做两条裤子，价格会更划算一些。罗伯特走出屋门，说他不回家吃午饭了。我婆婆之后不久也出去买菜了。当屋里就只剩下我自己的时候，我马上拿起报纸读起来。我看到报纸上说一个英国书商，叫特迪·约旦，被人发现死在他的公寓里。他被刺中背部。我经常听罗伯特提起这个人。我知道是罗伯特杀死了他。我突然感到胸口一阵剧痛，我想我快要死了。我被吓坏了。我不知道就这样呆呆地坐了多久。我动弹不得。最后，我听见钥匙开锁的动静，我知道是伯杰夫人回来了。我把报纸放回原处，接着干我的活儿。”

莉迪娅深深地叹了口气。他们大约是在夜里一点或一点后才到达这家餐厅的，吃完饭后已经是两点了。他们刚来的时候餐厅爆满，几乎没有空着的座位。吧台前也是人头攒动。莉迪娅已经讲了很长时间，餐厅内的人群渐渐消失了。吧台四周的人也渐渐少了，现在只有两个人还坐在那里。除了他们这张桌外，就只剩下一张桌子还有客人了。餐厅的服务员越来越不耐烦了。

“我想我们该走了，”查利说，“我敢肯定他们希望我们赶快离开。”

就在此时，另一张桌旁的客人站起来准备走了。将他们的外套从衣帽间拿出来的那个女人也把查利的大衣拿出来，将大衣放在他身旁的桌上。他叫服务员过来买单。

“我们现在上哪里去呢？应该有地方吧？”

“我们可以到蒙马特区去。格拉夫饭店通宵营业。我太累了。”

“好吧，如果你想回家我找车送你。”

“回阿列克谢跟伊芙吉尼娅的家？今晚我不能去。他会喝得烂醉。他会一个晚上都辱骂伊芙吉尼娅，骂她养出了这样一些孩子，然后为自己的命运伤心痛哭。我也不会去苏丹宫了。我们最好去格拉夫饭店。那里至少还算暖和。”

她愁眉苦脸，也真的是精疲力竭了。查利踌躇了一会儿，不知如何是好。他想起西蒙曾告诉他，他可以将任何人带到他住的旅馆来。

“哦，对了，我住的房间有两张床。跟我一起到那里去住怎么样？”

她有些怀疑地看了他一眼，但他笑着摇摇头。

“我的意思是说，就是去睡觉。”他补充说，“你不知道，我今天经过了长途跋涉的旅程，始终很兴奋，又经过一件又一件的事情，我差不多是疲惫至极了。”

“那好吧。”

他们走出餐厅后，在街上没有找到出租车，但宾馆距这里不远，他们就走着去了。一个昏昏欲睡的守夜人为他们打开了宾馆的大门，开电梯将他们送上了楼。莉迪娅脱下帽子。她额头很宽，很白净。他之前没有看到她的头发。她留着短发，浅棕色的头发蜷曲在脖子周围。她踢掉了鞋，脱下外衣。当查利穿着睡衣从浴室出来的时候，她不仅已经躺在了床上，而且睡着了。他也在自己的床上躺下，关上了电灯。自打他们离开餐厅后，两人没有说过一句话。

就这样，查利度过了他在巴黎的第一个夜晚。

4

查利醒来时已经很晚了。一瞬间他没有搞清楚自己到底是在哪里。然后他看到了莉迪娅。他们没有拉上窗帘，阳光透过灰色的百叶窗照进了屋里。屋内的家具是油松木的，显得房间档次不高。她躺在床上，眼睛盯着昏暗的天花板。查利看了一眼手表。一个陌生的女人就躺在紧邻的床上，他感到有点儿拘束。

“快十二点了。”他说，“我们最好只要一杯咖啡。然后如果你同意，我带你找个地方去吃午饭。”

她严肃地望着他，但目光还算亲切。

“我一直在看着你睡觉。你睡得那么安静，那么深沉，就像一个孩子。你的面容是那样单纯，但就是有些胡子拉碴。”

“我的脸着实需要刮一刮了。”

他给总台打电话要了咖啡。一个粗壮的中年女服务员将咖啡送了上来，她看了莉迪娅一眼，但阴沉的面孔没有表现出什么。查利点着了烟斗，而莉迪娅是一根接一根地抽着香烟。他们几乎没有说话。查利不知道如何应对这样一种特殊的场面。他发现自己和莉迪娅似乎都沉浸在各自的思绪之中，而思考的事情又与他毫无关系。过了一会儿，他走进浴室刮了胡子，洗了澡。当他走出浴室的时候，发现莉迪娅坐在靠窗口的一把扶手椅上，身上穿着他的晨衣。窗户正对着院子，能看到的就是对面楼房一扇扇的窗户。这个阴沉的圣诞节早上显得极为凄凉。她朝他转过身来。

“我们不出去，就在这里吃午饭不好吗？”

“你的意思是说到楼下餐厅吃？如果你喜欢当然可以。只不过我不知道这里的食物做得怎么样。”

“食物怎么样并不重要。我的意思是说就在房间里吃。能与这个世界隔绝几个小时，感觉真是太妙了。休息、静谧、安宁和孤寂，这些似乎是只有富人们才可以享受得起的奢侈生活，但其实并不需要花什么钱。让人感到奇怪的是，要得到这种享受却如此之难。”

“如果你喜欢自己一个人吃的话，我就叫他们把午餐送到这里来，我自己到外面去吃。”

她上下打量着他，眼睛中含有一丝讽刺的微笑。

“我并不是说你。我想你大概是个非常可爱的好人。我希望你能留下来。你身上有种温馨，使我感到很舒适。”

查利不是一个只考虑自己的年轻人，但那一刻他还是有一点儿恼火的感觉。她似乎毫不考虑他的感受，把他支来唤去的，有点儿过分了。但他天生就是好脾气，能克制住自己不发火。此外，这种情况也很奇特。虽然他来巴黎之前并没想到自己会碰到这样的事，但不能否认这个经历很有趣。他环顾了一下房间。床铺都没有整理；莉迪娅的帽子、外衣、裙子、鞋和袜子到处都是，主要是扔在地板上；他自己的衣服也都胡乱堆放在一把椅子上。

“这地方看起来太乱了。”他说，“你觉得在这个乱七八糟的地方吃午饭好吗？”

“这有什么关系呢？”她笑着回答说。这是他第一次听见她的笑声。“如果你们英国人讲究整洁的习惯感到这样不妥的话，我会把床铺整理一下；或者我去洗澡的时候让服务员来收拾一下不就好了。”

她走进浴室去洗澡。查利打电话叫服务员把菜谱拿上来。他要了几个鸡蛋和一些肉食，还要了奶酪、水果和一瓶葡萄酒。然后他又喊住服务员。虽然房间里有取暖设施，但还有一个壁炉空着。他让服务员把壁炉生着，认为火光会带来欢快的气氛。当服务员去取壁炉点火用的木柴时，他穿好了衣服。然后在服务员忙着收拾房间、生火的时候，他坐了下来，看着光秃秃的院子。他闷闷不乐地想着特里·梅森家族正在举行的欢乐聚会。他们现在可能正在喝雪利酒呢，这是他们全家围坐在摆着火鸡和葡萄干布丁的圣诞晚餐桌前的程序；也可能大家都在高兴地打开着圣诞礼物，吵吵嚷嚷，兴高采烈。过了一会儿，莉迪娅回到了房间。她脸上没有化妆，但头发梳理得很整齐；她眼睑的肿胀已经消退了，看上去年轻漂亮，但她的漂亮并不会激起异性的欲望；查利虽然也是个容易动情的人，但看到她从浴室出来时，他脉搏的跳动却一点儿也没有加快。

“噢，你都穿好衣服了。”她说道，“这样我就可以继续穿你的晨衣了，行吗？你的拖鞋我也穿着吧。拖鞋有点儿大，但没关系。”

这件晨衣是他母亲送给他的生日礼物，由蓝色印花丝绸制成，她穿着太长，但还算合身。她看到壁炉中生了火很高兴，在他特意腾出来的椅子上坐了下来。她抽了一支香烟。让他感到奇怪的是，她面对目前的状况非常坦然。她对他就像对一个老熟人一样随意。从她的言行中他清楚地感觉到，在她的潜意识中已经将他想与她上床的可能性抛诸脑后。如果说有什么东西能让他将自己可能对她颇有怜惜之情这个念头驱逐出去，那么没有什么比这一点更有效了。他惊讶地发现，她的胃口真是太好了。查利原以为在她昨晚将过去的经历和盘托出之后，她一定会心神不宁，食欲大减。她不仅吃的跟他一般多，而且吃得心满意足，这使他那浪漫的情感大受震动。

他们喝咖啡的时候电话铃响了。是西蒙的电话。

"查利吗？你现在过来我们一起聊聊天好吗？"

"我现在恐怕走不开。"

"为什么不能来？"西蒙厉声问道。

这就是他的性格特点，就好像每个人都要时刻等待他的吩咐一样。尽管有时候只是小事一桩，但如果他心血来潮而执迷于这件事，他就会为此而大动肝火。

"莉迪娅在我这儿呢。"

"见鬼。莉迪娅是谁？"

查利踌躇了片刻。

"噢，就是奥尔加公主。"

电话里沉默了片刻，然后西蒙爆发出一阵刺耳的大笑。

"恭喜你，老伙计。我知道你会一见钟情的。好吧，什么时候你能为老朋友挤出一点儿时间的话就打电话告诉我。"

他挂上了电话。查利转过身来，看到莉迪娅正盯着壁炉中的炉火出神。从她面无表情的脸上无法得知她是否听到了刚才的谈话。查利把他们用午餐的小桌子推到一边，把自己尽可能舒适地安顿到一张浅扶手椅子内。莉迪娅俯身向前，在炉火中又添了一块柴。这个动作有一种亲密的意味，但并没有惹得查利不快。她的屁股在椅垫上转了两三转，像一只小狗一样在椅垫上压出一个坐着舒适的凹坑。他们整整一个下午都待在宾馆内。冬季无精打采的阳光渐渐暗淡下来，他们就这样坐在壁炉的火光之中。院子对面房间里的灯一盏盏地亮了起来，没挂窗帘而略显苍白的窗户给人一种虚幻的奇怪感觉，就像是街道旁亮着灯光的橱窗。但对查利而言，同一个他并不熟识，但把自己可怕的身世讲给他听的女人一道坐在这间邋遢的卧室中，身旁燃烧着噼啪作响的熊熊柴火，他同样感到虚幻。似乎她从未觉得他可能不愿意听她这些故事。到目前为止，她似乎丝毫没有感觉到他可能还有别的事情要做；也没有感到她这样毫不隐讳地将自己内心的极度痛苦告诉他是在给他增加心理负担。而一个陌生人并没有这样的权利。她是想要博得他的同情吗？他甚至连这一点儿也不相信。她一点儿也不了解他，也没有想要了解。他只不过是她一个宣泄心情的对象。要不是他情绪好的话，他本会为她的冷漠而感到恼怒。傍晚时她静静地躺下了，眼下听着她平静的呼吸，查利知道她已经睡着了。他在椅子上坐了这么久，四肢都有些酸痛了。他站起身来，踮着脚尖走到窗前，以免惊醒她。他在一张凳子上坐了下来，看着宾馆的院子。他看见有灯光的窗户后面时不时有人走过；他看见一个老妇在浇花；他看见一个穿着衬衫的男人正躺在床上看书；他琢磨着这些人都是些什么样的人呢。他们似乎都是些经济状况一般的普通中产阶级人士。毕竟这是家廉价宾馆，这里也不是上层人士居住的地区。但透过窗户看到他们就仿佛在看西洋景一样，看起来都那样的虚幻。在他们平凡的外表下面谁又能知道他们到底是些什么人呢？他们的内心经历了哪些痛苦与激情？又隐藏着什么样的犯罪故事呢？一些房间的窗帘已经拉上，只有窗帘缝漏出的一丝光亮表明房间里有人。一些窗户完全是黑乎乎的，但这些房间并没有空着。宾馆已经住满了客人，这些房间的客人可能是出去了。他们出去是有某种神秘的差事吗？查利突然对所有这些他不了解的人产生了恐惧，他感到有些失魂落魄。这些人的生活他一无所知，在光鲜的外表下，他似乎可以感觉到存在着困惑、阴暗、怪异和可怕的事情。

他眉头紧皱，思索着整整一个下午所听到的冗长而不幸的故事。莉迪娅想到哪儿就讲到哪儿。她一会儿讲述她靠从一个裁缝那里拿到的微薄薪水艰难度日的生活；一会儿又回过头来讲述她在伦敦极度贫寒的童年生活中的一些事件；然后又回过来讲述谋杀案发生后那些痛苦的日子，讲述看到她丈夫被捕的恐惧和审判期间她心理所受的折磨。他读过侦探故事，他也读过报纸对犯罪案件的报道，他知道经常有人犯罪；他也知道很多人生活在赤贫中。但他是以一个局外人的眼光了解到这些的。当他发现自己直接面对一个曾亲身经历了这类可怕事情的当事者后，他深受震动，产生了一种奇怪的感觉。他不知道为什么会突然想起一幅画，记不清作者是马奈还是马克西米利安了，画面上是一队持枪的士兵准备执行对一个死刑犯的枪决。他一直认为这是一幅优秀的画作。现在他理解了这幅画描绘的是一个真实的故事，这使他大为震惊。俄国的皇帝实际上也在被处决的位置上站过，当士兵们举起步枪准备射击时，这一切对他来说肯定是难以置信的，他无法想象片刻之后自己就会魂归西天。

现在他理解了莉迪娅。昨天一晚加上今天一天，他一直在听她讲述自己的故事；他们一起吃过饭跳过舞；他们两人一起如此近距离地度过了这么多小时的时光，但只有现在他才算理解了莉迪娅。这样的事情竟然会落到她的头上，真是令人难以置信。

如果说有什么能称得上是纯粹的巧合，那就是莉迪娅与罗伯特·伯杰的相遇。同她一起居住的朋友在俄罗斯餐馆打工，通过他们的关系，莉迪娅有时能得到一张音乐会的门票。有时她得不到赠送的门票，却非常想听这场音乐会，她就只能从微薄的工资中挤出一点儿来买张站票。听场音乐会是她唯一的消遣方式，也是她唯一的奢侈花费。她主要喜欢俄罗斯音乐。听着俄罗斯的音乐，她就会觉得自己已经来到了这个从未亲眼目睹过的国家；但这又使她产生了肯定是永远无法满足的思乡渴望。除了从父母口中，从伊芙吉尼娅与阿列克谢谈到以往生活的对话中，从她读到的小说中对俄罗斯有一知半解的了解外，这个国家对她而言基本上是完全陌生的。只有当她听着里姆斯基·科萨科夫和格拉佐诺夫的音乐，听着斯特拉文斯基活泼而辛辣的作品时，她对俄罗斯缥缈的印象才能日渐有血有肉起来。这些粗犷的旋律，节奏鲜明的曲调与欧洲的音乐有着某种截然不同的特性，使她忘掉了自我，忘掉了她凄惨的生活，使她完全沉浸在爱与欢乐之中，她的眼泪也不由自主地流下了脸颊。她用头脑想象不出来的，现在用身体感受到了。以往她头脑中的俄罗斯只是道听途说与狂热想象的产物，怪异而扭曲。她头脑中的克里姆林宫是镀金的圆顶和镶着红星的建筑，是红场和中国城，仿佛是一个童话故事中的场景；安德烈公爵和迷人的娜塔莎仍然在莫斯科的大街上奔忙；德米特里·卡拉马佐夫在与吉卜赛人狂欢一夜后，仍然在蒙斯特布瑞斯克大桥遇到了甜美的阿廖沙；商人罗戈驾驶着雪橇疾驰在雪原上，而纳斯塔霞·菲里波芙娜就坐在他的身边；契诃夫的故事就像被秋风卷起的枯叶一样四处飘荡。夏园和涅瓦大道只是两个奇异的名字，安娜·卡列尼娜仍然坐在她的马车中，渥伦斯基穿着笔挺的新军服正优雅地爬上喷泉运河旁的大房子，而卑劣的拉斯柯尔尼科夫正在圣彼得堡的开桥上走着。在俄罗斯音乐蕴含的激情与乡愁中，屠格涅夫小说描述的情景回绕在脑际，她仿佛来到了俄罗斯，与他们一道在宽敞、简陋、散发着原木芬芳的农舍中彻夜交谈着；微光初现的黎明，在没有一丝风吹过的沼泽地，她与他们一道开枪猎杀野鸭；她与高尔基一道在破败的小村里狂饮，爱得疯狂，牺牲得壮烈；她仿佛见到了混浊的伏尔加河在流淌，仿佛见到了无边无际的高加索大草原，仿佛见到了迷人的克里米亚半岛。她心中充满着渴望，充满着对永远逝去的生活的惆怅和着对从未了解过的家园的思念。她是这个充满敌意的世界里的一个陌生人，但在那一刻她感到自己属于这个伟大而神秘的国家。虽然她的俄语结结巴巴，但她是俄罗斯人，她爱她的祖国；在那一刻她感到自己毕竟是找到了归属；在那一刻她感到理解了父亲——尽管有人事先警告过他，但即使是冒着死亡的危险，他也义无反顾地回到祖国。

一次，她又去听一场音乐会，一场俄罗斯音乐专场。她发现自己身旁站着一个年轻人。她注意到他频频好奇地打量自己。一次，她偶然回头看了他一眼，立刻被他沉浸在音乐中的热情和专注所震动。他的双手紧握着，他的嘴唇微微张开，仿佛要喘不上气来了。他是全部身心都沉浸在音乐中了。他容貌俊朗，看上去很有教养。莉迪娅只是瞥了他一眼就又回到音乐中，继续随着音乐做她的俄罗斯之梦。她的思绪又随着音乐飘走了，她几乎没有意识到自己的嘴唇发出了低声的呜咽。她突然感到一只柔软的手握住了她的手，并轻轻地握了握。她吃了一惊，马上抽回自己的手。现在正是幕间休息前的最后一首曲子。演奏完后，那个小伙子向她转过身来。他长着一双可爱的眼睛，浓密的眉毛下闪着灰色的光芒，显得独特而温柔。

“你哭了，小姐。”

她原以为他可能和她一样是俄罗斯人，但他的口音是纯粹的法国口音。她明白刚才他握着她的手只是对她的一种本能的同情。

她淡淡笑道："并非是我有什么难过的事。"

他也对她笑了笑，他的微笑很迷人。

"我知道。是这首俄罗斯乐曲的缘故。它使人不由自主地激动起来，而且使人心碎。"

"但你是法国人呀。这首乐曲对你会意味着什么吗？"

"不错，我是法国人。我确实不知道这首音乐对我意味着什么。它只是我唯一想听的音乐而已。这首乐曲充满了力量与激情，鲜血与毁灭。它刺痛了我身体中的每一根神经。"他自嘲地笑了笑，"有时我听到这首乐曲的时候，就觉得没有什么别人能做到的事我做不到。"

她没有回答。同样一首乐曲，不同的人竟然可以产生这样全然不同的理解，这真令人不可思议。对她而言，他们刚刚听到的音乐讲述的是人类命运的悲剧，是对命运反抗的徒劳以及谦恭和顺从带来的欢愉与平和。

"下周的音乐会你还来吗？"然后他问道，"也是俄罗斯音乐专场演出。"

"我恐怕来不了。"

"为什么？"

这句问话对一个陌生人来说有些唐突。但他很年轻，可能还没有自己的岁数大，显得天真无邪，这使她不能太生硬地回答这个问题。他的一举一动都使她相信，他并不想打她的主意。她笑了。

"我不是一个百万富翁。你知道俄罗斯人现在的处境，有钱人很少。"

"我认识几个负责举办这些音乐会的人。他们给了我一个可以供两人用的免票证。如果下周日你能在门口跟我一起，你就可以免票进来。"

“我想这不太合适。”

“你能定下来吗？”他笑道，“有这么多听众当护花使者肯定不会有危险的。”

“我在一个裁缝店工作，不一定能请下假来。而且我想一个完全陌生的人对我没有这种义务。”

“我敢肯定你是一位有着非常良好教养的年轻女士，但你不应该有这样的偏见。”

她不想对这一点进行争论。

“好吧，再说吧。但不管怎么说要谢谢你的邀请。”

他们聊了其他一些事情，直到乐队指挥再次举起了指挥棒。音乐会结束后，他转身跟她告别。

“那么下周日我等你？”他问道。

“到时候再说吧。不要等我。”

人群向出口拥去，他们被人群挤散了。在这一星期里她不时想起这个有一双灰色的大眼睛，长相英俊的小伙子。她想到他就很愉快。在她这个年龄不可避免地要不时拒绝一些男人的求爱。阿列克谢与他的舞男儿子都曾对她进行过挑逗，但她并没有觉得他们难对付。脸上狠狠地挨了一巴掌就使这个成天抹泪的酒鬼明白了不要有非分之想，而那个男孩儿，她明智地用严肃的语言加上奚落就使他不再吭声了。在大街上经常有男人向她表示好感，但她太累太饿了，经常对他们的示爱无动于衷。想到一顿饱饭的诱惑甚至超过了一次求爱，她不禁凄楚地笑了。女人的直觉告诉她，那场音乐会遇到的年轻人不是这类人。毫无疑问，像其他任何一个他这个年龄的年轻人一样，如果可能的话，他不会错过一个风流的机会。但他主动提出星期日陪她去听音乐会并不是出于这个目的。她当初并没有打算去，但被他的邀请打动了。他令人愉快，说话天真而坦诚。她觉得可以信任他。她看了一下音乐会的节目单。星期天要演出的是柴可夫斯基的《悲怆交响曲》。她对这部交响乐感觉一般，认为柴可夫斯基的作品过于欧化了。但音乐会上还要演出斯特拉文斯基的《春之祭》和鲍罗丁的弦乐四重奏。她想知道那个年轻人说的话是否属实。很有可能他是一时心血来潮发出了邀请，但半个小时后就完全忘到脑后去了。星期天到了，但她还没有拿定主意到底去不去。她确实很希望去听这场音乐会，但她口袋里除了午餐和坐地铁的车票钱外，连一个便士都没有了，她已经将所有剩余的钱都给了伊芙吉尼娅，作为自己的食宿费用。如果他不在那里也没有什么关系；如果他在那里，而且真的有一张两人用的免票证，她跟着进去的话他也不用额外花费，她也就不欠他什么。

最后，一时的冲动将她带到普莱耶尔音乐厅。他果真在那儿等着她。见到她，他的眼睛一下亮了起来。他热情地跟她握了握手，仿佛他们已经是老朋友了。

“你能来我太高兴了。”他说，“我已经等了二十分钟了。我真的害怕你不来。”

她脸红了，笑了笑。他们走进音乐厅，在第五排找到了他们的座位。

“他们把这样的座位免费留给了你？”她惊讶地问道。

“不，我买的。我想坐在这里听音乐舒服一些。”

“真蠢！我习惯了站着听音乐。”

虽然嘴上这样说，但她心里美滋滋的。这次他握着她的手时，她没有抽回来。她觉得让他握着自己的手也不会有什么，而且自己欠了他一份人情。在幕间休息时，他告诉她，他叫罗伯特·伯杰；她也将自己的名字告诉了他。他还告诉她说，他与母亲住在纳伊[①]，他在一家经纪人事务所工作。他谈吐文雅，举止像个男孩般热情，使她不禁笑了起来。他周身散发着活力，莉迪娅不由自主地被他吸引了。他闪闪发亮的眼睛，他富有表情的面容都说明他是一个性格热烈的人。坐在他旁边就像坐在一个火炉前，他的一举一动无不闪耀着青春的火焰。音乐会结束后，他们沿着香榭丽舍大街一起往前走着，然后他问她一起喝点茶好不好。他完全不给她拒绝的机会。与衣着讲究的人们一起坐在一间奢华的茶馆内，对莉迪娅而言是一种从未体验过的奢侈生活。蛋糕诱人食欲的气味，女人们浓重的香水味，温暖的空气，舒适的坐椅，喧闹的谈话声，一下涌进了她的头脑。他们在那里坐了一个小时。莉迪娅向他讲述了自己的经历，讲述了她父亲的过去和悲惨的结局，讲述了她现在艰难的生活。他聚精会神地听着她的叙述。他灰色的眼睛由于同情而显得很温柔。到了两人要分手的时候了，他问她是否能在某个晚上与他一起看场电影。她摇了摇头。

“为什么不呢？”

“你是一个有钱的年轻人，而……”

“哦，我可不是一个有钱人。实际上正相反。我母亲除了养老金外一无所有，我挣的钱也就那么一点儿。”

“那你就不应该在这么昂贵的茶馆里喝茶。不管怎么说，我只是个贫穷的女工。谢谢你的好意，但我不傻。你一直对我很好，但我认为继续接受你的好意而我又无法回报，这样不妥。”

“但我不想要回报。我喜欢你，我想和你在一起。上个周日你哭泣的时候，你看上去是如此的动人。你的眼泪使我心碎。你在这个世界

① 纳伊，巴黎西北郊的富人区。

上是独自一人，而我也感到很孤独。我希望咱俩能成为朋友。”

她看着他，冷静地想了一会儿。他们是同龄人，当然实际上自己比他要大几岁；他的神态是如此坦率，她毫不怀疑他说的都是真心话，但她也明智地知道他是在说胡话。

“坦率地说吧，我知道自己并非很美，但毕竟我年轻，有些人认为我还算漂亮，也有人喜欢俄罗斯类型的人。我无法相信你想与我交往只是因为喜欢听我说话。我从来没有与男人上过床。如果我让你在我身上浪费了时间和金钱，而我根本就不打算跟你上床，我会认为自己不够诚实。”

“这的确够坦率了。”他笑了。他的笑容真迷人啊！“但你看，我知道这一点。我这辈子在巴黎没少学东西。我本能地就知道一个女孩儿是否打算风流一番。我一眼就看出来你是个正派人。我在那场音乐会握着你的手，只是因为你对音乐的感受与我同样深刻。触摸到你的手——我真不知道该怎么解释才好——我能感觉到你的激情流淌进我的身体，使我对音乐的感受更加强烈了。总之，我丝毫没有感觉到其他什么欲望。”

“然而，我们对音乐的感受完全不同啊。”她若有所思地说，“当时我看了一眼你的脸，我被你的表情吓了一跳。你的表情残忍而冷酷。几乎不像是一个人的脸了，就像是一个狰狞的面具，吓坏我了。”

他哈哈大笑了起来。他的笑声是那么年轻，那么优美，那么无忧无虑。他的眼神是那么温柔，那么坦率，让人无法相信在富有感染力的音乐的影响下，那一刻他的表情会表现得如此冷酷和残忍。

“你真能想象！你难道没有想象我就是电影中拐卖妇女的人贩子，企图控制住你，然后将你贩卖到布宜诺斯艾利斯去？”

她笑了："我可没有这样想过。"

"跟我一起看一场电影你不会有什么损失吧？你已经把话说得很清楚了，我接受。"

她也笑了。如此小题大做够荒谬的。她在生活中没有多少快乐的事情，如果他愿意请她看电影，并且只要坐在她旁边说说话，她再拒绝的话不就成傻瓜了吗？她一无所有，不担心失去什么。她也无需为此承担什么义务。她事先给了他充分的警告，她能够保护好自己。

"噢，那好吧。"她说。

他们一起看了几场电影。每次电影结束后，罗伯特都要将莉迪娅送到最近的地铁车站好让她坐地铁回家。在两人这不长的一段步行中，他会挽着她的胳膊；在看电影的时候，偶尔他会握住她的手；有那么一两次，他们分手时他轻轻吻了吻她的双颊。他表示亲热的举动也就这些。他是个好陪伴。他谈话风趣，总是有那么一股嘲讽的味道，使她听起来很开心。他没有读过很多书，但并不掩饰这一点，他说他没有时间去读，而且生活比书本更有趣。但他并不愚笨，他可以头头是道地谈起某些书，就好像他曾读过这本书一样。莉迪娅感到有趣的是发现他特别钦佩安德烈·纪德。他还酷爱打网球。他告诉她曾有一段时间他把打网球当成事业了。曾有网球圈内的名人认为他是打网球的料，甚至可能拿到冠军，曾对他抱有很大的期望。但最后还是落空了。

他说："要想成为一流的网球运动员必须投入大量的金钱和时间，但我做不到。"

莉迪娅想，他可能是爱上她了，但她不敢肯定。她忍不住担心自己的感情会影响对这一点的正确判断。他在她头脑中所占的位置越来越重。他是她的第一个同龄朋友，她之前从未有过。周日下午他带她去听音乐会，晚上带她去看电影，这些时间她非常快乐，但感到自己对他却没有回报。她对生活产生了兴趣，有时还感到很兴奋，这些体验之前从未有过。与他见面前，她会煞费苦心地打扮得漂亮一点儿。她以前从来没有化妆的习惯，但在跟他第四或第五次见面前，她在脸颊上轻轻涂了点儿胭脂，还描了眉。

“你怎么了？”当他们走到光线充足的地方后，他问道，“为什么在脸上涂上这些东西？”

她笑了，胭脂掩饰了她涨红了的脸。

“我想给你增点儿光。如果人们认为跟你在一起的是一个厨房小女佣，而且是刚从乡下到巴黎来的，那我会非常难受。”

“但我最喜欢的就是你的自然美。那些浓妆艳抹的脸让人倒胃口。不知道为什么，我感到你苍白而没有任何修饰的脸颊，你自然的嘴唇和眉毛更让人心动。就好像一个人一直在灯火通明的大街上走着，突然拐进了一个小树林，会有一种耳目一新的感觉。你不化妆显得更坦率一些，正好表现出你灵魂的正直。”

她的心剧烈地跳动起来，几乎要蹦出来了。但奇怪的是，那种心脏狂跳的痛苦带来的却是心情的无比愉快。

“好吧，如果你不喜欢，我不会再这样做了。但我这样做都是为了你。”

她坐在他身边，漫不经心地看着电影。她曾经对他悦耳的声音和笑眯眯的眼睛表达出来的柔情不太相信，但现在她已经能够确信他爱她。她一直在进行自我克制，防止自己会爱上他。她不断对自己说，这只不过是他一时心血来潮，如果她放纵自己的感情那就太蠢了。她打定主意不做他的情妇。她在俄罗斯人中亲眼目睹了太多类似的事情。

没有任何生活来源的俄国难民的女儿们出于愁闷，在极端贫困生活的逼迫下与某个男人姘居，但这种关系从来没有长久过。她们似乎没有办法留住一个男人，至少是无法留住一个她们倾心的法国男人。她们的情人时间一长就不耐烦了，就会将她们抛弃。这时她们的境遇甚至比原来还糟，往往只有当妓女这一条道了。但她又想指望什么呢？她很清楚，他没有结婚的想法。他甚至可能从来就没想过这样的事。她知道一般法国人的想法。他母亲不会同意他娶一个俄罗斯女人，一个身无分文的缝纫女工。在法国，婚姻是一件严肃的事情。法国人讲究门当户对，新娘进门要有与新郎家的地位相匹配的嫁妆。她父亲确实曾是一所大学小有名气的教授，但那是在革命前的俄罗斯。在那以后巴黎到处都是开出租车和从事体力劳动的俄罗斯王子、贵族和前沙皇的近卫军。所有人都认为俄罗斯人懒惰和不可靠。人们都讨厌俄罗斯人。莉迪娅的曾外祖父曾是农奴，她母亲也不过就是个农民。当教授的父亲思想开放，与她母亲的结合就是这种思想的体现。但她母亲是个虔诚的教徒，莉迪娅是在严格的教义熏陶下长大的。她试图用理智约束自己，但毫无效果；现在的世界与过去不同了，这一点千真万确，而一个人必须与时俱进。但她对成为一个男人的情妇有一种本能的恐惧。然而，然而还有什么其他可以期待的吗？错失眼下的良机难道不傻吗？她知道，她的美貌只是由于年轻，短短几年后她就会变得平平常常。她很可能不会有第二次机会了。为什么不能放纵一下自己？只要稍微放松自我控制的缰绳，她就会疯狂地爱上他。而放松自我感情的控制也是一种解脱。他也爱自己，这一点没有疑问。他的火热激情让她有些喘不上气来。他富于表情的脸上写满了渴望，她也看出来他希望拥有她的强烈欲望。被自己深爱的人所爱乃是一件无比快乐的事。

即使这场爱情无法长久——当然也不可能长久——自己也能品尝到欲仙欲死的爱的滋味；自己也能有这场爱到极致的回忆。有了这些，她在与他分手后的痛苦，她肯定要承受的难言痛苦，不是也值得吗？如果痛苦实在无法忍受，不是还有塞纳河或煤气炉吗？

但奇怪而令人费解的是，他似乎并不想让她做他的情妇。他以一种非常尊重她的方式关心着她。如果她是他家熟人圈子内的一个姑娘，其社会地位和财富与他门当户对，他们的友谊自然会发展成各方都满意的婚姻。而现在他也要如此待她，她无法理解。她知道这个想法很荒谬，但在骨子里她有这样一种奇怪的感觉——他希望明媒正娶她。她十分感动，受宠若惊。如果这是真的，他可是一个十分少见的人。但她几乎希望事情不是这样，因为她无法忍受的是他将要遭受的痛苦。想娶她的愿望必定给他带来痛苦。不管他如何疯狂，还有他母亲在后面呢。他母亲是一个明智的中产阶级法国妇女，讲究实际，绝不会让他乱来而危及前程。而他对母亲，也付出了一个法国人所能付出的全部。

但有一天晚上看完电影后，在他们步行到地铁站的路上，他对她说：

“下个星期天没有音乐会了。你能来我家里喝茶吗？我无数次跟我母亲谈起过你，因此她想见见你。”

莉迪娅的心几乎停止了跳动。她马上意识到这意味着什么。伯杰夫人对儿子与她的友谊越来越不安了，她想要见到自己，想要制止他们的交往。

“罗伯特，我想你母亲根本就不可能喜欢我，我们不要见面更明智一些。”

“你错了。她对你非常同情。这个可怜的女人爱我，这你知道，我就是她在这个世界上的一切。想到我结交了一个可敬又有教养的姑娘做朋友，她肯定会很高兴。”

莉迪娅笑了。如果他认为一个慈爱的母亲能够接受儿子偶尔在音乐会上遇到的一个姑娘，他对女人的了解也就太少了！但他强迫她接受邀请，他说这是代表他母亲发出的邀请，不能拒绝。她想，如果自己拒绝了邀请，事实上只会使伯杰夫人对她更加怀疑。他们约定下个星期天的下午四点，他到圣旦尼门来接她到他家去。他开来了一辆小轿车。

“这也太奢侈了！”莉迪娅上车时说。

“车不是我的，这你知道。是我从一个朋友那里借来的。”

莉迪娅面对即将到来的严峻考验浑身紧张，即使罗伯特亲切而温柔的话语也无法给她信心。

他们驱车前往纳伊。

罗伯特将车停在一条安静的街道边，说：“我们把车停在这里。我不想将车停在我家房子的外面。要不邻居们会认为我买了一辆车，而我又无法解释车只是借的。”

他们走了一会儿：“到了，就是这里。”

这是一栋小小的独立式别墅，很久没有油漆了，因而显得破旧，而且房子比她通过罗伯特的描述所预期的要小。他将她引进客厅。这是一间面积不大的房间，堆满了家具和摆设。墙上挂着镶了金色边框的油画，客厅与餐厅隔着一个拱门相连，餐厅内有一张餐桌。伯杰夫人放下了正在阅读的小说，走上前来迎接客人。莉迪娅曾在脑海中想象她可能是个粗矮的女人，穿着寡妇的丧服，脸色温和而亲切，有一种放弃了一切世俗虚荣的朴素而高贵的神态。但她完全不是这样。她很瘦，穿着高跟鞋后身高与罗伯特差不多；她身穿黑色的印花丝绸衣服，显得很潇洒。她脖子上挂着一串假珍珠项链，蓄着自来卷的深褐色头发。

虽然她肯定有五十多岁了，但没有一丝白发。她蜡黄的脸上扑了过多的粉，眼睛很漂亮。长着跟罗伯特一样优雅而笔挺的鼻子，薄薄的嘴唇也跟罗伯特一样。但在她那个年龄，薄嘴唇显得有几分严厉。她显得比实际年龄要年轻，以她的岁数来看长得也还算漂亮。显然她在自己的外表上刻意下了一番工夫，但她缺乏罗伯特那种吸引人的魅力。她的眼睛又黑又亮，但透出的是冷静与警惕。莉迪娅走进客厅的时候，感觉伯杰夫人将她从头到脚打量了一番。但这道严厉而审视的目光立刻被亲切和温馨的微笑所取代。她热情洋溢地感谢莉迪娅这么老远地来看她。

“你必须理解我多么希望看到我儿子跟我反复提到的年轻女孩儿。我已经做好了见到一个不合我意的姑娘的准备。实话对你说吧，我对儿子的判断力不大放心。看到你果真如他告诉我的一样好，我真高兴。”

她面部表情很夸张地说着话，又是点头又是微笑，用一个惯于社交的女主人试图使一个到家中来的陌生人不要感到拘束的方式奉承着她。莉迪娅也很警觉，她也用同样谦虚的语言答着话。伯杰夫人毫无疑问是在强做笑脸，故意摆出了一副热情的姿态。

“你很迷人。我这个儿子为了你的缘故而疏远了他的老妈，我一点儿都不感到惊讶。”

茶点是由一个面无表情的年轻女佣端上来的。伯杰夫人一面继续着她表情夸张的恭维话，一面用严厉而焦急的眼光注视着女佣。莉迪娅猜测这个家里不常有茶会，女主人不太清楚仆人是否知道如何布置和打点。他们走进餐厅坐了下来。餐厅里有一架小三角钢琴。

“它很占地方。”伯杰夫人说，“但我儿子非常喜欢音乐。他一次就能弹几个小时。他告诉我说，你是个一流的音乐家。”

“他太夸张了。我非常喜欢音乐，但知之甚少。”

“小姐，你太谦虚了。”

桌上有一小碟从糕点店买来的小蛋糕和一碟三明治。每人的盘子下面压着一块桌巾和一方小餐巾。为了能以时髦的方式招待客人，伯杰夫人显然煞费苦心。她冷冰冰的眼睛中露出了一丝微笑，问莉迪娅茶中要不要放点儿什么。

“你们俄罗斯人总是在茶中放点儿柠檬，这我知道，所以我特意为你买了一个柠檬。先吃个三明治怎么样？”

茶味如同嚼蜡。

“我知道你们俄罗斯人在吃饭时总是要吸烟的。请不要跟我客气。罗伯特，香烟在哪里？”

伯杰夫人让莉迪娅吃了一个又一个三明治，一块又一块蛋糕。她属于不管客人愿不愿意都非要他们吃不可的那一类家庭主妇，她们将这个举动当做热情好客的一种标志。她用金属一样的高分贝嗓音不停地说着话，始终微笑着，她的礼貌溢于言表。她漫不经心地问了莉迪娅一大堆问题。从表面上看，这些问题像是一个普通女人聊家常的问话，显得对这个无依无靠的女孩充满了同情。但莉迪娅知道这些问题是巧妙地想要盘问出她的底细。莉迪娅的心沉了下去，她不是那种爱儿子就会允许他鲁莽行事的女人。确定这一事实却让她坚定了自己的信心。自己既没有什么可失去的，也没有什么可隐瞒的。她坦率地回答了所有提问。就如她曾经告诉罗伯特的一样，她也向伯杰夫人讲述了自己的父亲和母亲，讲述了她过去在伦敦的生活和母亲去世后她是怎么生活的。透过伯杰夫人受到震动后充满怜悯的回答，莉迪娅看得出在她温暖的抚慰背后，她在精明地仔细聆听她的每一个字，并不断地盘算着。

这让莉迪娅甚至感到有点儿好笑。莉迪娅有两三次提出要走，但伯杰夫人不答应。莉迪娅急于要摆脱这种过于友善的氛围。罗伯特要送她回家。莉迪娅与她说再见的时候，伯杰夫人握住她的双手，一双黑眼睛闪着诚挚的光芒。

“你真是个可人儿，”她说，“现在你也认识路了，你一定要常来看看我，常来。我们随时热烈欢迎你。”

在他们走向停车位置的路上，罗伯特用充满深情的姿势挽着她的胳膊，似乎怕她跑掉一样。这使她很开心。

“好吧，亲爱的，一切都很顺利。我妈妈喜欢你。你瞬间就征服了她。她会非常喜欢你的。”

莉迪娅笑了起来。

“别傻了。她并不喜欢我。”

“不，不，你错了。这一点我敢保证。我了解她，我立刻就看出来她喜欢你。”

莉迪娅耸了耸肩膀，但没有回答。他们告别的时候安排下周二一起看电影。她同意他的计划,但她确信他母亲会制止他们进一步接触的。现在他知道她的住址了。

“如果你遇到了阻力，咱们不能进一步来往了，你能送我一只小狗吗？”

“没有什么能阻止我。”他深情地说。

那个晚上她很伤心。如果她有独处的机会，她一定会大哭一场。但也许有这样的机会她也不能哭，哭泣只会让她自我嫌憎而毫无益处。她想，自己只不过是做了一个愚蠢的梦罢了。她会忘掉自己的不快。毕竟，这么些年来她已经习惯了这类不快的事情。如果做了他的情妇又被他抛弃那就更糟了。

周一过去了，周二到了，但没有小狗被送来。她相信她上班回来后肯定会有一只小狗在等着她。但回来后什么也没看见。离预定出门的时间还有一个小时，她有足够的时间做准备。她心惊肉跳地等待着门铃声响起。她一面梳洗打扮一面想，她真是愚蠢地多此一举，没等她打扮完，分手的消息也就该到了。她在想是否有可能她如约去了电影院，而他却不来了。这样做可是有些无情和残忍，但她知道他一切都听他母亲的。她想他可能不愿当面向她言明，所以让她去赴约而他自己不来，这样虽然残酷，但他可能认为这是最好的办法，可以让她明白他们的关系已经彻底结束了。这个想法在脑中一闪现，她马上就认定了是这么回事。她几乎不打算去了，然而还是去了。毕竟，如果他能做出如此残忍的事来，这也证明跟他分手是正确的选择。

但他就在那里。当他看到她，马上迈着轻快的脚步向她走来，步态反映了他的渴望与活力。他的脸上露出了甜美的微笑。他的情绪似乎比平常要高。

“我今天晚上没有心情看电影了。”他说，“我们到富凯酒店去喝一杯，然后去兜风。我把车就停在街道的拐角处。”

“随你的便好了。”

这一天虽然气温有点儿低，但天气既晴朗又干燥。冬日夜晚的星星好像在善意地嘲笑着香榭丽舍大街上浮华的灯光。他们喝了一杯啤酒。罗伯特一直说个不停。然后他们遛达着向乔治五世大道走去。他把车停在了那里，这让莉迪娅感到迷惑不解。他的谈吐很自然，莉迪娅不知道他怎么能把自己的感情掩饰得这么好。她不禁问自己，他提议出来兜风是否是想伺机将这个不幸的消息透露给她。他是一个感情外向的人，她发现他有时候甚至有点儿做作，但他这些夸张的举止并没有惹她反感，而是让她感到很有趣。她不知道他眼下的这些表现是否是在为宣布分手那伤感的一刻做铺垫。

"这辆车跟你星期天开的不是一辆车啊。"当他们走到车跟前时，她说道。

"对，这是一个朋友打算卖掉的车。我说我得把车开到一个可能的主顾那里让他看看。"

他们开车到达凯旋门后就沿福煦大街前行，一直开到布洛涅森林。这里一片黑暗，只是偶尔有辆汽车的大灯照亮他们；除了稀稀落落地停靠着几台汽车外，这里人烟稀少。可以猜想这些汽车里坐着的都是些说着情话的男女。罗伯特将车停在了路边。

"我们在这里停一会儿，抽支烟好吗？"他问道，"你冷不冷？"

"不冷。"

这个地方人迹罕至，在其他情况下莉迪娅可能会感到有点儿害怕。但她非常了解罗伯特，知道他不会利用这样的地点来占她的便宜。他天性纯良。此外她有一种直觉，感到他有什么话憋在肚子里。她很好奇，想知道是什么。他给她点燃一支烟，也给自己点燃一支，然后他们就默默地坐了一会儿。她知道他很尴尬，不知道该如何开口。她的心焦虑地跳了起来。

"亲爱的，我有事要告诉你。"最后，他开口说话了。

"哦？"

"上帝，我不知道怎么说才好。我通常不会紧张，但现在紧张得不行，这对我来说是个新奇的体验。"

莉迪娅的心一沉，但她外表平静，并没有表现出正在忍受着痛苦煎熬。

“如果一个人有某句话难以开口，”她轻轻地回答，“坦率地说出来可能更好一些。你知道，拐弯抹角地说话没有什么益处。”

“我就照你的话办。你愿意嫁给我吗？”

“我？”

她唯一没有料到的就是这句话。

“我热烈地爱着你。我想我第一眼看到你的时候就爱上了你，就是我们并排站着听音乐会那次，当时眼泪落在你苍白的脸颊滚下了。”

“但你妈妈的态度呢？”

“我妈妈很高兴。她现在正等着呢。我对她说，如果你同意了，我就带你去见她。她想拥抱你。她为我能够与某个她完全赞同的人结为连理，生活安定下来而高兴。我跟妈妈已经商量好了，等一会儿我们一起大哭一场后，要开瓶香槟庆祝一番。”

“上个周日你带我去看你妈妈时，你告诉她你想娶我了吗？”

“当然。她想亲眼见见你也是符合情理的。我母亲可不迟钝，她立刻就打定了主意。”

“我怎么感觉她不喜欢我呢。”

“这你可错了。”

他们互相凝视着笑了，她向他抬起了脸。他第一次吻了她的嘴唇。

他说：“右侧开车就是比左侧好，吻一个姑娘更方便。”

“你这个傻瓜。”她笑了起来。

“那么你也真的有点儿喜欢我喽？”

“我从第一次见到你后就崇拜你。”

“但一个保守的教养良好的女孩儿不会放纵自己的感情，直到她审慎地确定之后才会这样。对吗？”他温柔地嘲笑着她。

但她的回答非常严肃：

“我短暂的生命中遭受的痛苦太多了，我不想再遭受一个也许是我无法承受的痛苦打击。”

“我爱慕你。”

她从来没有经历过这样的幸福，她几乎无法相信自己。那一刻，她的心中充满了对生命的感激。她真想能够永远就这样坐在那里，偎依在他怀中；那一刻，她真想能够就这样死去。但她设法使自己振作起来。

“我们去见你母亲。”

莉迪娅突然感到心中对那个女人充满了爱的暖意。她与自己只见过一面，然而只是因为儿子爱自己，只是因为她敏锐的眼光看出了这个女孩儿深爱着她的儿子，她就放弃了原来所有的期望，欣然同意了他们的婚事。莉迪娅想，在整个法国再也找不出第二个女人能做出如此的牺牲了。

他们开车走了。罗伯特将车停在与他家所在的街道平行的一条街上。他们走到那栋小房子前，他掏出钥匙打开前门，兴奋地先于莉迪娅走进了客厅。

“妈妈，一切都妥了。”

莉迪娅紧跟着他走进房间，伯杰夫人还穿着与上周日同样的黑色印花丝绸衣服，她走上前来将莉迪娅搂在怀里。

“我的孩子！”她哭了，“我太高兴了。”莉迪娅突然大哭起来。伯杰夫人温柔地吻了吻她。

“好了，好了，好了！你不应该哭啊。我实心实意地把儿子给了你。

我知道你会成为他的好妻子的。来，坐下。罗伯特要开香槟了。”

莉迪娅整理了一下情绪，擦干了眼睛。

“您对我太好了，夫人。我真不知道该如何报答您。”

伯杰夫人拉起她的手，轻轻地拍了拍。

“你爱上了我的儿子，而他也爱上了你。”

罗伯特走出了房间。莉迪娅觉得有必要立刻把情况摆明。

“可是，夫人，我没有把握您是否清楚现实的情况。我父亲带出俄罗斯的那一点儿钱几年前就花光了。我除了挣得一点儿工资外什么都没有。真的是一无所有。除了现在身上穿的，我就只有两套衣服了。”

“可是，孩子，这些又有什么关系呢？噢，我不否认，如果你能给罗伯特带来一点儿财产我会很高兴，但钱并不代表一切。爱更重要。如今金钱能衡量出什么？我自信对人的观察还是很准确的，我一看到你就知道你是一个诚实而温柔的人。我看得出来你有良好的教养，我断定你也是有原则的人。毕竟那才是选择一个妻子最重要的考量。我了解我的儿子，他如果娶了一个不喜欢的中产阶级法国女人，他绝对不会感到幸福的。你是俄罗斯人这一点也正好契合了他的浪漫天性。并且你也并非出身低贱，作为一个大学教授的女儿可不是件让人羞耻的事。”

罗伯特拿着酒杯和一瓶香槟走进屋来。他们坐在屋里一直交谈到深夜。伯杰夫人主意已定，他俩只能接受她的安排。莉迪娅和罗伯特住在房子里，而她会给自己在花园后面的小亭子内搭建一个舒适的小窝。除了跟他们一道就餐外，她就待在自己的住处。她决定不对他们的生活进行任何打扰，让这对年轻的夫妇自由自在。

她对莉迪娅说：“我不希望你把我当成婆婆来看待。我想成为你的母亲，我也想成为你的朋友。”

她希望婚礼早日举行，甚至有些急不可耐了。莉迪娅持有一份国联的护照和一张法国政府颁发的居留许可证，她的证件符合法律规定，所以他们只需到市政机关登记即可。由于罗伯特是天主教徒而莉迪娅信仰东正教，他们决定放弃两人都不看重的宗教结婚仪式。尽管伯杰夫人不愿意，他们还是固执己见。莉迪娅太激动了，脑子中一片混乱，那天晚上几乎没有入眠。

他们的婚礼非常简单。出席婚礼的来宾有伯杰夫人和这个家庭的老朋友罗格朗上校，他是一名陆军军医，跟罗伯特的父亲是老搭档；还有伊芙吉尼娅、阿列克谢和他们的孩子。婚礼是在一个周五举行的，因为罗伯特周一早上还要上班。他们的蜜月非常短暂。罗伯特借了一辆轿车，与莉迪娅一道开车前往位于海滨的迪耶普，周日晚上就开车返回了巴黎。

但莉迪娅不知道，就像以前他接她时所开的车一样，这辆车也不是借的，而是偷来的。这就是为什么他总是将车停在距他家所在的街道一到两个街区的原因。她不知道，罗伯特几个月前刚被判处监禁两年的徒刑，但缓期执行。缓刑的原因是考虑到他是初次犯罪。她不知道在那之后他还受到了走私毒品的指控，只是侥幸逃脱了牢狱之灾。她不知道，伯杰夫人之所以赞同这桩婚姻，是因为她觉得这可以使罗伯特回心转意，不再犯罪。而这也的确是罗伯特过上诚实生活的唯一机会。

5

当莉迪娅的声音将他从混乱与困惑的思虑中唤回时，查利不知道自己已经在窗前坐了多久，他就这样一直心不在焉地瞅着黑暗的庭院。

“我想我睡着了。”她说。

“你当然是睡着了。”

他打开了灯。之前他怕惊醒她，就一直黑着灯坐着。壁炉中的炉火几乎要灭了，他又添了一根柴。

“睡了这一大觉真解乏。我睡得真香，连梦都没有做。”

“你经常做噩梦吗？”

“经常做伤心的梦。”

“你穿好了衣服咱们就出去吃饭。”

她冲他笑了笑，笑容虽然不乏亲切，但有几分讽刺的意味。

“我想你一般不这样过圣诞节。”

“我一定要回答这个问题吗？”他咧嘴一笑。

她走进浴室，他听见她在洗澡。她出来后仍然穿着他的晨衣。

“你去洗澡吧，我好换衣服。”

查利进了浴室。她一晚上都睡在他旁边的床上，本不应介意当着他的面换衣的，但他还是很自然地接受了她的建议。

莉迪娅带他到位于杜缅因大道的一家餐馆。她熟悉这家餐馆，说这里的饭菜做得不错。这家餐馆墙上装饰着壁画，窗上挂着印花棉布窗帘，桌上摆着白镴盘，不自觉地有那么点儿旧世界的味道。这里是一个温馨的小地方，除了两个穿着庄重的中年妇女和三个郁郁寡欢而安静的印度小伙子在吃饭外，餐馆内就再也没有其他人了。那三个小伙子看上去让人觉得他们孤独而寂寞，在这里吃饭，只是因为他们没有其他地方可去。

莉迪娅和查利坐在餐馆的一个角落里，他们的谈话别人无法听到。莉迪娅胃口很好，吃得可真不少。当他又递给她一盘食物时，她把盘子推开了。

“我婆婆常常抱怨我吃得太多。她常说我就像是这辈子都没有吃饱过饭似的。当然，她说得也真对。”

查利被这句话吓了一跳。同一个一年到头都吃不饱饭的人坐在一起吃饭的感觉是怪怪的。他曾先入为主地认为，一个人如果经历了她所经受的这般苦难，是不可能如此狼吞虎咽地大吃一气的。但眼前的情景正好相反，这使他吃惊不小。她的悲剧故事显得有点儿怪诞。她不是一个富有浪漫色彩的人物，只是一个很普通的年轻女子，而正是这一点在某种程度上使她的悲惨故事显得更加恐怖。

“你与婆婆相处得好吗？”他问道。

“是的。我们的关系相当不错。虽然她为人冷酷，工于心计，注重实际，唯利是图，但她不是一个坏女人。她是一个好管家，她喜欢家里一切都井井有条。我们俄罗斯人在家里都很随便，我的邋遢习惯常常使她很生气。但她自我控制的能力很强，从不乱发脾气，口中也绝不说出难听的话。她的情绪非常容易激动，仅次于罗伯特。她父亲曾是一名参谋军官，她丈夫曾是一个上校军医，她很为此感到自豪。他们两人都获得过法国荣誉军团勋章。她丈夫曾在大战中失去一条腿。她很为父亲和丈夫受人尊敬的从军经历感到自豪，也非常看重他们给她带来的社会地位。我想你会说她是个势利小人，但她并不是非常势利，偶尔的一点儿这类行为不会使你感到受到了冒犯，只会让你发笑。一个外国人往往会认为她的道德观念在法国很不寻常。比如说，她不能容忍对丈夫不忠的女人，但她认为男人欺骗自己的妻子是天经地义的事。再比如说，除非她有能力还人情，否则她不会接受任何邀请。有一次，她买东西时认准了一个价钱进行讨价还价，即使别人告诉她这个价格给高了，她也不肯改变要价。虽然她把每一分钱都看得很重，但她恪守诚实的原则，对她的家人也非常忠实。她有着极强的正义感。她知道让我在受蒙蔽的情况下嫁给罗伯特有些不道德，至少她应该告诉我这一切，给我决定是否答应的机会。当然我不会有丝毫犹豫的，但她并不知道这一点，她认为我有充分的理由责怪她。当我发现了他们对我隐瞒的事情后，她只能回答说，如果事关罗伯特，她准备牺牲任何一个旁人。也正是由于这个缘故，她强迫自己容忍我身上很多她反感的习惯。为了促成她儿子的这桩婚姻，她下定了决心，调动了她所有的智谋，厉行自我克制。她觉得这是罗伯特改过自新的唯一机会。她的母爱无边，已经准备好接受儿子娶了媳妇忘了娘的结果。她甚至准备失去对他的影响。这一点我认为是一个女人最看重的，无论是对儿子、丈夫、恋人或是其他什么人，对这一点的看重甚至超过了能否获得他们的爱。她说过她不会介入我们的生活，她真的也是说到做到。除了在厨房里（后来我们辞退了女佣）和吃饭的时候，我们很难看到她。她不出门的时候，就会整天都待在花园那头的小亭屋内。我们怕她感到孤独，有时就请她来和我们一起坐坐。她就会借口有工作要做，有信件要写，或有书要看完而拒绝我们的邀请。她是个你很难喜爱，但不能不尊重的女人。”

“她现在的生活如何？”查利问道。

“罗伯特打官司所需的费用毁了她。她不多的一点儿积蓄大部分都作了罗伯特的保释金，其余的用于请律师了。她只能把房子卖了。而房子是她骄傲的主要资本，是她作为一名军官的遗孀而享有一定社会地位的象征。她还用她的养老金作抵押借了贷款。她的烹饪技艺一直不错，现在在欧特伊区一个美国人住的公寓内做杂役女工。”

“那以后你去看过她吗？”

“没有。我为什么要去见她呢？我们没有任何共同之处。当我在使罗伯特规规矩矩做人方面不再有什么用处后，她对我就不感兴趣了。”

莉迪娅继续向他讲述她的婚姻生活。有了属于自己的房子，而且不必每天早上都去上班，她真的是非常满足。她很快就发现家里的钱也不充裕，但相对于她已经习惯了的生活，现在的经济条件算是宽裕多了。至少她有了安全感。罗伯特对她非常体贴，也很容易相处，只是常常让她在家孤守着，但她很爱他，连这都成了一种乐趣。他的粗鲁和乐天派的玩世不恭常常逗得她开怀大笑，她的身上充满了活力。他花钱从来就不考虑家里的经济状况。他送给她一块金表和一个化妆盒，这两样东西至少要花掉两三万法郎，他还送给她一个鳄鱼皮制作的女包。当她发现包内的一个口袋里有一张有轨电车车票时，她很奇怪。她问罗伯特电车票是怎么回事，他笑了。他说，这个包其实是从一个女孩儿手中买的。这个女孩也在赌赛马，但这一天她的运气糟透了。她的情人刚刚把这个包送给她，她就要把它处理了。他没能抵挡住如此低价的诱惑。他不时会带莉迪娅去剧院看戏，看完戏后他们去蒙马特跳舞。她想知道他哪来的钱用于这样奢侈的享受。他快活地回答说，满世界都是傻瓜，如果一个聪明人无法偶尔得到一点儿好东西那就有点儿荒唐了。不过他们这类活动都瞒着伯杰夫人。莉迪娅本以为结婚时她对罗伯特的爱已经达到了顶峰，但婚后她对他的感情一点儿也没有消退，反而每日俱增。他不仅是一个迷人的情人，而且是一个讨人喜欢的伴侣。

大约在他们结婚四个月后，罗伯特失去了工作。这件事在这个家庭掀起了她难以理解的波澜。尽管他的薪水对这个家庭无足轻重，但他和他母亲还是在那间亭屋内关上门待了很长一段时间。此后当莉迪娅再次看到婆婆的时候，很明显她刚哭过。她的脸色非常憔悴，阴沉着瞪了莉迪娅一眼，仿佛责怪她有什么不对。莉迪娅实在不明白这是怎么回事。然后这个家庭的老朋友，军医罗格朗上校来了，他们三人又关在伯杰夫人的房间内进行密谈。有两三天的时间罗伯特沉默不语，自打认识莉迪娅以来，他第一次有些烦躁。当她问他怎么回事时，他厉声回答："你别管！"然后，或许是他觉得无论如何也要做一些解释，他说整个麻烦都是他母亲太吝啬惹出来的。莉迪娅知道，虽然她婆婆很吝啬，但只要事关她儿子，她可是从来也不吝啬，为他花多少钱都值得。但看到罗伯特眼下脾气很坏，她觉得自己最好还是什么都不说。有两三天的时间，伯杰夫人看起来都处在深深的忧虑之中。但后来，不管麻烦是什么，这件事就这样过去了。然而她却将女佣解雇了。家里有女佣几乎是一个原则性的问题。因为哪怕只有一个女佣，伯杰夫人都可以将自己看成是一个有身份的夫人。但现在她告诉莉迪娅：雇女佣没有多大用处，还浪费钱；她们两个人照料这栋小房子不用费多大力气；她自己上街去买菜可以做到物美价廉；此外，她真的也没有什么事，她喜欢做饭，这样还充实一些。莉迪娅也非常愿意做点儿家务活。

生活几乎同以往一样。罗伯特很快就恢复了好心情，他还同以前一样快活多情又讨人喜欢。他早上很晚才起床，然后出去找工作，而且往往直到深夜才回来。伯杰夫人总是给罗伯特做好吃的，但是当这两个女人单独在家的时候，她们就吃得很节俭：一碗稀薄的汤，一盘沙拉和一点儿奶酪。伯杰夫人明显很疲惫。不止一次莉迪娅走进厨房，发现她站在那里什么也没做，一脸的心神不宁，仿佛难以忍受的焦虑正折磨着她。但只要莉迪娅一进来，她马上就回过神来，忙着干手头的活儿。她仍然很注重外表。到了该拜访老朋友的日子，她会穿上自己最好的衣服，在脸颊上轻轻涂点儿胭脂，然后才昂首出门。每当这时她都会腰杆挺得笔直，一副体面的中产阶级派头。过了一段时间后，虽然罗伯特仍然没有找到工作，但他似乎并不比之前缺钱花。他告诉莉迪娅，他设法卖掉了一两辆二手车，从中抽取了佣金。然后他在一间酒吧结识了一些组织赛马的人，从他们那里得到了一些透漏出来的消息。莉迪娅不知道为什么对这个说法产生了怀疑。尽管她不愿意这么想，她还是觉得发生了某种无法摆上桌面的事。有一次，一件偶然发生的事使她感到非常焦虑。一个星期天，罗伯特告诉他的母亲，有一个人可能要给他一份工作，让他和莉迪娅一道上他家去吃午饭。他家位于沙特尔大教堂附近，他要开车跟她一道去。可是当他们步行了两个街区，钻进一辆轿车时，他告诉莉迪娅刚才说的只是托词。他在上周四的赛马中碰上了一点儿运气，现在带她去茹伊餐厅吃午饭。他之所以没有告诉他母亲实话，是因为她会将在外面的餐厅吃饭看做不必要的挥霍。这一天风和日丽。吃午饭的地方在这家餐厅的花园，顾客很多。他俩发现一张桌子旁有两张空位，但这张桌子旁已经有四个人了，他们是一起的。这伙人吃完饭离开时，他俩的饭刚吃了一半。

“哦，你看，”罗伯特说，“一位女士把她的包落下了。”

他拿过这个包，让莉迪娅大吃一惊的是，他将包打开了。她看到包内有钱。他迅速左右看了看，然后严厉、恶毒而狡猾地看了她一眼。她的心脏几乎停止了跳动。她确信他就要将钱拿出来放进自己的口袋。

她惊恐得喘不上气来。但就在这时，曾在这张餐桌吃饭的一个男人返了回来，他看见罗伯特将包拿在手里。

“你拿着这个包干什么？”他问道。

罗伯特给了他一个坦率而迷人的微笑。

“这个包落下了。我想看看它是谁的。”

那个人用严厉而怀疑的眼神盯着他。

“你把包交给店主不就得了。”

“您以为那样的话您还能把包拿回来吗？”罗伯特一面赔着笑脸，一面将包递给他。

那个人一句话也没说，拿过包转身就走了。

“女人们一点儿也不当心她们的包，真是罪过。”罗伯特说。

莉迪娅如释重负地叹了一口气。她的怀疑真是荒谬。毕竟周围都是人，没有人敢公然从包中偷钱，风险也太大了。但是她懂得罗伯特脸上的每一个表情，尽管令人难以置信，她肯定他曾有偷这笔钱的打算。他可能把这看成是一个绝妙的玩笑。

她已经完全把这件事忘在脑后了。但在那个可怕的早晨，当她看到报纸登载了赌马经纪人特迪·约旦被谋杀的消息后，她马上想到了这件事。她想起了罗伯特的眼神。一个可怕的念头闪过脑海，她顿悟到罗伯特什么事都干得出来。她现在知道裤子上的污渍是什么了。是血！她知道那几千法郎的钞票是从哪儿来的了。她也知道罗伯特丢掉工作后，他为什么会那样阴沉着脸；为什么他母亲会那样心烦意乱；为什么罗格朗上校，那个医生，会跟她们母子一道关在室内激烈地争吵几个小时。是因为罗伯特偷了钱。伯杰夫人打发走女佣，并拼命节俭，那是因为她必须攒下一笔钱。如果不拿出这笔钱来,她儿子就要蹲监狱，而以她的经济能力难以拿出这么多钱来。

莉迪娅又读了一遍这篇犯罪事件的报道。

特迪·约旦一个人住在一栋公寓一层的一套房间内，门房负责为他打扫房间。他在外面吃中饭，门房每天早晚将咖啡和点心给他拿到屋里。就这样她发现他死在了屋里。他穿着长袖衬衣躺在地板上，后背挨了一刀。尸体的位置距留声机很近，一张破碎的唱片还压在身下，看起来他应该是在换唱片的时候挨了这一刀。一本空空的小笔记簿放在壁炉架上。有半杯掺了苏打水的威士忌放在一张桌子上，桌旁有一张扶手椅；另一个没有用过的空杯子与威士忌酒瓶、吸管和尚未切开的蛋糕放在一个盘子内。显然有一位来客，但客人没有喝酒。死亡发生在几个小时之前。记者显然对这起案件进行了小范围的调查。但在他的报道中多少是事实多少是虚构的故事情节还很难说。记者曾采访过门房，从她口中了解到，据她所知，到案发为止没有女人进入过这间公寓，但有一些男人来过，主要是些年轻人，由这一点她得出了自己的结论。她说特迪·约旦是个好房客，从不惹麻烦，在钱方面也很慷慨。据这篇文章报道，根据被害人背部刀口扎入的深度，警方确信凶手肯定是一个体格强壮的男人。室内没有凌乱的迹象，这表明约旦是突然受到袭击，根本没有机会进行自卫。现场没有找到这把刀，但窗帘上的血迹表明，凶手曾用窗帘擦拭过刀。这篇报道还说，虽然警方仔细地进行了勘查，但没有发现凶手留下的指纹。由这一点他得出的结论是：凶手要么就是擦掉了所有的指纹，要么就是作案时戴着手套。第一种情况表明凶手非常冷静，第二种情况则表明这起凶杀是事先预谋的。

记者随后走访了乔乔酒吧。这是一家小酒吧，位于玛德莱娜广场大道后一条小街上。经常光顾的人都是些赛马骑师、赌马经纪人和赌徒。这里出售简单的食物，有熏肉和鸡蛋、香肠和排骨，约旦定期在这里吃饭。他的大多数生意也是在这里进行的。记者了解到，约旦在这家酒吧的常客中颇有人缘。他的生意也是有起有伏，但只要他赚了一笔钱，这一天他就会非常慷慨。他随时愿意请人喝一杯，对所有人都非常亲切友好。尽管如此，他还是落下了一个狡诈的名声。有时他出手阔绰，有时又会欠下一大笔账单，但他最终总能偿还这些欠账。记者在报道中提到，门房怀疑这家酒吧的老板乔乔有作案嫌疑，但他确信这些怀疑没有根据。他在这篇生动的报道的结尾说，警方正在积极进行调查，预计二十四小时内就可抓到杀人疑犯。

莉迪娅吓坏了。她毫不怀疑罗伯特就是这桩案件的凶犯，她就像亲眼见到他杀人一样确信这一点。

“他怎么能杀人呢？他怎么能杀人呢？”她喊了起来。

但她被自己的声音吓了一跳。虽然厨房里没有其他人，但她一定不能让自己的想法表露出来。她首先和唯一想到的就是他必须逃出面临的可怕危险。无论他做了什么她都爱他，没有任何事情可以让她的爱减少分毫。如果他们抓住了他，要把他从她身边带走，她会痛苦地尖叫起来。即使在那一刻，她想到他柔软的嘴唇压在她的嘴唇上，想到他修长的身体，还是个孩子般的身体被她搂在怀里的感觉，她还是极度地兴奋起来。他们说，从刀扎的深度可以看出凶手的力气很大，他们正在寻找一个身高体壮的男人。虽然罗伯特瘦高而结实，但他长得既不高大也不强壮。此外还有门房的怀疑。警察会在夜总会和咖啡厅进行搜索，会在蒙马特区和拉普街那些同性恋经常光顾的地方进行搜索。罗伯特从来不到这样的地方去，没有谁比她更清楚他是多么讨厌那些同性恋了。他确实经常光顾乔乔酒吧，但还有许多人也是如此。他去那里是为了从骑师那里获得提示，是为了从赌马经纪人那里获得比掮客更好的赔率。这些完全都是光明正大的事。没有理由将怀疑最终落在他的头上。那条裤子已经烧掉了，谁能想到伯杰夫人会这么节俭，劝说罗伯特买了第二条裤子？如果警察发现罗伯特认识约旦（约旦认识很多人），并搜查了这栋房子（这不大可能，但警察可能询问所有与那个赌马经纪人关系不错的人），他们什么也不会找到。但那几千法郎的钞票？想到这里，莉迪娅惊惶失措起来。他们家的贫困状况很容易查明。罗伯特和她一直认为他母亲有一小笔积蓄藏在她住的亭屋里，但在罗伯特丢了工作后，这笔钱肯定也花光了。一旦警察怀疑上他，毫无疑问就能查明他们家的经济状况，那时她将如何对警察解释这几千法郎呢？莉迪娅不知道当时那个口袋中到底有多少钱。也许有七八千块吧。对穷人来说这是一笔不小的钱财。伯杰夫人尽管知道罗伯特是如何得到这笔钱的，但也没有勇气舍弃这笔钱。她会相信自己的小聪明，认为自己能够把钱藏到一处没有人想到的地方。莉迪娅知道同她商量没有用。在这种情况下她听不进道理。唯一能做的就是自己去找到这笔钱，然后把钱烧掉。只有这样她才能稍感安宁。然后即使警察来搜查，他们也不可能找到罪证了。她焦灼万分地考虑着伯杰夫人最有可能把钱藏在哪里。她不常去那间伯杰夫人住的亭屋，但那个房间的一切都装在她的脑袋里。她把房间中的每一件家具，每一个可能藏钱的地方都在脑子里过了一遍。她决定只要一有机会就进行一次搜查。

机会来得比她预料的要早。就在那天下午，两个女人默默地吃完食物少得可怜的午餐后，莉迪娅坐在客厅里干针线活。她读不进书去，但她必须做点儿事情来平息内心的恐惧，恐惧在啃咬着她的心房。她听到伯杰夫人走进了房子，以为她会到厨房去，但客厅的门被推开了。

“如果罗伯特回来了，告诉他我五点后回家。”

使莉迪娅深感吃惊的是，她看到婆婆穿上了她最高档的衣服。她身穿那件黑色印花丝绸衣服，头戴黑色无沿缎子女帽，脖子上围着一条银狐围脖。

“您要出门吗？”莉迪娅不禁喊了起来。

“是的，今天是将军狩猎季的最后一天。如果我不去捧场，将军夫人会认为我非常不礼貌。她和将军都很喜欢我那可怜的丈夫。”

莉迪娅懂了。她看出来了，鉴于可能出现不测，伯杰夫人打定主意这一天她必须要同平时一样表现自然。一反常态地不参加这种社交活动可能被他人认为是害怕她儿子与赌马经纪人被杀一案有牵连。另一方面，参加这种活动可以证明她从来就没想过这种可能。她是个有着无穷勇气的女人。与她相比，莉迪娅只能感到自己软弱，满是女人气。

她刚一出门，莉迪娅马上就闩上了院子的大门，这样任何人要想进来就只能按门铃了。然后她开始搜索这个小小的花园。花园的中间是块杂草地，周围是圈沙砾小路，草地的中间有个花坛，里面种着菊花，秋天的时候这些菊花就会开花。她坚信她婆婆会将那笔钱藏在自己居住的亭屋内，而不会藏在花园里。亭屋有一个较大的房间和一间挨着的厕所，伯杰夫人将厕所改造成了她的更衣室。较大的房间内摆放着一套雕刻精致的桃花心木卧室家具，还有一张沙发、一把扶手椅和一张紫檀木书桌。四面墙上挂着她自己和已故丈夫放大的照片，还有一张她丈夫坟墓的照片，下面挂着他获得的各种奖章和荣誉军团勋章，罗伯特不同年龄的照片也挂在墙上。莉迪娅在想，这种类型的女人喜欢将东西藏在哪里呢。莉迪娅怀疑是一个她经常使用的地方，因为多年来她不得不把钱藏在罗伯特找不到的地方。她太精明了，不会把钱藏在床上、书桌的暗屉里或扶手椅和沙发的缝隙处，这些地方谁都想得到。这个房间没有壁炉，但有一个带铁管的煤气炉。莉迪娅审视着这个炉子。她没有看出这个炉子有什么地方可以藏东西；此外，炉子冬天要用。莉迪娅想，她婆婆那种女人一旦找到了安全的藏钱之处，她就不会换地方，所以不可能将钱藏在炉子中。她一面四下打量着，一面感到困惑。因为她实在想不出该做什么，她就揭开床罩，将枕头从枕套中抽出。她仔细查看了枕头，并用手摸了个遍。床垫的包裹材料非常结实，她确信伯杰夫人无法剪条缝再缝上。如果她很长一段时间以来都在相同的地方藏钱，这个地方应该容易够到；如果她取出钱来，这个地方应该可以迅速消除掉痕迹。为细致起见，莉迪娅又查看了五斗柜和书桌。抽屉都没有锁着，所有的东西都归理得井井有条。她又打开衣柜。她的脑子一刻不停地高速运转着。她曾听过无数俄罗斯人如何藏东西，以免金钱和珠宝被布尔什维克搜走的故事。她也听说过许多极为机巧的独创性的藏物故事，有些方法并未起到作用，而有些则躲过了搜索。她想起一名妇女的故事，在从莫斯科前往列宁格勒的火车上她受到了搜查。她浑身上下都受到了仔细搜查，但她将一串钻石项链缝在裘皮大衣的褶缝中，虽然大衣也被仔细检查了，但钻石项链还是没有被发现。伯杰夫人也有一件裘皮大衣。她多年前就有了这件俄式羔羊皮旧大衣，大衣挂在衣柜里。莉迪娅将大衣拿出来，进行了彻底搜查，但她既没看见也没摸到什么东西。没有最近缝合的痕迹。她把大衣挂好，又一件件依次取出了三四件伯杰夫人的衣服。没有可能将钱缝在任何一件衣服里。她的心沉了下去。她担心婆婆将钱藏得太隐蔽了，她永远也找不到。她突然有了一个新的想法。人们常说，最危险的地方也是最安全的地方，没有人会想到去检查那里。例如，杂物筐就是一个最显眼而又最不引人怀疑的地方，伯杰夫人就有这样一个小筐，放在扶手椅旁边的一张小桌子上。她有点儿沮丧地看了看表，时间很紧，她不能停留太久，她将筐中的东西都倒了出来。有一只伯杰夫人正在修补的长袜，还有剪刀、针、各种零碎的物件、棉线和丝线的线轴。还有一条织了一半的黑色羊毛披肩，伯杰夫人打算在她从亭屋走到房子里的路上披这条披肩。在黑色和白色棉线轴中，莉迪娅惊奇地发现还有一个黄线轴。不知道她婆婆想用黄线干什么。当她的眼光落到窗帘上时，心猛地一跳。房间里唯一的光线来自玻璃门，一副窗帘挂在那里；另一副做了门帘，挂在通往更衣室的门两侧。伯杰夫人很为这些窗帘感到骄傲。它们曾属于她那位上校父亲所有，她从儿时起就记得。这些窗帘非常昂贵，沉甸甸的，还带有一个镶着穗边和花饰的窗帘盒。制作窗帘的材料是黄色织锦。莉迪娅先检查了窗口上的那副，翻看了窗帘的内衬。窗帘很长，是按照比现在的房间要高的房间制作的，因为伯杰夫人不忍心剪短，因此把窗帘底部折了起来。莉迪娅检查了窗帘的下摆；窗帘是由一个职业女裁缝缝制的，缝线都褪色了。然后她又检查了挂在门两侧的窗帘。她深深地吸了口气。在最靠墙的角落处，因此也是最暗的地方，有一条约四英寸长的新缝上的部位，缝线很新。莉迪娅从杂物篮中拿出一把剪子，迅速剪开了这条缝线，她将手伸进缝线内，取出了钞票。她将钞票装进衣服口袋，然后几分钟内就用针和黄线将接缝重新缝上，没有人能看出来缝线被动过了。她打量了一下四周，看看有没有被她弄乱的地方。她回到房子后，马上上楼钻进浴室，将钞票撕成小片后扔进马桶，放水冲走。她又跑到楼下，拉开了院门的插闩，然后才坐下来做她的针线活。她的心怦怦直跳，几乎要跳出嗓子眼儿了。但她感到非常宽慰。现在即使警察来了，他们也什么都找不着。

伯杰夫人回来了。她走进客厅，沉重地在沙发上坐下。在外面为显得若无其事，她使出了全部精力，现在疲惫至极。她脸上的肌肉下垂着，看上去就像是一个老妪。莉迪娅看了她一眼，但什么也没说。过了几分钟，她疲惫地叹了一口气，站起来走回她的房间。她回到客厅时已经脱掉了那身光鲜的衣服，穿上了毛毡拖鞋和一件破旧的黑衣服。尽管发型时髦，嘴唇上涂了唇膏，脸上抹了胭脂，她看起来还是像一个年老的女佣。

“我来看看晚饭做点儿什么。”她说。

“要我帮你吗？”莉迪娅问道。

“不用，我想自己做。”

莉迪娅继续做自己的针线活。这栋小房子里静悄悄的，似乎有一种不祥之感。这种寂静有些吓人。一会儿罗伯特回来了，他将钥匙插入弹簧锁开门的动静就像是一阵震耳的轰鸣。莉迪娅使劲攥着双手，防止自己哭出来。他走进屋子时轻轻吹了声口哨，莉迪娅冷静了一下，走到走廊里。他手里拿着两三张报纸。

“我给你带回了晚报。”他快活地喊道，“报纸上满是那起谋杀案的报道。”

他知道他妈妈会在厨房里面，就走进去将报纸扔在桌子上。莉迪娅跟了进去。伯杰夫人一言不发地看了他们一眼，拿起一份报纸读了起来。上面正是头版新闻，标题巨大。

“我去了乔乔酒吧。那里的人都在谈论这起凶杀案。约旦是那里的老客户，大家都认识他。他被杀的那天晚上我还同他说过话呢。那天的赛马他运气不错，又发了一笔小财。他为所有的人买了单。”

他说话的语气是那么轻松和自然，你会以为他跟这件事一点儿关系都没有。他的眼睛闪闪发光，平日里苍白的脸颊上有了一点儿红晕。他很兴奋，但并不紧张。他试图使自己的声调跟表情一样显出对此漠不关心。莉迪娅问道：

“他们认为凶手是什么人啊？”

“他们怀疑是一个水手干的。门房说，大约一周前，她看到约旦与一个水手一起回到公寓。当然也有可能是一个伪装成水手的人干的。他们正在蒙马特区那些臭名昭著的酒吧常客中进行搜捕。从死者伤口附近皮肤的状况来看，扎的那一刀力气很大。他们正在寻找一个身高体壮的大块头男人。自然，有那么一两个拳击手的名声不太好。”

伯杰夫人放下报纸，一声没吭。

“晚饭马上就好了。”她说，“莉迪娅，餐桌布铺好没有？”

“我这就去铺。”

罗伯特在家的时候，两顿正餐就都在餐厅里吃。当然，这个餐厅还有其他用处。但伯杰夫人说：

“我们不能像野蛮人一样生活。罗伯特是在良好的教养中长大的，他习惯于什么事情都井井有条。”

罗伯特走上楼去换外衣、穿拖鞋。罗伯特回到家的时候就要把他最好的衣服换下来，否则伯杰夫人会不高兴。莉迪娅着手摆放餐桌。突然，她猛地想到一个念头，就如同迎头挨了一击，她踉跄了一下，扶着椅子的后背才没有倒下。特迪·约旦被谋杀已经两个晚上了，而正是在两晚前罗伯特唤醒了她，让她做晚餐，然后赶紧催她上床。原来他是杀完了人后直接回来跟她上床的。原来他的激情，他没有休止的欲望，他做爱的狂潮都是由于受到一个人流出的鲜血的刺激。

“如果那天晚上我怀孕了呢？”

罗伯特穿着拖鞋下了楼。

“我换完衣服了，妈妈。”他大声地嚷着。

“我来了。”

他走进餐厅，坐在他的老地方。他从碟子上拿起一块餐巾，然后伸手从莉迪娅摆好的盘子中拿起一块面包。

“老太太今晚给咱们做的饭怎么样？我现在可是饿坏了。我中午在乔乔酒吧就只吃了一个三明治。”

伯杰夫人将盛汤的碗端了出来，在桌子一头她的座位上坐下来，为他们每人舀了两三勺汤。罗伯特兴致很高。他快活地说着话，但两个女人都不怎么开口。他们喝完了汤。

“下一道菜是什么？”他问道。

“农家馅饼。”

“不是我最爱吃的菜。”

“有东西吃你就该谢天谢地了。”他母亲尖刻地回答道。

他耸了耸肩，给莉迪娅使了个快活的眼色。伯杰夫人走进厨房，去取农家馅饼。

“老太太似乎心情不大好。她今天都干了些什么？”

“今天是将军狩猎季的最后一天。她去捧场了。”

“那个烦人的老家伙！谁到那儿去都得一肚子火。”

伯杰夫人将盘子端上来，将馅饼分给大家。罗伯特自己倒了些加水的果酒。他用一贯的挖苦和逗乐的方式，滔滔不绝地讲了一件又一件事，但最后他对这两人的沉默不语再也忍不住了。

“你们俩今晚怎么回事？”他愤怒地止住了自己的话头，“你们闷闷不乐地坐在那里，就像两个参加葬礼的哑巴。”

他母亲坐在桌旁，眼睛一直盯着自己的盘子，强迫自己往下咽食物。听到这句话，她抬起头来，直视着他，一言不发。

“哎，你看什么呢？”他毫无礼貌地喊道。

她没有回答，而是继续盯着他。莉迪娅看了她一眼。她那双黑黑的眼睛像罗伯特的一样能说话。现在这双眼睛中流露出的是责备、恐惧和愤怒，也流露出痛苦，难以忍受的痛苦，令人望之心碎。

罗伯特无法承受这种痛苦的目光，低下头去。他们沉默地吃完了饭。罗伯特点燃了一支香烟，也递给莉迪娅一支。她走进厨房取咖啡。他们沉默地喝完了咖啡。

有人在按门铃。伯杰夫人轻声叫了起来。他们坐在那里一动不动，仿佛凝固了一般。铃声又一次响了起来。

“是谁？”伯杰夫人低声说道。

“我去看看。”罗伯特说。然后，他脸色很难看地说：“振作起来，妈妈。没有什么可担心的。”

他走到门口。她俩听到了陌生人说话的声音，但他出去后随手关上了客厅的门，她俩听不清外面在说些什么。一两分钟后他回来了。两个男人跟着他走进了房间。

“你俩到厨房待一会儿好吗？”他说，“这两位先生想和我说几句话。”

“他们想要干什么？”

“他们正要跟我说。”罗伯特冷冷地回答道。

两个女人站起来走了出去。莉迪娅偷偷看了他一眼。他似乎非常镇定。他不可能猜不到这两个陌生人是警探。伯杰夫人没有关厨房门，希望能听到他们说些什么。但隔着走廊，门又紧闭着，所以什么也听不见。谈话持续了近一个小时，然后门打开了。

“莉迪娅，你去把我的外衣跟鞋拿下来。”罗伯特喊道，“这两位先生要我陪他们走一趟。”

他说话的声音同平时一样轻松快活，仿佛充满了自信。但莉迪娅的心沉了下去。她走上楼去把衣服跟鞋给他拿下来。伯杰夫人一句话也没有说。罗伯特换了衣服，穿上鞋。

“我大概一两个小时后回来，”他说，“但不要等我了。”

“你要上哪儿去？”他母亲问道。

“他们要我跟他们到警察局去一趟。警长认为我也许可以为特迪·约旦被谋杀的案件提供点儿线索。”

“这件事跟你有什么关系？”

“像许多人一样，我认识他，仅此而已。”

罗伯特同两个警探一道走了。

“你最好收拾完桌子后帮我一道把餐具洗干净。”伯杰夫人说道。

她们洗完了餐具，把一切都归拢整齐。然后，她俩就分坐在餐桌两头等着。她俩没有说话，也避开对方的注视。她们就这样不知坐了多长时间。房间内有一种不祥的寂静，唯一能听到的声音是走廊的那座布谷鸟挂钟发出的嘀嗒声。钟鸣三次后伯杰夫人站了起来。

“他今晚不会回来了。我们最好去睡觉。”

“我无法入睡。我宁愿待在这儿。”

“待在这里又有什么用？只是费电而已。你不是有安眠药吗？吃两片。”

莉迪娅叹了口气，站起身来。伯杰夫人皱着眉头看了她一眼，勃然大怒道：

“不要摆出一副世界末日即将来临的样子。你不用把脸拉得那么长，罗伯特没干过什么会惹麻烦的事。我不知道你怀疑些什么。”

莉迪娅没有回答，但看了她一眼，那痛苦的眼神使伯杰夫人不忍对视。

“上床睡觉去！去睡觉去！”她气愤地喊道。

莉迪娅转身上楼去了。她一夜没睡，等着罗伯特，但他没有回来。第二天早晨她下楼时，伯杰夫人已经出门买回了报纸。约旦的谋杀案仍是头版新闻，但没有提及有被捕的嫌疑人；警察局仍在继续进行侦查。伯杰夫人一喝完咖啡马上又出去了。直到十一点多她才回来。看到她一脸的憔悴，莉迪娅的心提了起来。

“情况如何？”

“他们什么也不告诉我。我请了律师，他到警察局去了。”

她们刚吃完可怜的一点儿午餐，门铃就响了。莉迪娅打开大门，是罗格朗上校和一个她从未见过的男人。在他们身后是另外两名男子和一个女人，她立即认出两个男人是头一天晚上来过的警官，那个女人表情冷酷。罗格朗上校要伯杰夫人出来。莉迪娅不安地走到厨房门口，前排的那名男子从她身边挤过去。

“你是莱昂蒂娜 · 伯杰夫人吗？”

“是的。”

“我叫卢卡斯，巴黎警察局的。我奉命搜查这所房子。”他掏出了一份文件，“你儿子罗伯特·伯杰指定罗格朗上校代表他参加这次搜查。”

“你凭什么要来搜查我的房子？”

“我相信你不会妨碍我执行公务。”

她轻蔑又愤怒地瞥了这个警察一眼。

“如果你有搜查证，我当然没有权利阻止你了。”

在上校和两名警探的陪同下，那个警察走上楼，而同来的那个女人则与伯杰夫人和莉迪娅一起待在厨房。二层有两个房间，较大的房间是罗伯特夫妇的卧室，较小的房间是罗伯特单身时的卧室。此外还有一间带有煤气热水器的浴室。他们在楼上待了近两个小时，当他们走下楼梯时，那个警察手里拿着莉迪娅的小手提包。

“这个包是从哪儿来的？”他问道。

“我丈夫送给我的。”

“他从哪里得到的这个包？”

“他从一个穷困潦倒的女人手中买来的。”那个警察仔细地看了看她。他的目光落在了她戴的手表上。他指着手表问道：

“这也是你丈夫送给你的？”

“是。”

他再没有说话。他把手提包放下，走进这个分隔成两间的房间——其中一个做餐厅，一个做客厅——加入同伴的行列。但一两分钟后莉迪娅听见前门砰的一声关上了。她从窗户向外望去，看到一名警察走出门，开着一辆停在路边的汽车走了。她看着这个漂亮的手提包，突然产生了恐惧。现在，为了搜查厨房，伯杰夫人和莉迪娅被请到了客厅。客厅里一片狼藉。很明显，这里被彻底地搜查了。窗帘被摘下来扔在地板上。伯杰夫人看到地上的窗帘马上把眼光避开，她张开嘴想说点儿什么，但费了很大力气把话咽了回去。但是，当这些人搜查完厨房，跨过小小的花园向亭屋走去的时候，她身不由己地走到窗前看着他们。莉迪娅看到她浑身颤抖，生怕与她们在一起的那个女人也看出来。但她在懒洋洋地看着一份汽车杂志。莉迪娅走到窗前，握着她婆婆的手。她甚至不敢悄声告诉她，不会有危险的。当伯杰夫人看到黄色织锦窗帘被取下来的时候，她紧紧地抓住了莉迪娅的手，莉迪娅能做的就是用力握了握作为回应，试图告诉她不必害怕。

这些人在亭屋里的时间几乎与他们在楼上的时间一样长。

当他们还在亭屋的时候，那个走了的警察又回来了。过了一会儿，他又出去了，从停在外面的车上取回两把铲子。在罗格朗上校的监督下，这两个警察开始翻挖花坛。警官走进了客厅。

“由这位女士对你们进行搜身，你们有什么反对意见吗？”他问道。“没有。”她俩回答道。

他转身对莉迪娅说：

“那么请您随这位女士回到自己的卧室。”

当莉迪娅走到楼上后，她明白他们为什么要待这么久了。房间看起来像是遭到了强盗的洗劫。床上凌乱地扔着罗伯特的衣服，她猜测这些衣服都受到过非常仔细的搜查。搜查的痛苦过程结束了，警官盘问了莉迪娅她丈夫衣服方面的问题。这很好回答，因为他的衣服不多：两条网球运动裤；除了身上穿的他还有两套西服；一件晚礼服，几条灯笼裤。她没有理由不据实回答。搜查最终结束的时候已经是七点多钟了。但那个警官还没完。他拿起了莉迪娅的手提包。这个手提包刚被她从厨房拿出来，搁在一张桌子上。

“夫人，我要将这个手提包带走，您的手表我也要带走，请您把手表递给我。”

“凭什么？”

“我有理由怀疑这些是偷来的赃物。”

莉迪娅惊愕地盯着他。但罗格朗上校走上前来。

“你没有权利拿走这些东西。你的授权只是搜查这所房子，并没有允许你带走任何一件东西。”

警官和蔼地笑了。

“你说得很对，先生。但按照我的指示，我的同事刚才取回了必要的授权文件。”

他做了一个轻微的手势，那个曾开车离开的警察从口袋里取出一份授权文件递给他。警官又将文件递给罗格朗上校。他读完文件，转身对莉迪娅说：

“你必须按照警察先生的话去做。”

她将手表摘下来。警官将手提包与手表都装入一个袋子里。

“如果我的怀疑被证实没有根据，这些东西当然会退还给您。”

当他们全部离开后，莉迪娅闩上了门。伯杰夫人急忙穿过花园。莉迪娅紧跟着她。看到屋里的境况，伯杰夫人惊愕地叫了起来。

“这帮畜生！”

她冲到窗帘前。窗帘全都扔在地板上。看到接缝处已经被撕开，她发出了一声刺耳的尖叫。她瘫坐在地上，冲莉迪娅抬起了一张因恐惧而变形的脸。

“不要害怕。”莉迪娅说，“他们没有找到钞票。我已经事先找到它们并把它们销毁了。我知道你不会有这个勇气。”

她伸手扶伯杰夫人站起来。伯杰夫人盯着她。她们从来没有谈过这四十八小时来梦魇一般缠绕她们的问题。但现在沉默的时候已经过去了。伯杰夫人紧紧地抓住莉迪娅的胳膊，用一种刺耳而紧张的声音说道：

“我以我对他所有的爱向你发誓，罗伯特没有杀那个英国人。”

“你和我一样都知道是他干的，为什么还要这样说呢？”

“你要背叛他吗？”

“我像是要背叛他吗？你认为我销毁那些钞票想要干什么？你真是疯了，才会认为他们找不到那些钞票。难道一个训练有素的警探会错过这样一处明显的地方吗？”

伯杰夫人松开了她抓住莉迪娅的手。她的表情变了，呜咽声从喉咙中涌了出来。突然，她伸出双臂搂住了莉迪娅，把她紧紧地搂在怀中。

“哦，可怜的孩子，我都干了些什么呀，给你带来了这么大的痛苦，这么大的不幸。”

这是莉迪娅第一次见到伯杰夫人情绪失控。也是第一次见到她表现出这种没有算计的无私的爱。痛苦的呜咽充斥她的胸膛，她拼命抱着莉迪娅。莉迪娅深受感动。看到这个自我控制能力如此之强的女人连同她的骄傲与她钢铁般的意志一道被打碎，这个情景真是可怕。

“我就不应该让他娶你。”她哀号着说，“罪过呀，对你太不公平了。这是他唯一的机会。我怎么，怎么，怎么也不应该答应这件事啊。”

“但我爱他。”

“我知道。但你会原谅他吗？你会原谅我吗？我是他母亲，我无所谓，但你不同。经历了这样的事你还能爱他吗？”

莉迪娅挣脱她的搂抱，抓住伯杰夫人的肩膀。她几乎在摇晃她的身体。

“听我说。我的爱不是一个月或一年，我永远爱他。他是我唯一爱过的男人。他也将是我唯一永远爱下去的男人。无论他做了什么，不管将来如何，我都爱他。没有什么可以让我的爱减少分毫。我崇拜他。”

第二天，晚报上登载了罗伯特·伯杰因为杀害特迪·约旦而被捕的消息。

几个星期后，莉迪娅知道自己怀孕了，她知道自己就是在发生了那起野蛮凶杀案的当晚受的孕，非常惊恐。

莉迪娅与查利谁也没有说话。他们早已吃完了饭，其他顾客都走了。查利一句话也没有说，他认真地听着莉迪娅的故事，此生都没有如此专注过。其间，他也意识到餐厅空了，女服务生急于让他们离去。有一两次他差一点儿就要提醒莉迪娅，他们该走了。但他很难开口，因为她仿佛出神了一般地讲述着。虽然他们的眼神经常相对，他还是有一种怪异的感觉，似乎她并没有看他。这时一伙美国人走了进来，一共六个人，三男三女。他们询问现在吃饭晚不晚。老板娘看到他们非常活跃，认为来了一个挣钱的好机会，因此答复道：她丈夫是厨师，如果他们不介意等待的话，点什么菜都能做。他们要了香槟鸡尾酒。他们是出来散心的。小小的餐厅内充满了他们的欢声笑语。但莉迪娅的悲惨故事却使她和查利所在的餐桌环绕着一层诡秘而不祥的氛围，那伙人欢快的气氛无法穿透这层屏障。他们俩孤独地坐在角落里，仿佛被一道环绕着他们的无形的墙隔开。

“那你现在还爱他吗？”最后查利问道。

“我全身心地爱着他。”

她的回答真挚而充满激情，让人无法不相信她的话。这可太出乎意料了。由于惊愕，查利禁不住浑身打了一个冷战。她与自己似乎不属于同一个种族。这种感觉相当强烈，使他觉得与她坐在一起有点儿不舒服。他的感觉就像自己偶尔碰上一个人，俩人在一起谈了一两个小时后，突然发现这人是一个鬼魂。但有一个问题始终困扰着他。在这二十四小时内他一直在想这个问题，但怕引起她的误解，就一直没有问她。

“如果你还深深地爱着他，我无法理解你待在像苏丹宫那样的地方还能忍受得了。难道你找不到其他谋生手段了吗？”

“很容易找到。”

“那我就不明白了。”

“那桩案子发生后人们都对我很好。我本可以在一家大商店找到售货员的工作。我的针线活很好，我跟一个女装裁缝学过徒，我本也可以从事这方面的工作，甚至有一个男人承诺，只要我与罗伯特离婚，他就会娶我。”

似乎没什么其他话可说了，查利沉默了。莉迪娅将胳膊肘支在红白色相间的桌布上，用双手托着下巴。查利坐在她对面。她盯着他的眼睛，就这样沉思着久久地盯着，似乎要进入他的灵魂深处。

“我要赎罪。”

查利盯着她，似乎没有听懂。她的话尽管声音很小，他却仿佛听到一声霹雳。他产生了一种从未有过的感觉。好像一条熟悉的，满是人世间欢乐景象图案的面纱突然被扯掉，露出了一张因极度痛苦而扭曲的，令人震撼的黑暗面孔。

“这话到底是什么意思？”

“虽然我全心全意地爱着罗伯特，但我知道他有罪。我觉得现在我能够拯救罗伯特的唯一方法就是我自己去遭受我能想到的最大痛苦，去干我所知道的最低贱的活儿。起初我想到一家普通士兵、工人和大城市底层社会的人光顾的妓院去，但我担心我会对这些可怜的人产生怜悯。这些人偶尔匆匆光顾这些地方，是因为他们的痛苦生活难得一点儿欢乐。而这些地方花钱不多，还能得到片刻的欢愉。而经常光顾苏丹宫的都是些富人、闲人和邪恶的家伙。在那里我只会对那些出钱占有我身体的人生出憎恶和鄙视来。在那里我的屈辱感会像一个溃烂的伤口，没有任何东西可以让这道伤口愈合。我在那里必须穿得野蛮而下流的服装是一种耻辱，这种耻辱感无法随着时光的流逝而降低。我愿意承受痛苦。我愿意承受那些把我当做泻欲工具的男人们对我的蔑视。我愿意承受他们的残忍行为。罗伯特在承受着地狱的煎熬，我也要遭受同样的罪，也许我遭受苦难可以让他更容易忍受自己的痛苦。”

“但他遭受苦难是因为他犯了罪。而你遭受了这么大的痛苦并不是因为你有什么过失。为什么你要让自己遭受不必要的苦难呢？”

“罪孽必须通过痛苦来偿还。像你这样一个天性冷酷的英国人怎么能够理解爱对我意味着什么？我是他的，他也是我的。如果我不愿分担他的痛苦，那我就会如他犯罪一样可耻。我知道只有我遭受同他一样的痛苦，才能帮他赎清犯下的罪孽。”

查利犹豫了。他没有特别的宗教情感。他从小就被教育要相信上帝，但不要去想为什么。做到这一点未必是个坏习惯，但会有点儿刻板。

现在要他把头脑中的所思所想表达出来很困难，但他发现自己现在的处境似乎可以将最不自然的话很自然地讲出来。

“你丈夫犯了罪，并为此受到了惩罚。我敢说这是正当的。但是你不能认为一个仁慈的上帝会要求你为别人的罪孽去赎罪。”

“上帝？上帝跟这有什么关系？你认为我会看到了世界上绝大多数人的苦难生活，并且相信上帝吗？你认为我会相信一个让布尔什维克杀了我可怜单纯的父亲的上帝吗？你知道我在想些什么吗？我想上帝在亿万年前就已经死掉了。我认为他在启动了无限宇宙形成的运动后就死亡了。而千百年来人们追求和崇拜的这个人物与现今的一切存在并没有什么关系。”

“但如果你不相信上帝，我就不明白你这样做的目的是什么了。如果你相信一个残忍的上帝，他要实施以眼还眼以牙还牙的报应，这我还能理解。如果没有上帝的话，赎罪，尤其是你要实施的这种赎罪就毫无意义。”

“你是这么想的,是吗？这完全没有逻辑,简直是失去理智了。然而，在我内心深处，不，还远远不止，是在我身体的每一个细胞内，我知道我必须为罗伯特的罪孽赎罪。我知道这是他可以从拷问着他内心的炼狱中得到解脱的唯一途径。我不要求你理解。我只想要你明白，我无法拯救自己。我相信以某种方式，我也不知道是哪种方式，如我所受的侮辱，我的堕落，我的苦楚，我无休止的痛苦，可以将他的灵魂洗刷干净，即使我们再也见不了面，他也会还原成我认识的那个人。”

查利叹了一口气。这种想法他真是闻所未闻，太奇怪了。这完全是种病态又让人感到不安的想法。他不知道该怎样理解这种想法。这个女人如此与众不同，想法如此疯狂，与她在一起查利感到从未有过的局促不安。然而她的外表看起来再平凡不过了，只是一个略有几分姿色的小女人，穿着还有几分寒酸，就像是一个打字员或在邮局工作的女孩儿。此时此刻，在特里·梅森的别墅，全家人可能已经开始跳舞了。他们也可能正在戴上从拉炮中取出来的纸帽，开始晚宴[①]。有的可能有点儿小，但是管它呢，圣诞节谁会介意这个。槲寄生[②]树枝下的亲吻，欢声笑语与恶作剧，大家一起欢度一段愉快的时光。这个场景似乎非常遥远。但感谢上帝，它就在那里，正常、正派、理智和现实。而发生在这里的是一场噩梦。真的只是一场噩梦吗？这个悲剧式的女人过着凄惨的生活，他想知道她说的话是否有些道理。难道上帝真的在创造了无垠的世界后就寿终正寝了？他是静静地躺在某个死亡了的恒星的巨大山脉上，还是融入了他创造的宇宙中呢？如果按照这个观点，特里·梅森夫人要在圣诞节早晨召集去那里团聚的所有家人去教堂做礼拜，那不是有点儿可笑吗？而他父亲也支持他祖母的行动。

“我不想假装自己是一个虔诚的基督徒，但我认为圣诞节的时候应该去教堂做礼拜。我的意思是说，这样可以树立一个好的榜样。”

他本想这样回答。

“别表现得这么严肃。”莉迪娅说，“咱们走吧。”

他俩沿着阴森森的肮脏街道从杜缅因大街一直走到雷恩广场，莉迪娅建议在这里看一个小时的新闻片[③]。这是当天的最后一场演出。然

---

① 英国人在圣诞节当天吃圣诞大餐时，都会戴上一顶彩色纸做的纸帽，纸帽被放在圣诞拉炮中，拉纸炮，帽子就会掉出来。

② 常青的槲寄生代表着希望和丰饶。按照西方圣诞节的传统，如有女子偶尔经过或站立于槲寄生悬挂的地方，旁边的男子便可走上前去亲吻她。

③ news reel，20世纪上半叶流行的一种新闻短片，通常在公共场所播放，拍摄的内容主要是新闻故事和一些时事性兴趣话题。

后他们喝了一杯啤酒后就回到了宾馆。莉迪娅摘下帽子，解开裘皮围脖。她若有所思地看着查利。

“如果你想跟我上床，你随时可以过来，这你知道。”她很随意地说道，语调就如同询问他是否愿意去圆顶咖啡厅或多姆咖啡厅一样。

查利停住了呼吸。他全身所有的神经细胞都抵制这种想法。在听了她的故事和想法之后，他不可能去碰她。有一瞬间他的嘴角由于愤怒而勾出一个冷笑。他真的没有打算出现这种他出钱而她禁欲的结果。但天生的礼貌使他将已经到了嘴边的话咽了回去。

“噢，我不想，谢谢你。”

“为什么不呢？我就是干这个的，而你到巴黎也是为了这个而来的，不对吗？你们英国人到巴黎来不都是为了这个目的吗？”

“别人我不知道。反正我不是为此而来的。”

“那你干什么来了？”

“我来这里的部分目的是要看一些画。”

她耸了耸肩膀。

“那就随你的便好了。”

她走进浴室。她对自己的拒绝竟然如此的无动于衷，查利感到自尊心有点儿受到伤害。他想，至少请她吃了好几顿饭，她也该觉得欠自己点儿人情吧。既然她欠他些什么——至少欠他二十四小时的食宿吧，那么可能最好还是把她所提议的事情看做自己的权利；就算她因为他的无私而以这种方式感谢他也没什么不合适的。他有点儿生闷气。他脱下衣服，当她穿着他的晨衣从浴室里出来后，他就进去刷牙。他刷完牙出来的时候，她已经上床了。

“我睡觉前看一会儿书不会影响你吧？”他问道。

“不会。我背对着灯光睡。”

他随身带着一本布莱克的书。他打开书读了起来。从莉迪娅躺在旁边床上平静的呼吸声，他知道她睡着了。他又读了一小会儿，然后关掉了灯。

就这样，查利·梅森在巴黎度过了圣诞节。

6

第二天早上他们很晚才起床。他俩就像一对已结婚多年的夫妇一样，一起吃早点，看报纸。等他们洗完澡，穿好衣服，时针已指向下午一点了。

“我们可以一起去多姆咖啡厅喝杯鸡尾酒，然后吃午饭。”他说，“你看怎么样？”

“这家咖啡厅的街对面有一家不错的餐厅。就是价格有点儿贵。”

“噢，价格不要紧。”

“你确定吗？”她疑惑地看着他，“我不想让你过多地破费。你对我一直都很好。我想我一直在占你的便宜。”

“别胡说了！”他脸红了。

“你不知道这两天我的感觉。我得到了彻底的休息。昨晚是我好几个月来第一次没有半夜醒来，而且没有做梦。我感觉浑身轻松，感觉自己像换了一个人似的。”

她今天早上看起来的确是好多了。她的皮肤更有光泽，眼睛更亮了。她的反应也更快了。

“你给了我一个妙不可言的小小假期。我真的需要这样一个假期。但我肯定给你添了不少麻烦。”

“我没有把你当成累赘。”

她略带讽刺地笑了。

“亲爱的，你的修养真好。你这样说真让我感动，我已经不习惯有人对我说恭维话了，因此我感动得想哭。但毕竟你到巴黎来是想有一段快乐的时光。而你知道，你现在不太可能同我寻欢作乐。你还年轻，但青春苦短，抓紧享受吧。如果你愿意的话，今天中午再请我吃一顿饭，下午我就会离开你，回到阿列克谢家。”

“今天晚上就又回到苏丹宫去？”

“我想是这样。”

她刚要叹气，但又咽了回去，有几分快活地耸了耸肩膀，给了他一个灿烂的笑容。查利摸不准她的意思，他用痛苦的眼神望着她，微微皱起了眉头。他感到自己处在一种强势地位，因而很尴尬。自己身体健康，容光焕发，充满了幸福感，振奋的精神会不自觉地流露出来。但他古怪地感到这些似乎是种罪过。他感觉自己就像一个庸俗的富翁在向一个穷亲戚炫耀财富。她看上去很虚弱，苗条的身体裹着一件破旧的棕色衣服。美美地睡过一觉后她显得更年轻了，几乎就像个孩子。你怎么可能不帮助她呢？当你想到她的悲惨故事，当你想到她要通过自贬人格的方式为丈夫赎罪的疯狂想法，你的心弦就被拧紧了。哎，她的这种想法真是毫无意义，令人恐惧，真不愿意去想它。然而恼人的是，越不愿意想它，它越萦绕于脑海不肯离去。你觉得自己一点儿都不重要，而既然你曾经怀着非常激动的心情期待着的巴黎假日已经变得如此惨淡，最好还是忍受了吧。查利感到似乎不是他自己说出了这句迟疑不决的话，而是他身体内一个不受自己支配的力量要这样说。当他听到从自己口中说出的这句话时，他甚至不知道自己为什么要这样说。

“我星期一早上才要上班，我要在这里住到星期日。如果你愿意留在这儿，那你就在这儿再住几天吧。”

她的脸一下亮了起来，给你的感觉就如同一缕冬日的阳光偶然照进了房间。

“你真的是这个意思吗？”

“否则我也不会说了。”

她的腿好像突然支撑不住自己的身体了，一下瘫坐在椅子上。

“噢，那可太好了。我又能好好休息休息了。我又能获得新的生活勇气了。但我不能这样，我不能。”

“为什么不能？苏丹宫那边会有麻烦？”

“哦，不是这个原因。我可以打电话告诉他们说我感冒了。是因为这样对你太不公平了。”

“这就是我自己的事了。对不对？”

对查利而言，他必须说服她去做一望可知她非常渴求，而他却宁可她不答应的事情，这似乎有点儿残酷，但他现在没有别的选择。她探寻地看了他一眼。

“你为什么要这样做？你并不想要我，对不对？”他摇摇头。“我是活着还是死了，我是幸福还是不幸福，这跟你有什么关系吗？你认识我还不到四十八小时呢。难道是友谊？但对你而言我是一个陌生人。是怜悯？一个如你这般年纪的人又怎么会懂得怜悯呢？”

“我希望你不要问我这样尴尬的问题。”他笑了。

“我想这只是一种乐善好施的天性。人们常说，英国人对动物非常仁慈。我记得我们的女房东就曾经偷取我们不多的一点儿食物来收养一条生了癞疮的杂种狗，因为这条狗无家可归。”

“如果你不是这么娇小的一个人儿，我一定会给你的脸上来一巴掌。”他乐呵呵地反驳道，“那就说定了？”

“我们去吃饭吧。我都饿了。”

午餐时他们谈的都是些普通的话题。但他们吃完饭，查利付了钱，等待找零的时候，她对他说：“你说我能陪你待着，直到你离开，是说真的吗？”

“千真万确。”

“你不知道，这对我来说简直就是福音。我渴望你当真的心情真是无法用语言来表达。”

“那你为什么不答应呢？”

“那你就会少了很多快乐了。”

“不，不会的。”他坦率地回答，同时迷人地一笑，“这段时间肯定会很有意思。”

她笑了。

“那么，我就先回阿列克谢的家拿点儿东西。至少要拿一把牙刷和几双干净的袜子。”

他们在地铁车站分手，莉迪娅坐地铁走了。查利想应该去看看西蒙在不在家。在问了两三次路后，他找到了西蒙在香榭丽舍大街的住处。西蒙住的是栋高耸而破旧的房子，百叶窗的油漆都剥落了，露出了里面灰暗的木质。查利刚把头伸进看门人的小屋，几乎立时就要被钻进鼻孔的一股恶臭熏倒在地。室内的空气闷浊，混合着一股食物和人体的恶臭。屋里有一个瘦小的老妇人，穿着肥大的裙子，脑袋上包裹着一条肮脏的红色围巾。她用愤怒而刺耳的嗓音告诉他西蒙住在什么地方——查利问她是否可以进去看看时也是同样的嗓音，仿佛极度憎恶查利的侵入。查利按照她说的走过一个肮脏的庭院，然后爬上一个狭窄的楼道。楼道内弥漫着一股陈年尿臊味。西蒙住在二楼，查利按了门铃后他打开了门。

“唔，我正在想你现在不知道怎么样了。”

“我打扰你了吗？”

“不打扰。进来吧。你最好还是穿着外套。屋里有点儿冷。”

他说的一点儿不假。屋里冰冷冰冷的。这是一间工作室，朝北的方向有一扇大窗，房间内还有一个火炉。但西蒙显然是在忙于工作而忘了它，炉中的火焰几乎要熄灭了。房间中间的书桌上零散地堆满了文件。西蒙拖过一个破旧的沙发放到火炉边，要查利坐下。

“我再去加点儿焦炭。炉子很快就会热起来。我自己并不觉得冷。”

查利发现这个沙发的一根弹簧断了，坐着一点儿也不舒服。这个房间的墙壁是冷冰冰的石板灰色，看起来像是多年没有粉刷了。墙上唯一的装饰是一幅很大的地图，地图用图钉按在墙上。房间内还有一张小铁床。床上的被褥没有整理，就堆放着。

看到查利瞅着床铺，西蒙说：“门房今天还没有上来收拾房间。”

房间内还有一张大餐桌，几个摆满书的书架，一张办公椅，两三把摞放着书的餐椅；床边上铺了一条破旧的地毯。此外就再也没有其他物件了。这张餐桌也是二手货，西蒙将它当成写字台用。房间内毫无生气。冬季冷冰冰的光线从北面的窗户照了进来，使这个邋遢的房间还有一种阴郁的感觉。一个路边小站的三等候车室看上去也会比这个房间显得亲切一些。

西蒙拉了一把椅子到火炉边，坐下后点燃了烟斗。他敏锐的头脑早已猜到自己的房间给查利留下了何种印象，他冷冷地笑了。

“房间不太奢侈，对吗？但我不想过奢侈的生活。”查利没有回答。西蒙冷冷地瞅了他一眼，目光中带着轻蔑。“这个房间甚至谈不上舒适，但我也不想过舒适的生活。一个人不能沉溺于舒适的生活中。舒适的生活是个陷阱，许多本来应该很理智的人就是掉进了这个陷阱而毁了自己。”

查利觉得不能老让西蒙作弄他，他不无恶意地说道：

“老伙计，你看起来饥寒交迫，憔悴不堪。要不咱们打辆出租车到里兹酒吧去，在温暖的房间里靠着舒适的沙发，再来盘火腿煎蛋怎么样？”

“去你的。你跟奥尔加怎么样了？”

“她的名字叫莉迪娅。她回家去取牙刷了。在我回伦敦前，她就和我一起住在那家宾馆。”

“她真是个魔鬼。你俩的关系进展神速啊，是不是？”两个年轻人互相盯视了一会儿后，西蒙俯过身子说：“你还没有爱上她，对吗？”

“你为什么要把她介绍给我？”

“我想这会是一个笑话。我想如果你睡了一个臭名昭著的杀人犯的老婆，那对你而言肯定是一个全新的体验。告诉你实话吧，我以为她可能会爱上你。如果她真爱上了你，那我可要笑破肚皮了。你跟伯杰都是同一类型的人，但长得比他要好一些。”

查利突然想起他们在午夜弥撒后一起吃晚饭时莉迪娅的一句评论。当时他还不明白她的话是什么意思，但现在明白了。

“如果你知道她已经洞悉了你的意图，你可能会感到吃惊吧。我想你恐怕该笑不起来了。”

“自打平安夜我离开后，你俩就一直在一起吗？”

“没错。”

“你俩似乎挺相投啊。你看起来一切正常。就是脸色可能有点儿苍白。”

查利试图掩饰自己的不自在。他最不愿意让西蒙知道的就是，他与莉迪娅完全是一种柏拉图式的关系。要让他知道了，少不了又是一番嘲笑。他会将查利的这种行为视为一种多愁善感的。

“让我结识这个女人，然后让我为之受到惩罚，我想这个玩笑开得有点儿过了。”查利说。

西蒙露出了难看的笑容。

“这符合我的幽默感。这件事你可以回家后告诉你父母。不管怎么说，你也没有什么可抱怨的呀。这一切都很不错嘛。奥尔加是很敬业的，她自然会为你提供满意的服务。她的阅历不浅，人挺聪明，谈吐也比大多数女人有趣得多。小伙子，这是一种开放式教育。你认为她还像过去一样爱着他丈夫吗？”

“我认为是这样。”

“很让人奇怪，难道是人性使然吗？你不知道，他可真是一个无赖。不知你是否知道她为什么要去苏丹宫？她希望多赚钱，好资助他逃跑。然后他俩在巴西会合。”

查利感到有些惶恐不安。她曾告诉他，她在那里是因为她想以此来赎罗伯特的罪。他相信了她的话。尽管这种意图在他看来有些过分，但还是很奇怪地感动了他。想到她可能欺骗了自己，查利感到震惊。如果西蒙说的话属实，她就是一直在愚弄自己。

“你不知道，我对那次审判做了全程报道，文章都登载在我们的报纸上。”西蒙接着说道，“这些报道在英国引起了轰动。因为伯杰杀死的是一个英国人，所以报社为这起案件的报道安排了大量的版面。对我来说则更是机会难得。之前，我在法国还从未旁听过谋杀案的审判，我非常渴望亲眼目睹这类案件的审判过程。我曾旁听过老贝利[①]的审判，我很好奇地将法国的审判过程与英国的审判过程进行了比较。我曾对此进行过详细评述。我这里现在就有登载了这些内容的报纸。如果你感兴趣的话，我可以给你找出来读一读。”

“是的，我很感兴趣。”

“这起谋杀案轰动了法国。你看，罗伯特·伯杰不是一个小流氓之类的人物，他被视为一位绅士。他的家人都有不错的社会地位，他本人受过良好的教育，他的英语讲得相当不错。一份报纸上的文章把他称为‘绅士歹徒’。这个称呼马上就流行了起来。它吊足了公众的胃口，使他成为红极一时的娱乐明星。他的长相也很好看，很有特色；而且他很年轻，只有二十二岁，这些对他成为一个大红大紫的人物都有帮助。女人们对他迷恋得如痴如醉。上帝，想要旁听审判的人群那可真叫人山人海呀！当他走进法庭的时候，人群那个激动啊。在法官走进法庭之前，他被两名法警带到摄影记者前，好让他们先拍摄个够。我从来没有见过这么酷的人。他的服装相当讲究，穿着也非常得体。他刚刮了胡子，漂亮的深褐色头发梳理得很整齐。他微笑着面对摄影记者，并按他们的要求摆出各种侧面姿势，使他们都能拍到满意的照片。他看上去就像一个普通的富家子弟，就像一个可以在丽嘉酒吧看到的，正在陪一个女孩喝酒的小伙子。看到他这个样子，我不禁感叹，这个

---

① 老贝利，伦敦中央刑事法院的俗称。伦敦老城的城墙叫做“贝利”(bailey)，而法院正好坐落在沿老城墙的老贝利街，所以得了老贝利这个外号。

无赖可真是个人物啊。他是一个天生的罪犯。当然他这类人并不富裕，但他们饿不着。我想他甚至可能对一百法郎都不会太看得上眼。我为一家周报写了一篇关于他的文章。这篇文章写得相当漂亮，法新社发表了这篇文章的文摘。这篇文章还使我在这里获得了一点儿名望。我这篇文章的写作手法是，把他从事犯罪的过程作为一项体育运动来进行描写。这个主意高明吧？结果就是这篇文章读起来相当有趣。他几乎已经是一名一流的网球运动员了，已经有人在考虑培养他参加锦标赛。奇怪的是，虽然他发球质量很高，网前奔跑迅速，在一般的比赛中发挥极佳，但他一参加联赛却总是倒下。此后他就有些不对劲了。他失去了一个伟大的网球运动员必须具有的坚定意志、顽强韧劲和其他一些素质。我想，这是一个心理学上的有趣问题。不管怎么说，他想要成为一名职业网球运动员的梦想是破灭了。因为只要他在更衣室出现过，就会有人说存放在更衣室衣服内的钱不见了。尽管从未有过直接的证据，但所有失窃的人都认为钱是他偷的。”

西蒙重新点燃了烟斗。

“罗伯特 · 伯杰留给我印象最深的是，他既有些神经过敏又沉着镇定，而且还很迷人。迷人的魅力当然是一个人非常宝贵的品质，但神经质的人和非常自持的人都很难具有魅力。有魅力的人一般性格比较软弱，凡事犹豫不决。魅力是大自然赋予他们的武器，以补偿他们的缺陷。我永远都不会太信任这类富有魅力的人。”

查利有点儿被逗乐了，看了他朋友一眼。他知道西蒙是在有意贬低他认为自己不具有的品格，以树立自信心。他确信自己还有其他优势，缺点儿魅力没有什么了不起。但查利并没有打断他的话。

“罗伯特 · 伯杰的性格既不软弱，也不缺乏意志。他几乎逃脱了要受到的惩罚。对于警方来说，能抓到他真是一次绝顶出色的任务。他们既没有什么绝妙的方法，也没有什么惊人的手段，他们只是工作细致认真，保持耐心，才侦破了这起案件罢了。或许意外事件也给他们帮了点儿忙，但他们能够抓住这点也说明他们够聪明的了。人们必须时刻准备抓住机遇，但他们很少能抓住。”

西蒙的眼睛里又出现了恍惚，查利知道他这又是在反省自己呢。

“莉迪娅没有告诉我警方为何会怀疑上他。”

“当他们第一次询问他的时候，他们一点儿也没想到他会与这起杀人案有牵连。他们正在寻找一个块头更大的人。”

“约旦是一个什么样的人？”

“我从来没有见过他。他是一个坏蛋，但在那个圈子里他很讲义气。每个人都喜欢他。他总是愿意请人喝一杯，如果一个哥们儿陷入穷困潦倒之中，他向来都是出手相助，从不吝啬。他身材矮小，从前曾是一个赛马骑师。但在英国的时候他就受到警告而不干这一行了。后来才知道，他由于欺诈罪而被判在沃姆伍德·斯克鲁比斯监狱服刑九个月。他当时三十六岁，在巴黎已经十年了。警方猜测他参与了贩毒，但从来都没有找到证据。”

“但警察是怎么怀疑到伯杰的呢？”

“他是乔乔酒吧的常客之一，而这里也是约旦经常吃饭的地方。这里比较僻静，是赌马经纪人、骑师、赛马情报贩子、走私贩等等经常光顾之处。这里的名声不会太好，我们记者把这类地方形容为臭味相投者聚会所。警察当然要尽可能多地调查出入这里的人了。约旦在那晚肯定与某人有个约会，因为留在现场的盘子上有两个杯子和一块蛋糕，警方认为他可能会留下某个线索，可以根据这个线索查明他要见谁。

警方非常怀疑他是一个同性恋，那么可能会有人在乔乔酒吧里看到他经常与某个人在一起。而伯杰与约旦相当亲密，这家酒吧的老板乔乔告诉警察，他有几次看到伯杰碰碰这个赌马经纪人，管他要钱。伯杰曾因从比利时走私海洛因到法国而受到起诉，与他合伙的两名男子都蹲了班房。但不知何故，他却逃脱了牢狱之灾。警方可以肯定他有罪。如果约旦参与了毒品走私，并因此丢了命，警方认为伯杰很可能知道凶手是谁。他是一个坏蛋。他还在另一起案件中被判有罪——因为盗窃汽车被判两年缓刑。”

“这件事我知道。”查利说。

“他盗车的方法极为简单。他经常逗留在巴黎春天百货或波马舍百货这样的大商场附近。等候有人开着雪铁龙车停在路边，下车后走进商场。然后他就会厚颜无耻地走过去，好像他刚刚走出商店一样，大摇大摆地将车开走。”

“这些人不锁车吗？”

“很少会有人锁车。而且他有一些雪铁龙车的钥匙。他始终只偷这一个品牌的车。他把偷来的车用两三天后就丢在某个地方了。当他想要另一台车用的时候，他就重新开始偷窃。他一共偷了几十台车。他从未试图将偷来的车卖掉，他只是在需要用车的时候偷车自用。而正是他这种作案的特点使我产生了写这篇报道的灵感。他将偷车当成了一种乐趣，偷车是为了从这种聪明而大胆的行动过程中得到心理满足。审判中发现他还发明了另一种独特的作案手法。他会在商店将要关门的时段开车逗留在公交车站附近，当他看到一个女人在车站等公交车时，他就会将车停下来问她是否愿意搭个便车。我猜他非常善于观察人，清楚哪类女人愿意接受一个长相英俊的小伙子提出的搭便车邀请。好，这个女人上了车，他就会照她想要去的方向将车开走。当他们开到一条人烟稀少的街道，他就会将车子熄火。他会假装车子出故障了，要这个女人帮忙修车。他要她下车打开发动机罩，在他启动电动起动机的时候敲一敲化油器。女人们往往会照他的话去做，而将挎包和包裹留在车上。就在她准备再次上车时，发动机突然启动了，汽车急速开走，在她明白过来之前已经消失在她的视野之外了。当然有很多女人会向警方报案。但她们都是在黑暗中看到他，只能回忆说他是一个外表英俊，嗓音悦耳，文质彬彬的年轻人，开着一辆雪铁龙车。警察们所能做的就是告诫她们，搭乘一个风度翩翩的年轻人的顺风车非常不明智。他从来没有因偷车而被抓过。经过对他的审判才了解，他经常做这类事，而且非常顺手。

“接着刚才的话题说吧。有两个警察对他进行了询问。他不否认在谋杀案发生的晚上去过乔乔酒吧，而且与约旦在一起，可是他说他大约十点钟左右就离开了那里，之后就再也没有看到他。经过一番交谈，他们请他一道去警察局一趟。你要知道，负责这起案件的警官起初并没有想到伯杰可能是凶手。他认为杀害约旦的凶手要么是他带回家的某个恶棍，要么就是贩毒圈中他曾欺骗过的某个人。如果是后者，这个警官认为凶手很可能使用了哄骗、威逼和恐吓等手段，让约旦说出吞下的货物藏在哪里了，而警察可以顺藤摸瓜，抓住凶手。

“我设法对这个警官进行了一次采访。他的名字叫卢卡斯。他看起来根本就不像是干这类活的料。他是一个身躯庞大，体格肥壮的家伙。红红的脸膛，留着大胡子，一双黑眼睛闪闪发光。他天性快活，可以肯定他最喜欢的就是好酒好饭。他来自法国南方，口音很重。他可真是心宽体胖笑声爽朗啊。他是一个脾气很好，容易相处，喜欢拍着别人的背以示友好的家伙，你很容易信任他。就事实而言，他在获取犯罪嫌疑人的口供上确实取得了惊人的成就。他身体的耐性很好，能够连续进行十六小时的审讯。在法国，警察审讯犯人不采用美国式的严刑逼供方法，也不采用精神虐待的方式。我的意思是说，不用牙钻或类似的东西进行逼供。他们只是把犯人带进审讯室，让他站着，不让他吸烟，不给他吃东西，只是问他问题。审讯就这样持续下去。当然他们自己吸烟，感到饿了还有人把饭送进来。审讯往往要持续一整夜，因为他们知道，夜里被审讯者的抵抗意志最弱。如果一个被审者自知有罪，但要是他早上喝了一杯咖啡，吸了一支烟，他就会非常顽固，拒不坦白交待。这个警官从伯杰口中一无所获。他承认，他曾经与海洛因走私贩子们关系友好，但他声称在那起他被无罪释放的案子中他是完全无辜的。他说他年轻的时候干了一些糊涂事，但已经接受了教训。他偷车也只是借用两三天带姑娘们去兜风，并不是重罪。而现在他已经结婚了，他要正直做人。至于毒品贩子，他说自从自己被判罪后就与他们没有任何联系了，他认为特迪·约旦也不会与他们混在一起。他回答得非常坦率。他告诉这个警官，他非常爱他的妻子，他最担心的是她会发现他的过去。为了她，也是为了他自己和他的母亲，他决意过一种体面而有尊严的生活。这个性格快活的胖警官继续问了一些问题，但换成了一种友好同情的口吻。我想，这会让你觉得他没有任何恶意。他对伯杰的决心大大称赞了一番，祝贺伯杰为爱情娶了一个身无分文的女孩；他希望他们能有一个孩子，这不仅能为家庭生活增色，也是对他们父母的安慰。但卢卡斯阅读过伯杰的档案，了解那起海洛因案件。虽然陪审团裁定他无罪，但他无疑是有罪的。在那天的调查中，卢卡斯还发现了他被那家经纪事务所开除的原因。要不是他母亲及时归还了他挪用的公款，他又要面临公司的起诉了。他说自从结婚后就开始过上诚实的生活，这明显是在撒谎。卢卡斯还询问了他的经济状况。伯杰承认目前经济困难。但说他母亲有一点儿积蓄，而且他很快就能找到一份工作，然后一切就会好起来。那么零用钱呢？他说他时不时地赌点儿赛马，给赌马经纪人介绍客户，以此得点儿佣金。也就是在这个过程中他结识了约旦。有时候他也会囊空如洗。

“卢卡斯警官说：‘实际上，你说过在约旦被杀前一天你说你身无分文了，从他那里借了五十法郎。’

“‘他对我很好。可怜的家伙。我真舍不得他就这样走了。’

“警官用他那闪烁的眼睛友好地审视着伯杰。在他看来，这个年轻人长着一副正人君子相。他可能是凶手吗？但千万不要以貌取人，那可是太愚蠢了。一个念头突然闪入他的脑海：伯杰说他与毒贩们断绝了一切联系是在撒谎。他毕竟很缺钱，而贩毒来钱很容易。伯杰如果继续贩毒的话，他肯定会出没于吸毒者之间。虽然无法说出缘由，但卢卡斯有一个感觉：伯杰即使不知道谁是这起谋杀案的凶手，他也有怀疑的对象。他当然不会说出自己的怀疑，但如果警方在他家里查出藏有海洛因，那么他们也许能逼迫他说出自己的怀疑对象。卢卡斯精于观察人的性格，他非常肯定伯杰会为了自己出卖朋友。他打定主意，扣留伯杰，在他可能将藏在家里的东西进行处理之前对他家进行搜查。带着同样的想法，他询问伯杰在案发当晚的活动。伯杰说，他从家里出来就比较晚了，他是步行走到乔乔酒吧的；他发现有很多人在赛马结束后已经到了那里。有人请他喝了两三杯。而约旦那天运气不错，挣了一笔钱，说晚餐由他买单。吃完饭后他又待了一会儿，但酒吧内烟雾弥漫，让他头痛，所以他去大街上散了一会儿步。大约在十一点左右他又回到酒吧，然后乘最后一班地铁回家。

"'你在外边遛达的时间足够你杀死这个英国人了。'警官用一种玩笑的口吻说道。

"伯杰大笑起来。

"'你不会由于这个原因而起诉我吧？'他问道。

"'不会，不会。'卢卡斯也笑了。

"'请相信我的话，约旦的死对我来说也是个经济上的损失。他在被谋杀的前一天借给我五十法郎，但这不是他第一次借给我钱了。说出来有点儿羞愧，在他喝了几杯后从他身上弄点儿钱花确实还是很容易的。'

"'他那天挣了不少。他离开酒吧的时候虽然没有喝醉，但心情很好。说不定你觉得能确保一次性抢到几千法郎比时不时地去讨五十法郎来花更值呢。'

"卢卡斯警官这样说并非怀疑他是凶手，只不过是逗趣而已。他觉得让伯杰认为自己是一个被怀疑的对象并非一件坏事。这样一来如果他略有所知的话，他会更愿意说出罪犯的名字，以洗刷自己的嫌疑。伯杰将他口袋中的钱都掏了出来，放在桌子上。一共不到十个法郎。

"'如果是我抢了约旦的钱，我口袋里现在就不会只有这几块钱了。'

"'呵呵，小伙子，我没有假定什么呀。我只是说，你有时间杀死约旦，而你也需要这笔钱。'

"伯杰又露出了自己坦率而亲切的微笑。

"'这两样我都承认。'他说。

"'我完全是开诚布公地跟你谈话。'卡斯说，'我不认为是你杀害了约旦，但我相当确信，你即使不知道谁是凶手，至少也有怀疑对象。'

“伯杰否认这一点，尽管卢卡斯警官对他施压，他也坚决不承认。现在天已经很晚了，卢卡斯警官认为第二天再重新开始谈话，效果会更好一些。他想，伯杰在囚室里待一夜后，会好好反省一番目前的处境。伯杰之前曾两次被捕过，知道对此表示抗议是没有什么用处的。

“你知道，毒品贩子们使用各种招数来藏毒。他们将毒品藏在空心的手杖中，藏在鞋跟里，藏在旧衣服缝补过的地方，藏在床垫和枕头里，藏在床架内。几乎任何想象得出的地方都可以用来藏毒。但警察知道他们所有的伎俩。可以有把握地说，如果有毒品之类的东西藏在家中，警察肯定能找到。结果他们没有找到任何毒品。但是，当卢卡斯警官搜查莉迪娅卧室的时候，他偶然看到了一个小手提包。他灵光一闪，心想这样一个经济窘困的女人不应该有这样一个昂贵的手提包啊。她戴着的手表看起来也价格不菲。她说，手表和手提包都是她丈夫送给她的。卢卡斯警官不禁想到，查清他是如何获得买这样贵重物品的钱一定很有趣。回到警察局后，他马上下令调查这两件物品的来历。他很快就了解到曾有几个妇女报案，说一个开着雪铁龙车的年轻男子假意让她们搭便车，然后借机偷走了她们的手提包。有一位失主还在报案记录中描述了她丢失的手提包，这个描述与莉迪娅的手提包相符。另一位失主说，她丢失的手提包中有一块金表，在报案记录中记下了这块金表的品牌和制造厂商。而莉迪娅的金表正好与此相符。显然，从来没有被警方找到踪迹的这个神秘的年轻男子就是罗伯特·伯杰了。这似乎与约旦被杀案件没有直接的联系，但卢卡斯警官手中又多了一件武器，可以迫使伯杰招出他所知的凶手或嫌疑人了。他让人把伯杰带到他的办公室，让他解释手提包和手表的来历。伯杰说，一件东西是他从一个急需用钱的妓女手中买的，另一件东西是他从一个在酒吧见到的男人手中买的。这两个人的名字他都不知道。他们是两个偶然碰到的陌生人，不过闲谈了几句而已。之前没有见过他们，之后也再没有见到。卢卡斯警官之后以偷窃罪正式逮捕了他。并告诉他第二天早上可能要与这两个报案的女人当面对质，劝他招供，免得麻烦。但伯杰坚持他的说法，并说除非有一名律师在场帮助他，否则他拒绝再回答任何问题。而根据法国法律，现在他已经被捕了，那么他就有权在审讯中请律师提供帮助。卢卡斯警官别无他法，只好默许，并在当晚完成了诉讼程序。

“第二天上午，前面提到的两个女人来到了警局，她们立即认出了自己被盗的物品。伯杰被带了进来。其中一个女人立即确认，他就是那个当时提议送她一程的‘乐于助人’的年轻人。另一个女人没有把握。她说当时天已很晚了，她接受了他开车送她回家的提议，但并没有看清他的脸。但她认为能听出他的声音。伯杰按照命令读了一张报纸上的几句话。他刚读出六七个单词，这个女人就喊道，她肯定发出这个声音的人就是那个男子。我可以告诉你，伯杰的声音特别柔软和亲切。两个女人走了，伯杰也被送回了囚室。手提包和手表就放在他面前的桌子上，卢卡斯警官望着这两样东西发呆。突然，他的表情变得专注起来。”

查利打断了他的话。

“西蒙，你怎么知道这些的？你是在编故事吧。”

西蒙笑了。

“我说的是戏剧化了一点儿。我讲给你听的也就是我的第一篇报道。我不得不根据想象编一点儿故事情节出来，这你知道。”

“接着说吧，然后呢？”

“好。然后他找来一名手下，问他伯杰被捕时手腕上是否戴着一块手表，如果是，把手表拿来。请记住，所有这些在今后的司法审判中都要成为证据。警察把伯杰的手表拿了出来。这是一块仿金手表，是由一种叫做亚金的金属材料制造的，有一个圆形表面。报界曾大量报道了约旦被杀案的细节。例如，报道曾说，杀人的刀具还没有找到，而且恐怕永远也找不到了。报道还说，警方没有找到任何凶手的指纹。一般来说，在约旦的钱夹或门把手上可能发现凶手留下的指纹；如果没有找到指纹，则可以据此推断，凶手作案时戴着手套。其实警方在彻底搜查约旦住的房间时发现了一些手表表蒙的玻璃碎片。但警方注意保密，没有让报界知道这件事。这些碎片不一定是约旦的手表上掉下来的，也不一定就是凶手遗留下的。但有这种可能，由于紧张或匆忙，凶手不小心撞到一件家具上，撞破了他的手表表蒙。在这样一个时刻，凶手很可能没有注意到这一点。虽然只找到部分破碎的表蒙，但足以表明这是一块小巧的长方形手表。卢卡斯警官曾将这些碎片装进一个信封，小心翼翼地用绵纸包好。现在他将这些碎片倒在面前的桌子上。这些碎片与莉迪娅手表的表蒙正好相配。这可能只是一个巧合，同样大小和形状的手表有成千上万只。莉迪娅的手表表蒙完好。卢卡斯警官陷入了沉思。他的脑海中闪过了各种可能性。这些可能过于牵强，他不由得耸了耸肩。当然，这段时间足有四十五分钟，伯杰称他一直在大街上散步。从乔乔酒吧走到约旦所住的公寓大约需要十分钟时间，四十五分钟足够他走到那里，杀完人，洗手，整理衣服，然后走回来。但为什么他要一直戴着他妻子的手表呢？他自己也有一块手表嘛。当然，他自己的手表可能出了故障。想到这里，卢卡斯警官若有所思地点了点头。”

查利咯咯地笑了起来。

“西蒙，你说得有板有眼，就跟真的一样。”

“闭嘴。他命令便衣警探出发，到伯杰家周围方圆两英里的每一个钟表匠那里去询问。这些警探要打听的是，上周是否有哪个钟表匠修过一块仿金手表，或者给一块小巧的女士手表换过一个长方形的表蒙。几个小时后一名警探就探访回来了，说距伯杰家不到四分之一英里的一个钟表匠修过一块这样的表。这块表是留在店里修的，在取表的时候这位客户又拿来了另一块手表，要给它换个玻璃表蒙。钟表匠当时就给这块表换好了表蒙，她半个小时后过来把表取走了。他不记得这位客户的长相了，但记得她说话带有俄罗斯人口音。这两块手表都拿去让这个钟表匠进行了辨认，他声称这两块表就是他修好的。卢卡斯警官听后不禁喜形于色，就如同在马赛旧港餐厅吃饭时给他端上了一大盘浓味炖鱼一样。他知道他已经抓到了想要抓的那个人。”

“这又如何解释呢？”查利问道。

“这就像一加一等于二一样简单。伯杰自己的手表停摆了，他就将送给莉迪娅的手表借来戴。她几乎从不出门，不需要戴手表。你必须记住，那时她是一个言语不多，朴素，有点儿腼腆的姑娘，她几乎没有自己的朋友。我想她的生活应该是有点儿懒洋洋的。在法庭审判这个案子时，两名男子发誓说，他们曾看到伯杰戴过这块女表。乔乔其实是警察的一名线人，他知道伯杰是一个窃贼，曾想打听他是如何得到这块手表的。他曾漫不经心地指出伯杰戴了一块新表，伯杰当时告诉他，这块表是他妻子的。在凶杀案发生后的那天早上，莉迪娅去修表店取她丈夫的手表。因为她已经到了修表店，很自然地就想起给她自己的手表换一个新表蒙。她从未提起这件事，而伯杰也从来不知道他曾把这块手表的表蒙碰碎了。”

“你不会是说，这个证据就使他被判有罪吧？”

“不是。但这个证据足以使卢卡斯警官以谋杀罪名起诉他。他认为新的证据唾手可得。事实也证明，他的想法非常正确。伯杰在整个审讯过程中显示了惊人的机敏和冷静。他承认了一切可以被证明的犯罪事实，不再否认是他抢夺了那些妇女的手提包；他承认，即使被判缓刑后，只要需要，他就继续偷车。他说偷一辆车对他来说太容易了，而他喜欢冒险的性格又使他控制不住自己。但他坚决否认他与这起凶杀案有任何关系。他说玻璃碎片与莉迪娅的手表相符证明不了什么，她戴手表非常不注意，表蒙是她自己碰破的。负责这起案件的预审法官最后也感到很迷惑，因为没有找到任何伯杰偷了钱的线索，而伯杰肯定是偷了这些钱。实际上这笔钱从未被找到过。另一桩奇怪的事是，伯杰那天晚上穿着的衣服上没有任何血迹。杀人的刀也找不到。有人证明伯杰曾有一把匕首。但在他活动的那个圈子中，有一把刀是再平常不过的事了。但他发誓说，一个月前匕首丢了。告诉你，警探们的工作非常出色。被盗的汽车及被盗的手提包上都没有留下指纹。他将这些手提包内的东西掏空后就随手扔到街上。其中一些包最终到了警察手中。这些事实说明，他作案时总是戴着手套。警察在他的物品中找到了一副皮手套，但他去看约旦时不大可能戴着这副手套。从尸体被发现的现场来看，约旦被杀时正在更换留声机的唱片，这说明在约旦将他让进屋的时候，伯杰并没有马上动手。此外，这副手套过大，无法装进他的口袋里。如果他在酒吧里拿着这副手套，就会有人注意到。当然，伯杰的照片早已被刊登在了各种报纸上。无计可施的警方只有请报社来帮助他们。警方希望任何一个记得曾在某个日期向一个可能穿灰色西装的年轻人出售了一副手套的人能够站出来。各家报纸大肆宣扬了这件事。他们把伯杰的照片配上说明：‘你曾卖给他一副手套吗？他就是戴着这幅手套杀死了特迪·约旦。’

“你不知道，有一件事对我总是有很深的触动，那就是人们都有一种出卖他人的凶残渴望。他们装作这是热心公益的表现，这种话我根本一个字都不相信。我相信这是一种落井下石的表现，我相信这只是把已经受伤的同类再踢上一脚，这源自人类卑劣的天性。你当然知道，在英国，人们都认为财政部和王室讼监拥有有效的情报收集系统，以监视在离婚案中可能出现的共谋逃避缴纳所得税等行为。然而事实根本不是这样。他们完全依赖匿名信的举报。很多人只要有机会，就会迫不及待地打压他人。如果有谁做了违法的事而想要侥幸逃脱，他周围肯定会有人告密。”

“这个观点太让人感到害怕了。”查利插言道。接着他又快乐地补充说：“我希望你这只是夸大其词而已。”

“好吧，就算如此。但结果还是有一个在三区交界购物中心手套部工作的女人站出来说，她记得自己在凶杀案发生的当天，向一个年轻人出售了一副灰色麂皮手套。她年龄在四十岁左右。她说当时感到这个年轻人长相很英俊。当时他想要买一副与他的灰色西装相配的手套，而且尺码要大一点儿，戴起来方便。伯杰与其他十几个年轻男子一道被带了出来，她立刻认出他来。但正如伯杰的律师指出的那样，这很简单，因为她刚刚在报纸上看到他的照片。然后警方又抓住了伯杰的那些狐朋狗友中的一个，他供认在凶杀案发生的当晚他曾遇到过伯杰。但伯杰不是在往大街方向走，而是朝着约旦住的公寓方向去。他当时还与伯杰握了握手，注意到他戴着手套。但这个特殊证人是一个十足的恶棍，前科累累。伯杰的律师在法庭上反驳说这种人的证言根本不能采信。伯杰否认在那个特定的晚上他曾看到过这个人。他的律师试图说服陪审团，让他们相信这是一个编造的故事，是这名男子为了讨好警察而杜撰出来的。该死的是这条裤子。报章上对伯杰笔挺的服装不惜笔墨，发明了很多诸如衣着考究的歹徒这类词语。你如果读了这些报纸，你会产生他的西装都是在萨维尔街定做的，他的衬衣都是夏尔凡牌的感觉。检方急于证明他非常缺钱。他们走访了所有他和他的家人采购物品的商店，看看是否有赊欠的账目急需付清。但结果发现，似乎这个家庭购买所有东西都是付的现款，没有任何欠债。至于伯杰的服饰，调查的结果表明，自打他失业后，除了一身灰色西装外，他一件衣服也没买过。当调查这个裁缝的警探询问这套西服是何时付款时，裁缝翻出了他的账本。这个裁缝的经营规模比较大，他以较低的价格接受定制服装的生意。就在这时发现伯杰在定做这套西服时额外定做了一条同样的裤子。警方有一个他衣柜中所有衣物的清单，这条裤子没有列在其中。警方立刻认识到这件事的重要性，他们决定暂不公开这个证据，要等到在法庭上拿出来，让被告方措手不及。

"当检方拿出这个证据的时候，那真是一个激动人心的时刻啊。毫无疑问，伯杰的灰色西装上衣配有两条西裤，而其中的一条不见了。当问他如何解释这个问题时，他似乎并不慌乱。他说不知道裤子不见了。他指出，在法庭审判过程中他在狱中已经待了几个月了，没有机会察看自己的衣柜，又怎么能够解释裤子不见的问题呢。虽然有些失礼，他想也许有某个参与搜查的警察需要一条新裤子，就顺手牵羊地拿走了。而伯杰夫人给出的解释更为合理。我不能不说这是一个非常巧妙的解释。她说，罗伯特穿过的裤子都是由莉迪娅来熨烫的。一次熨铁烧得太热了，她把裤子烫煳了。他对自己的衣服看得很重，而且全家人好不容易才攒下了买这套西服的钱。她俩知道罗伯特会因此发火。伯杰夫人看到儿媳吓得够戗，想让她免遭一场斥责，因此提议不要告诉他这件事。她会把这条裤子处理掉，罗伯特也许永远也不会注意到裤子少了一条。对如何处理这条裤子的问题，她的回答是，曾有一个流浪汉到她门口要钱，她就把裤子给了他。问她这条裤子烫煳的程度，她说这条裤子已经穿不出去了。公诉人指出，织补方法能够修复破损的地方，但她回答说这样修补的费用比买一条新裤子还贵。公诉人又说，考虑到他们的窘困生活，这条裤子应该还能够在家里穿。即使他不高兴，也比扔掉一条还能穿的裤子要强。伯杰夫人说，她从来没这样想过。她一时冲动就把这条裤子给了一个流浪汉。检察官直言不讳地对她说，她把这条裤子处理掉的原因是裤子上沾有血迹，她并没有把裤子给一个流浪汉，而是她自己把裤子销毁了。要是有这样一个流浪汉，他很可能会出来作证的。她激烈否认了这个说法。那么流浪者在哪里呢？他会在报上读到相关报道，知道一个人的生命危在旦夕。如果有这样一个人，他一定会露面的。她转向记者席，张开双臂，摆出了一个演戏一样的姿势。

"'记者先生们，'她喊道，'请把这个消息传遍大街小巷。我恳求那个拿了裤子的人站出来救救我的儿子。'

"她在证人席上的表现真的很了不起。公诉人对她进行了无情的诘问，而她像一个愤怒的女神一样进行了激烈的反驳。公诉人历数了年轻的伯杰过去的违法记录，而她承认了他所有的恶劣行为。他从网球俱乐部一直偷到经纪事务所，而后者在他已经被判缓刑后出于怜悯仍然给了他一次机会。她将所有这些过失的责任都归于自己。在法国的刑事审判过程中，证人的自由发言权限远超英国。她痛心疾首地承认，他的错误是她管教不严，自幼就对孩子娇纵的结果。他是个独生子，她把他宠坏了。她的丈夫在一战中由于在火线抢救伤员而失去了一条腿。由于丈夫健康状况不佳，她不得不把主要精力放在对他的照料上，因而没有尽到做母亲的职责。她丈夫过早撒手人间，这使她可怜的孩子失去了父亲的教诲。她悲伤地详述了这个三口之家顶梁柱的离去给她们母子带来的打击以及他们娘俩所遭受的痛苦，以此来打动陪审团。她说儿子是她唯一的慰藉。她说她的儿子性格刚烈而任性，容易受不良伙伴的影响，但他非常注重感情，不管他犯有哪些罪行，他都不可能去杀害一个曾对他很好的人。

"但不知怎的，她并没有给陪审团留下一个良好的印象。她不断以一种刺激人的方式提及她无疑是值得尊敬的家庭背景。尽管她是在为她所喜爱的儿子进行辩护，但总是抓住任何机会提醒法庭注意她是一个参谋军官的女儿。她衣着非常考究，一身黑色。但也许过于考究了，留给你的印象是她是一个死要面子活遭罪的女人。她冷酷而坚毅的面容显得十分精明，你无法相信这样一个女人施舍给一个乞丐的不是一片硬面包，而是一条西裤。这条裤子损坏了也比一片面包要值钱得多。"

"莉迪娅呢？"

"莉迪娅相当凄惨可怜。她很可能已经怀孕了，满脸泪水，声音小得像蚊子叫。你几乎听不清她说的是什么。没有人相信她说是自己打破了手表表蒙的说法，但检察官并没有像对待她婆婆那样难为她。她是一个残酷命运的无辜受害者，这一点再明显不过了。伯杰夫人和罗伯特为了达到自己的目的，曾无情地利用了她。法庭认为她为了拯救自己的丈夫不惜一切，这很正常。她在法庭上讲述了罗伯特对她一贯和蔼和体贴的故事，甚至感动了不少人。显然，她疯狂地爱着自己的丈夫。她在证人席上看他的眼神十分感人。要我说，在法庭审判现场所有的这些证人、警察和侦探、狱卒、酒吧里的闲人、线人、恶棍和精神病专家中，唯一有点儿人类情感的可能就是莉迪娅了。法庭找了两个心理学家对伯杰的精神状态进行了鉴定。他们为伯杰的性格描绘了一张栩栩如生的画像。

“他们请到了迈特尔 · 勒莫尼耶作为伯杰的辩护律师。他是法国接手刑事案件的最优秀的律师之一。他人又高又瘦，脸色蜡黄，长着一双黑黑的大眼睛，留着一头浓密而乌黑的头发。他是我见过的最有口才的人。他身着黑色律师袍，扎着白色的领巾，非常引人注目。不知道为什么，他让我想起了隆吉画作中的那些神秘人物。他既是一名演员，也是一位演说家。他只要看你一眼，就可以对你的性格特点说上一二；只要稍加思索，他就能将死马说成活马。你要是能亲眼看到他对付恶意证人的手段就好了。他用温柔的语言引诱他们说出自相矛盾的话来，轻蔑地揭开他们的老底，对他们的证词冷嘲热讽，使他们无地自容。他的辩词一会儿娓娓动听，一会儿如急风暴雨。心理专家们在法庭上作证说，他们对监狱中的伯杰进行了反复测试，得出了对他的评价。他是一个自负、傲慢、爱撒谎、冷酷、缺乏道德意识、无道德原则和没有自责心的人。这位大律师仿佛自己是一个训练有素的心理学家一样，跟他们进行辩论。看看他敏锐的脑子是如何工作的很有意思。他谈话的语气一般都很轻松，就像闲谈一样，但由于他非常善于选择用词，而且有一副甜美的嗓音，因此你会觉得他说的每一句话无需做任何修改便可以直接写到书本上。但到了他的辩词将要结束的时候，他会调用所有可用的资源，使他的发言产生惊人的效果。他坚持认为上述证词不堪一击。他的辩词对这些声名狼藉的证人的证词之可信性充满了蔑视；他很快就转移了话题；他辩称，控方并没有拿出有力的证据来证明被告有罪。现在，他又开始了闲谈式的谈话，诚恳地与陪审团的成员唠叨着，就如同面对一些老熟人一样。然后他说话的激情逐渐上升，语调越来越激昂，嗓音越来越洪亮，直到整个法庭大厅都震荡着他的声音。然后他的发言突然停顿了，使你全身的每一根神经都在期待着下文。他发言的结束语甚为华丽。他告诉陪审团，他们必须尽到自己的责任，根据自己的良心做出决断。但他恳求他们抛弃对这个年轻人以往犯罪记录的成见。他的声音很低，由于激动而颤抖。天啊！他的发言真有效果。他提醒陪审团注意，公诉人要求判处死刑的这名男子是一个寡妇的儿子，这个寡妇自己是一名曾为国献身的战士的女儿，而这儿子是个军官的儿子，他的生死就取决于他们。他提醒他们注意，这个年轻人最近刚刚结婚，是为了爱情而结婚的；现在他年轻妻子的子宫内正孕育着他们爱情的果实。难道你们能让这个无辜的孩子一生下来就带上父亲是一名杀人犯的耻辱标记吗？哗众取宠？当然，但如果你是在法庭现场，听到如此厚重的嗓音发出那些激动人心的话语，你也可能会被他的发言所打动。天啊！无数的人泪流满面。我几乎也要失去控制，但一抬头，看到伯杰的脸颊上也滚下了眼泪，他正用手绢抹着自己的眼睛，这使我感到太滑稽了。我这才冷静下来。但辩护律师的发言还是产生了巨大的反响，当他坐下来的时候，听众席上爆发出热烈的掌声，即使法警也制止不了。

“公诉人是一个身材粗壮，脸色红润的家伙，我估计岁数大概在三十六到四十之间，看起来像是一个北方地区的农民。他的发言带着一种自鸣得意的腔调。你可以感觉到他将这个案子当成了出名和进一步飞黄腾达的绝佳机会。他的发言啰里啰嗦，逻辑混乱。如果不是主审法官不时插言予以提示，陪审团几乎就不知道他说的到底是什么意思。他是这个情节剧中不值一提的人物。有一次，伯杰刚刚同身旁跟他一道坐在被告席上的法警说了几句话，这个公诉人就转过身去对他说道：

"'你现在可以笑，但到了那个时候你就笑不出来了。你的双臂会被反绑在背后，在一个阴冷的早晨被带出牢房，你会发现自己走到了恐怖的断头台前。那个时候你的嘴唇就再也不会有笑意了，你的四肢会因恐怖而颤抖，那时你对你犯下的滔天罪恶会悔之晚矣。'

"伯杰被逗乐了，他顽皮地瞅了一眼身旁的法警。公诉人刚才所说的话得到的回答如此轻蔑，如果他不是非常自大，一定会惊慌起来。如果能看到勒莫尼耶对待他的方式那就更有意思了。勒莫尼耶对他大大地恭维了一番，但这番恭维话别有一番刻薄的嘲讽意味，公诉人尽管非常自高自大，但也感觉出自己被人愚弄了。勒莫尼耶的话语是如此恶毒，但遣词造句又是极为谦恭有礼，温文尔雅，可以从主审法官的眼神中看出赞赏和佩服来。公诉人能否通过接手这个案子而提升他的职业生涯，我对此深表怀疑。

"有三名法官坐在审判席上。他们的猩红色法袍和黑色方形帽非常引人注目。其中两个法官是中年男子，他们一句话也没有说过。主审法官是个小老头，长着一张猴子一样布满皱纹的脸，说话声音单调，似乎在打瞌睡。但他非常善于观察，认真地听取控辩双方的陈述。他开口说话时平静而没有任何感情色彩，语气虽然并不严厉，但颇有慑服力。他是一个极度理性的人，不相信所谓的人性道德。他从往昔的经验中体会到，人是可以干出任何邪恶之事的。他觉得这就如同人都有两只胳膊和两条腿一样，是再自然不过的事情了。当陪审团离开法庭现场，闭门讨论他们的裁决时，我们这些记者也四下走开，有的聚在一起聊天，有的出去喝一杯酒或咖啡。我们都盼着陪审团能快点儿露面宣读裁决。当时天色已晚，各家报纸都腾出了版面等着我们的报道文章呢。我们毫不怀疑伯杰会被判有罪。我注意到，我旁听的这起凶杀案有一个奇怪的现象。这就是在法庭现场得到的印象与阅读报纸的报道所得到的印象全然不同。如果你是在报纸上看到对此案证据的介绍，你会认为证据有些不足。如果你是陪审团的一员，你就会本着疑罪从无的精神投被告无罪一票。但你没有考虑法庭现场的气氛，以及你被现场气氛所带起来的情绪。在这种气氛下，你会对同样的证据产生截然不同的看法。大约过了一个小时后，有人告知我们陪审团已经做出了裁决。我们再次鱼贯进入审判大厅。伯杰被从监舍中带出，当三个法官一个接一个走向法官席的时候，法庭内全体起立。大厅灯火通明，拥挤的法庭内似乎有种不祥之兆。有一种不安的战栗气氛。你有没有去过老贝利旁听庭审？”

“没有，事实上，我从没去过。”查利答道。

“我在伦敦的时候经常去那里旁听庭审。那里是一个了解人类天性的好地方。你在那里旁听与在一个法国法庭上旁听，感觉截然不同。这一点给我留下了特别深的印象。我不会假装理解这一点。在老贝利，你感觉到被告面对的是法律的威严。他要面对的是与个人感情无关的抽象的正义。产生的实际效果确实也很不错。只有亲眼目睹了那个法庭的审判过程才能领悟什么是法律的威严。我在这个法国法庭一共旁听了两天，然而在这里我被一种完全不同的气氛所包围。在这里我没有得到那种庄严而抽象的印象，我感到法庭成了一个资产阶级维护其人身和财产安全的工具，使他们的特权免遭威胁。我不是说法庭的审判不公正或陪审团的裁决不合理。我的意思是说，你在这个法庭上感受到的是这个社会由于害怕而产生的愤怒情绪，而感受不到必须坚持的司法原则。不像我们英国，被告所面对的是想要保卫自身安全和利益的大众，而我们要捍卫的是一个原则，即使天塌下来也要坚持这个原则。这不仅让人感到可怕，简直是恐怖。陪审团裁决谋杀罪成立，但有可减轻罪责的情节。”

“哪些情节可以减轻罪责？”

“根本就没有这样的情节。但法国陪审团不喜欢判处被告死刑这样的结果。根据法国法律，如果有可以减轻罪责的情节，则不能判处被告死刑。最后伯杰被判处服十五年苦役的徒刑。”

西蒙看了看手表，站了起来。

“我得走了。我把我写的关于这桩案件审判的材料给你，你有空的时候可以看一看。看，这里是我作为消遣写的几篇关于犯罪的文章。我给你的女朋友看过，但我想她不太喜欢这篇文章。她把报纸还回来的时候对这篇文章只字未提。但把这些文章当做练习讽刺和幽默的材料还是不错的。”

7

查利不愿意当着莉迪娅的面阅读西蒙写的文章。与西蒙分手告别后，他就来到多姆咖啡厅。要了一杯咖啡后，他就聚精会神地读起西蒙的文章。他很高兴能够读到与这起谋杀案及审判过程有关的报道文章，因为莉迪娅杂乱无章的讲述使他对整个事件有点儿糊涂。她一会儿说到这儿，一会儿说到那儿，想到哪儿就讲到哪儿，根本没有考虑事件的前后顺序。西蒙的三篇长文则前后连贯，虽然有些查利已经从莉迪娅那里了解到的细节在文章里没有被提到，但他还是成功地编撰了一个生动的故事，易读好懂。他的文章跟他说话的风格几乎完全一样，都是那种流畅的新闻体，但他根据文中事件出现的顺序，非常有效地调动了背景的描述。读了他的文章,你会感到这个世界充满了邪恶、肮脏和混乱，这些歹徒、毒品贩子、组织和兜售赛马赌博的人混迹其中，干着见不得人的勾当和危险的营生。这些寄生在大城市中的人渣靠心智存活。他们彼此互怀戒心，为了获取利益随时可以出卖自己最好的朋友。他们表面上讲究哥们义气，玩世不恭地活着甚至是快乐着。尽管充满变数和凶险，但他们似乎享受这样的生活方式。他们觉得只有经历过大风大浪才合格，才觉得自己还活着。他们互相算计对方，然而这种即使睡觉也要睁着一只眼睛的生活却使他们感到兴奋。这是一个男人们为了一件小事就会拔枪互射的世界，但他们也随时会破费一笔不菲的开支，带上鲜花和水果去医院看望一个生病住院的圈外人。西蒙手法娴熟地将故事笼罩在一种查利所不熟悉的氛围中，使他的内心产生了悸动。他所知道的世界，是一个表面上充满了和平与幸福的世界。就像一个美丽的湖泊，蔚蓝的湖水倒映着朵朵白云和岸边的垂柳，无忧无虑的小伙子们在湖面上划着轻舟，舟中的女孩儿将手指插入清凉的湖水之中，在湖面上划出了一道道涟漪。但如果想到，就在船的下面，湖里危险的水草正挥动触角想要缠住你的船，将你拖入深不见底的湖水之中；想到形形色色稀奇古怪的可怕事情；想到有毒的水蛇，长着剃刀一般锋利牙齿的鱼，它们正悄无声息地埋伏着，伺机向你发动攻击，真是令人不寒而栗。慢慢的，从字里行间查利看出来了，西蒙已经能够透过深深的湖水看清湖里的一切，他痴迷于此。查利问自己，他是否只是好奇，或是对这种令人恐惧的事情本身着了迷，而使他能够对这些骗子和恶棍用玩世不恭的语言进行描述，对他们采取了一种宽容的态度。

在这样一个世界里，罗伯特·伯杰发现自己如鱼得水。他比居住在这个“湖”内的大多数居民社会层次要高，受到的教育也要高，因而在这里享有一定的声望。他的魅力，他那随和待人的方式和他的社会地位吸引了同伙，但同时也引起了他们的警惕。他们知道他是个恶棍，但感到非常奇怪。因为他出生于一个优秀的中产阶级家庭，父母受人尊敬，本不应该属于他们这个圈子。他主要是自己一个人行事，没有同伙，凡事自己拿主意。这些人认为罗伯特瞧不起他们。但罗伯特去听音乐会，而且回来后兴致勃勃地谈论这个音乐会，音乐知识非常丰富。他们虽然对音乐知之不多，但对此留下了深刻印象。而罗伯特与他们混在一起的时候又感到非常惬意，这让他们无法理解。回到自己的家，与母亲的朋友们在一起的时候，他却感到孤独和压抑。他对刻板的体面生活极不适应。在他由于偷窃汽车而被判处缓刑后，他少有地对乔乔说了一次自己的心里话：

“现在我不必再假装正派人了。我真希望我的父亲还活着，那样他就会把我赶出家门，然后我就可以自由自在地过我真正喜欢的生活了。但现在我不能甩开我母亲，我就是她生活的全部了。”

“靠干违法的事情挣钱可不容易呀。”乔乔应道。

“你干违法的事好像可没少赚啊。”罗伯特哈哈大笑了起来，“我向往这种生活方式并不是为了挣钱，而是向往这种生活的刺激和力量。这种生活就像从一个非常高的地方向下跳水。距水面那么高，看起来非常令人恐惧，但你眼睛一闭就跳了下去，而当你浮到水面上时，那种美妙的感觉是无法形容的，只有你自己能体会到。”

查利把这几份报纸的剪报装进衣袋，他的眉头微微皱着，努力想要在脑海中拼凑出他现在所知道的罗伯特 · 伯杰，想要确切地知道他到底是个什么样的人。把他说成是一个被社会所抛弃的流氓恶棍倒是省事，而且他确实也是如此。但这样的归类过于简单笼统，不能令人满意。查利在心中逐渐领悟了，也许人类比他以前所想象的要复杂得多，如果只是简单地把一个人归于这一类或那一类，那么你的思想就会受到禁锢。此外，罗伯特爱好音乐，尤其是酷爱俄罗斯音乐。而正是这个原因使莉迪娅和他走到一起，对她而言真是太不幸了。查利也非常喜欢音乐。他知道音乐所带来的欢愉。当优美的曲调震荡着耳膜的时候，他会陶醉于其中。这部分来自对音乐的领悟，部分来自身体的感觉。他现在还能够通过这些音乐的微妙之处，真切地感觉到作曲家的思想。

查利反思自己在听音乐时的内心感受，以前他可能从来没有这样反思过。对他来说，聆听一曲伟大的交响乐时是百感交集。既感到兴奋同时又心情平和；既有对他人的爱，又有为他人做些什么的渴望；既有向善的意愿，又沉醉于施善的喜悦；身心完全放松，进入到一种奇异的超脱境界，仿佛自己超然于尘世之外，滚滚红尘与他毫无关系。或许应该把所有这些情感合成一个概念，给它起一个名字，这个名字就是幸福。但罗伯特·伯杰听音乐时的感受是什么呢？显而易见，他在听音乐时与自己的感受是截然不同的。但把音乐带给他的这种情感与他卑鄙的行为一道摒弃是否有些不公平？或许音乐能使他暂时感到摆脱了心中的魔鬼？这个魔鬼过于强大，他无法靠自己脱身，当然他也不希望脱身。这个魔鬼驱使他去犯罪，而他扭曲的心理也通过犯罪的方式表现出来。通过对法律与秩序的挑战，他了解了自己的个性。或许他的心灵在音乐声中得到了片刻宁静？上苍默许他此时心静如水，仿佛透过层层乌云的缝隙看到了一丝美好与善良的人性？

查利知道沉浸在爱河中的人性是什么样子。他知道，爱使你对所有的人都友好相待。他知道如果爱上了一个姑娘，你就恨不能把一切都献给她。你甚至无法想象会有任何伤害她的念头，你会非常在意你在她心中的形象，因为她在你心中的形象无疑是完美的。如果你是一个诚实之人，你就必须对她说实话，坦白你无法照亮她的人生。查利想，如果他有这种想法，其他人一定也会这样想，而罗伯特·伯杰也不会例外。他非常爱莉迪娅，这毫无疑问。但如果他的心中充满了爱情，他怎么可以继续干那些肮脏可怕的犯罪勾当呢？这真令人感到迷惑不解。想到爱情这个神圣的字眼儿查利就局促不安，脸差不多都要红了。罗伯特一定是个有双重人格的人。查利感到困惑不堪，当然这也不奇怪。

他只不过是个二十三岁的年轻人，比他年长也更聪明的人都无法理解，一个恶棍怎么可能像一个圣人一样有纯洁和无私的爱情呢。如果他真是个一无是处的不肖之徒，莉迪娅现在怎么可能完全原谅了她的丈夫，并全身心地爱着他？

“人性真是难以理解呀。”他喃喃自语道。

不觉间，他正说到了点子上。

而毁灭了莉迪娅的正是这场爱情，这场占据她全部生活核心的爱情，这场成为她所有思想源泉的爱情。这场爱情就像是一部交响乐的伴奏，使主旋律更有深度和意义。而她的主旋律就是日复一日的日常生活。当查利开始思考这场爱情的时候，他就如同目睹了燃起熊熊烈焰的森林或洪水泛滥的河流，只能在敬畏和恐惧中畏缩不前。这是一件他以往的经验无法应对的事情。与这场爱情相比，他知道自己的那点儿风流韵事不过是没有什么意义的调调情而已，只不过是给自己有些单调的生活不时带来点儿喜悦和快乐的情感，只不过是一个男孩的多愁善感罢了。这个平凡毫无生气的小女人身体内竟然容得下如此强烈的感情，这真叫人难以理解。你不仅能从她讲述的故事中意识到她那火热的爱情，也能从她那超然的态度中凭直觉感受到。这种激情使得她尽管对你显得非常亲密，却始终与你保持着距离。你从她那双深邃而透明的眼睛中看到了这种激情；当她不知道你在观察她时，你从她那露出轻蔑的嘴唇中看到了这一点；你从她那唱歌一样的说话声音中也听出了这一点。不同于查利所熟悉的任何文明的感情，他们的这场爱情更多地渗入了一种原始与野蛮的成分。尽管莉迪娅穿着高跟鞋和丝袜，穿着外套和裙子，但她似乎不属于现今社会的一员，而是具有原始直觉的野蛮人；她的心灵犹如人类的祖先猿人，仍然停留在远古的极度黑暗之中。

“上帝！我都在想些什么呢？”查利说道。

他又开始思考西蒙的文章。西蒙显然为这几篇文章花费了心血，因为这几篇文章比他对审判的报道要优雅、流畅得多。这是一次尝试用超脱的态度和讥讽的口吻的写作。但透过表面上的超脱，你可以感到作者对文章中描述的这个男子极度的好奇心。这个人既没有犯罪后良心的不安，也不害怕其犯罪的后果。这些文章都是构思巧妙的散文体，篇幅也不长，但非常冷酷无情，使查利读起来有一种不舒服的感觉。为了最大限度地利用他设计巧妙的主题，西蒙甚至忘记了他要描述的是一个有感情的人。读了他这几篇文章，即使你被它们风趣的语言逗乐了，但也依然伴随着一种不安的感觉。看来，西蒙曾获准进入伯杰家的小房子，目的是要得到对伯杰生活环境的印象。他用辛辣而幽默的笔触描述了这栋房子内庸俗、呆板、自命不凡的装潢和摆设。室内有两套沙发，一套产自路易十五时代，另一套是拿破仑时代的。路易十五时代的那套沙发木料雕刻精美且鎏着金，覆盖着有粉红色小花的蓝色丝绸面料；拿破仑时代的那套是淡黄色缎子面料的软垫沙发。客厅中间是一张用大理石作桌面，精心雕刻且镀金的桌子。这两套沙发显然都来自圣安东尼大道上的一家商店，这家商店批发各个年代的古旧家具，这几件家具肯定是第一位拥有者不打算要了而低价拍卖出的。有两套沙发和这么些把椅子，在客厅里你想要挪步都得小心翼翼，当然也没有地方舒服地坐着了。客厅的墙壁上挂满了镶着厚重金边的油画。这些油画显然也是在拍卖场购买的，是别人认为无用的东西。

公诉人用貌似可信的方式重构了这场谋杀的故事。约旦显然是看上了罗伯特·伯杰。罗伯特吃饭他买单，罗伯特赌马他有意让他赢，罗伯特缺钱他就借给他。这些都是证明。最后，伯杰答应到他的住处来。他们一起离开酒吧容易引起别人的注意，因此他们商量好一个人先走，几分钟后另一个人再去。他们按计划在约旦住处的门外见了面，由于门房肯定她值班的那个晚上没有人要找约旦，那就显然是他们两人一起进入了约旦的房间。约旦住在一楼。当约旦忙着倒威士忌和苏打水，从他的小厨房里端出蛋糕的时候，伯杰仍然戴着他漂亮的新手套，坐下来抽了一支香烟。约旦是那种回到家就不穿西装的男人。他脱下外套，在留声机上放上一张唱片。这是一台廉价的老式留声机，没有自动翻面装置。当约旦在留声机上放上一张新唱片时，伯杰走到他身后，装作要看看放上的是什么唱片，然后猛地用刀刺向他的后背。验尸报告提到刺中死者后背的力量相当大。因此辩护律师称伯杰不可能有这么大的力量。但这个结论是荒谬的。他虽然很瘦，但很结实。在他打网球那段时间熟悉他的人作证说，他正手击球的力量相当大，并以此而闻名。他没有成为一流的网球手并不是由于体质上的原因，而是由于某种心理疾患使他缺乏赢球的意志。

西蒙接受了公诉人的上述推论。他认为检方对事实的叙述相当准确，而且检方对约旦要这个年轻人到他公寓来的原因的推断也是正确的。但伯杰坚决否认了公诉人认为他是为了约旦这天挣的钱而杀死了约旦的说法。但购买手套一事表明，他在知道了约旦那天晚上会不同寻常地挣上一大笔钱后就决定要实施这项杀人计划。尽管这笔钱没有找到，但西蒙相信伯杰拿走了这笔钱的说法。不过他认为伯杰他不是为了这笔钱而杀人的。钱就摆在那里，他不过是顺手牵羊罢了。警方声称，他偷盗了五十到六十台汽车，但他从来没有试图卖过任何一辆。他有时用过几个小时后就把偷来的车扔掉了。多数情况下他也就用几天就把车扔掉。他偷车有时是为了要用车，但更多的时候他是要锻炼自己的胆量和才能而偷车。他用自己发明的简单伎俩从女人那里抢劫财物而获了一点儿小利，但他这样干实际上只是为了寻求刺激，为了满足他恶作剧的幽默感。实施这些抢劫需要他调动自己的魅力来吸引这些女人，而他乐此不疲。想到那些女人目瞪口呆地看着他绝尘而去的样子，他禁不住哈哈大笑。简而言之，他把这样的事当成了一种娱乐活动。他每次抢劫成功后内心就会充满了满足，就如同他在网球比赛中击出了一个漂亮的高球或大力扣杀赢了对手一分后的那种满足。这样的事情使他产生了自信。而他参与走私毒品的动机主要也不是金钱，而是这个过程中要冒的风险，必需的冷静和需要迅速作出决断的能力。这就像攀岩，你攀登的每一步都要踩实，必须保持清醒的头脑。冷静、力量和直觉关乎你的生死存亡。但当你克服了一切困难，成功地登上岩顶的时候，那种极度紧张之后放松的美妙感觉和陶醉于成功的感觉真是难以形容！对于他这样一个本钱不多的人而言，他从雇用他的经纪人那里得到的回报肯定是够高的了。但即使这样，这笔钱也实在是微薄。而他要带莉迪娅到夜总会玩乐和到乡间进行短途旅行，或与朋友泡在乔乔酒吧。慢慢地他囊空如洗了，要有钱花，他只有抢劫雇主这唯一的办法了。他精心策划的这起谋杀案构思非常巧妙，他差一点儿就逃脱了法律的惩罚。他策划这起谋杀案看起来好像还是找乐趣的成分要多于为了钱财。他非常坦率地告诉他的律师说，约旦对自己的聪明过于自信，以至于把他当成傻瓜了。

但是现在，西蒙接着写道，罗伯特·伯杰从各种不太严重的违法犯罪活动中已经得不到刺激和兴奋感了。有一次他又犯罪了，在等待法庭审判的过程中，他与一名惯犯被关在了一间牢房内。他带着极大的兴趣听这名惯犯炫耀着自己的犯罪经历。这人是个惯于从屋顶潜入室内行窃的飞贼，专偷珠宝首饰。他介绍说，首先要踩点，然后耐心地观察这户人的作息习惯，检查房屋的结构。你不仅要事先侦查好珠宝放置的位置和如何进入房间，而且要事前确定能否在情况有变的时候迅速脱逃。这一切都妥了之后就是耐心等待适当的机会了。在你瞅准目标与最终实施偷盗行动之间，可能需要耐心地等待好几个月的时间。需要等待这么长的时间使伯杰打消了干这一行的主意。他胆量过人，身体灵活，头脑冷静，但他没有从事这种入户行窃所需的耐心。

西蒙将罗伯特·伯杰比喻成一个多年来狩猎鹧鸪和野鸡的人，这项轻车熟路的运动已经没有乐趣了，他渴求一种有点儿危险的活动，想要玩点儿大的。没有人能说得清伯杰什么时候开始痴迷于谋杀的想法，但可以假定这个念头是逐渐生成的。就像一个灵魂深处沉浸在某种艺术构思中的艺术家，他知道只有完成了这个作品，他才能放下心里的包袱。伯杰认为只有杀一个人他才能获得内心的满足。他认为只有杀一个人，他的个性才能得到足够的释放；只有杀了一个人，他才能够与莉迪娅开始过一种平凡而体面的生活；只有杀一个人，他的天性才能得到满足。他知道杀人是无法得到饶恕的罪行，他知道他可能会因此掉脑袋。但正是这种滔天大罪才对他有诱惑力，正是因为有风险，他才觉得值得尝试。

看到这里，查利把文章放了下来。他认为西蒙的分析真是太离谱了。他只能想象自己可能在狂怒之下由于瞬间冲动而杀人，但无法想象任何人杀人的动机竟然与钱无关，而是把它当成了西蒙所说的活动。有人杀人竟然是因为内心中存在毁灭的欲望，他们要通过杀人来证实自己的存在。难道西蒙真的相信他的这个理论吗？或者他只是为了给人留下深刻的印象而有意哗众取宠？查利英俊的脸微微皱了起来，他接着读了下去。

西蒙继续写道，如果客观环境没有为他创造出这个命中注定的牺牲者，也许罗伯特·伯杰本来只能满足于回味这种想法。他也许只能在与他的某个好友喝酒的时候，想一想杀死他的可能性，然后就把这个想法抛于脑后了。要么是因为实施起来太困难，要么就是太容易露馅。但是，当命运把特迪·约旦推到他面前的时候，他一定觉得此人就是他一直在寻找的目标。他是个外国人，熟人很多，但没有亲密的朋友，而且一个人住在一条死胡同里。他也不是个好人，参与毒品走私。如果有一天他被发现死在屋里了，警方可能会认为这是黑帮内讧的结果。就算警方在他生前对他的性取向一无所知，在他死后警方也一定会努力查出来，并很有可能据此认为他是被某个谈妥价格后又想多要钱的无赖所杀。由于敲诈勒索、欺行霸市的地痞流氓及毒品贩子人数众多，他们都可能是杀人疑犯。茫茫人海，警方难以确定谁是凶手。此外，他是一个不受欢迎的外国人，警方可能会认为他死了更好。他们会进行调查，但如果短期内没有结果，则警方很可能将这起案子悄悄地束之高阁。伯杰认为约旦已经相中了他，他就像一个钓鱼的人一样，轻易就把约旦钓上了钩。他与约旦定下了约会的日期，然后又不赴约。他半真半假地答应，但又不践约。如果约旦认为自己被愚弄了，威胁要跟他掰了，他就施展自己的魅力诱惑约旦要耐心。约旦因此认为他是追逐者，而对方只是在逃避他。伯杰心里偷着乐。他就像一个在丛林中跟踪一头胆怯而多疑的野兽的猎人，耐心地等待着机会。他知道，尽管这头野兽天生谨慎，但最终也逃不出他的手心。因为伯杰对约旦没有敌意，既不喜欢他，也不讨厌他，所以他能够不受心理干扰地享受这场追猎的乐趣。当这场游戏最终结束，这个小个子赌马经纪人死在他脚下时，他既没有感到害怕，也没有感到悔恨。他感受到的只有难以自制的强烈快感。

查利读完了这些文章。他禁不住打了个寒战。他不知道这是罗伯特·伯杰的冷酷无情使他感到恐惧的后果，还是西蒙津津有味地描述凶手邪恶和扭曲心灵所产生的震撼。毫无疑问，这些描述是西蒙虚构出来的，但使查利感到可怕的是，西蒙能够深度探索这种邪恶的心灵，并从中感受到快乐。西蒙俯身窥探到了伯杰的灵魂深处，就如同一个人将头俯向陡峭的悬崖边缘，而给你的感觉是他所看到的景象给了他莫大的满足感，他心中充满了羡慕。查利感到文章的作者一面写，一面在问自己：西蒙·费尼莫尔，你有勇气和胆量去干这样一件令人震惊、残忍而没有实际利益的事吗？查利不知道自己如何会产生这种印象，因为这几篇文章用词谨慎，俏皮而讽刺的语言并没有流露出这个意思。查利叹了口气。

“我认识西蒙已近十五年了，自认为对他有着透彻的了解。但现在我开始觉得我对他一无所知了。”

然后他又高兴地笑了。因为他还有父亲和母亲，还有佩茜。他们明天就该离开特里·梅森家族回家去。好几天的尽情嬉戏和欢笑肯定让他们疲惫不堪了，一定很高兴能回到他们那个明亮、舒适、充满了艺术情调的家。

“感谢上帝让他们只是些普通的好人。与他们在一起有一种安定感。”

他突然感到非常思念家人。

天色渐黑，莉迪娅可能已经回来了。他不想让她一个人等着。在宾馆脏乱的房间内，她一个人会很孤独，很可怜。他将这篇文章和其他剪报一起塞进口袋，走回宾馆。他本不必匆匆忙忙赶回来，因为莉迪娅不在房间里。他拿起《曼斯菲尔德庄园》看了起来。除了布莱克的诗集外，他只带了这本书。书中都是些温文尔雅的人物，似乎时光流逝了一百多年，他们仍然活在你周围的人群中。能与这些人相伴真让人感到高兴。他们的生活方式让人感到有序、轻松和亲切，他们遇到的烦恼从来没有严重到让你心灵不安的程度。灰姑娘是个非常一本正经的小东西，白马王子的确是一个古怪的书呆子，这应该没有疑问。查利也确实想象过灰姑娘抛弃思想禁锢而嫁给一个魅力动人、头脑机敏的坏蛋该是什么样子。但即使这样，查利还是认同简·奥斯汀让明智的角色有好报，轻率之人遭恶果的处理方法。她的作品充满了温和的讽刺和辛辣的幽默，使人读起来总是沉浸在快乐之中。奥斯汀的书使查利的思绪摆脱了堕落和犯罪的故事，这些故事使他陷入一种奇异而迷惑的心理状态。他忘了自己是待在一间脏乱而冷冷清清的房间内，脑海中想象着自己在一个夏日傍晚，心情愉快地坐在一棵高大雪松下的草坪上，原野上飘来了阵阵干草的香气。这时他开始感到饿了，抬手看了看表。已经是八点半了。莉迪娅还没有回来。也许她不打算回来了？她要是就这样离开他那还真的挺不错。不过一个招呼也不打就走了，这可让他有些生气。他无奈地耸耸肩膀。

“如果她不想回来，那就让她走好了。”

查利认为没有理由再等下去了，于是他走出房间去吃晚饭。他在门房的办公桌上留下便条，写明他去哪里了。这样一旦她回来了，就可以去那里找到他。餐厅的工作人员对查利的态度亲近而友好。他们确信查利正在经历着一场风流韵事，他们从中也间接地获得了满足。

查利对此不知道该感到好玩、开心，还是该感到生气。门房善意地冲他微笑，收银台的年轻女子看到他时，表情既兴奋又好奇。如果他们知道自己与莉迪娅的关系如此单纯，他们大吃一惊的表情会是什么样子？想到这里，查利不禁乐了起来。他一个人吃完了饭，莉迪娅还是没有回来。他走上楼，回到房间，继续读那本书。但他现在有点儿心神不宁，要读进去还真得费点儿力气。他打定主意，如果她十二点还不回来，他就不管她了，自己出去闲逛。就这样在巴黎待大半个星期而不找点儿乐子，这可有点儿荒谬。但十一点刚过，莉迪娅就推开门走了进来，随身带了一个很旧的小手提箱。

“噢，我累了，”她说，“我取回了几件东西。我洗一洗后咱们就出去吃饭。”

“你还没有吃过饭？我已经吃完了。”

“你吃完了？”

她似乎感到吃惊。

“现在已经十一点多了。”

她笑了。

“你真是个典型的英国人！你难道必须总是在同一时间用餐吗？”

“我饿了。”他有点儿生硬地回答说。

在他看来，让他等了这么久，她可能会说一些表示歉意的话。但是很明显，她根本就没有这么想过。

“好吧，没关系，我本来也不想吃。这一天糟透了！阿列克谢喝醉了。他今天早上与保罗吵了一架，因为保罗昨晚没有回家，保罗把他打倒在地。伊芙吉尼娅哭了，她一直在说：‘这是上帝在惩罚我们的罪恶。上帝让我活着就是要让我看看我的儿子怎样打他的父亲。我们怎么会这么不幸呢？’阿列克谢也哭了。他说：‘一切都结束了，孩子们不再尊重他们的父母了。哦，俄罗斯，俄罗斯啊！’”

查利忍不住想笑，但他看到莉迪娅是在非常严肃地说这件事。

“你有没有哭呢？”

“当然哭了。”她有点儿冷淡地回答说。

她换了衣服，现在穿着一件黑色丝绸外套。衣服很一般，但裁剪合体。这件衣服与她很般配，使她光洁无瑕的皮肤显得更加细腻，使她的眼睛显得更蓝了。她戴着一顶黑帽子。这顶帽子显得有点儿俏皮，插着一根羽毛，比原来那顶旧毡帽显得更般配一些。得体的服装让她增色不少，她穿着这身衣服显得优雅而自信。她看上去不再像一个商店的女孩了，而像一位有些身份的年轻女子。她现在比查利以前见到她的时候漂亮多了，但她一开口说话给人的印象就不那么好了。如果她以前留给人们的印象还是一个，懂得如何照顾自己的能干的女工，那她现在给人的感觉就像一个时髦的年轻女子，能让西装革履的小伙子们看入了神。

“你换了一件连衣裙。”查利说，他的心情慢慢好了起来。

“是的，我就这么一件好点儿的衣服了。跟你在一起的时候我穿得太寒酸了会给你丢脸的。像你这样一个衣着鲜亮的漂亮小伙子与一个女人去餐厅吃饭的话，至少不应该有人说：他怎么能与一个穿着从垃圾箱捡来的衣服的荡妇在一起呢？我至少应该给你长点儿脸。”

查利笑了。她身上真的还有一些可爱之处。

“好吧，我们出去走走，给你买点儿吃的。我会陪着你的。我知道你的饭量，你差不多可以吃掉一匹马。”

他俩的情绪现在又好了。莉迪娅要了一打牡蛎、一份牛排和一些油炸土豆，查利要了一杯威士忌对苏打水。她跟他讲了很多她寄居的这家俄罗斯人的事情。她非常同情他们的处境。除了家中孩子的微薄收入，他们没有别的经济来源。保罗的青春和俊美的容貌一天天在消逝，总有一天他现在的行当会干不下去的。在巴黎纸醉金迷的夜生活中，如果运气好的话，最后他也许能在一家名声不好的宾馆当上服务生。阿列克谢的酗酒越来越凶了，他即使偶尔能找到一份工作也无法干长。伊芙吉尼娅战胜困难的意志彻底崩溃了，她完全灰心丧气。他们这一家人已经没有任何希望了。

“你不知道，他们离开俄罗斯已经二十年了。在很长一段时间里，他们以为可能会得到一个返回俄罗斯的机会，但现在他们知道，没有这样的机会了。革命对他们这样的人来说真是太残酷了。他们现在是万念俱灰，等待他们的只有死亡这一条路。”

但在莉迪娅看来，查利不可能对他甚至没有见过的人感兴趣。她并不知道，当她谈到她的朋友们的遭遇时，他不安地提醒自己说，如果他猜得不错，西蒙头脑中所思所想的正是要将他和父母、妹妹以及他的朋友们投入这样的命运。莉迪娅改变了话题。

“你今天一下午都做了些什么？你去看画展了吗？”

“没有，我去看了西蒙。”

莉迪娅先前正看着他，脸上露出了非常感兴趣的神色，但是当他回答完她的问题时，她皱起了眉头。

“我不喜欢西蒙这个人，”她说，“你怎么看他呢？”

“我们从小就熟悉。我们从小学一直到上剑桥都在一起。他一直是我的朋友。你为什么不喜欢他呢？”

“我不喜欢他的冷酷、精明和不近人情。”

“要是这样的话，我觉得你错了。没有人比我更了解他了，他是一个可以有很深感情的人。他生性孤僻。我觉得他渴望获得他人的爱，但总是难以实现。”

莉迪娅的眼中闪现出讥讽的神色，但与以往一样，带着忧伤的印记。

“你真是一个多愁善感的人啊。他根本就不打算去爱别人，怎么可能指望别人去爱他呢？尽管你认识他这么些年，我想你对他的了解可能还不如我。他经常到苏丹宫来，但一般不找女孩上床。他到那里去不是为了发泄性欲，而是出于好奇。夫人欢迎他到那里去，部分原因在于他是一名记者，而她想要讨好新闻界；部分原因是他有时会带外国人到那里去，他们能消费很多香槟。他喜欢与我们闲谈，他也从来不介意我们是否讨厌他。”

“就算他知道你讨厌他，也不会觉得受到冒犯。他只会好奇地想知道为什么，他是个没有虚荣心的人。”

莉迪娅继续说下去，仿佛查利什么也没有说过。

“他几乎没有把我们当做人类来看。他看不起我们，但却要找我们陪伴。他与我们在一起时感到身心放松。我想他觉得我们的身份过于低贱，在我们面前他可以不用掩饰自己。而在外面的世界中，他必须经常戴上一副假面具。他完全不在意我们如何评价他。他认为可以对我们随心所欲。他提出的问题使我们感到羞辱，且他对我们受到的伤害视而不见。”

查利沉默了。他非常了解西蒙，他的好奇心永不满足。他的问题会使别人感到尴尬而自己却浑然不知。当他发现别人对他的问题感到愤怒时，他的反应是惊讶和蔑视。他愿意赤裸裸地展示自己的灵魂，根本就没有考虑过别人是否也愿意这样做。他认为别人掩饰内心世界的做法很愚蠢。

莉迪娅继续说道：

“可是，他会做出你永远也想象不到的事来。与我一起的一个女孩突然病倒了。医生建议她马上进行手术。西蒙将她带到一家护理所，这样她就无需去医院，并为她支付了手术费。当她的身体状况有所好转的时候，他又出钱将她送到一家疗养院。而他从来都没与她上过床。”

“对此我一点儿也不惊讶。他把金钱看得很淡。不管怎么说，这件事说明他可以干出一些无私的事来。”

“他这样做难道是想体验一下善良究竟是什么样的感觉吗？”

查利笑了。

“显然你没有过多地利用可怜的西蒙。”

“我们在一起闲扯的时间可不短。他想要从我这里了解俄国的革命。他要我带他去拜访阿列克谢和伊芙吉尼娅，他要问问他们。他写了罗伯特审判过程的报道文章，这你知道。他变着法子向我打听他感兴趣的事情。他和我上床是因为他认为这样我就可以向他透露更多的信息。他写了一篇与我在一起的报道文章。我感受到的痛苦、震惊和羞辱对他来说完全无所谓，抵不上他用一串轻浮的字符巧妙地拼接成的一篇文章。他递给我看这篇文章，想要看看我的反应。我永远也不会原谅他，永远也不会。”

查利叹了口气。他了解西蒙，他对他人的感觉从来都是无动于衷的。他让她看那篇残忍的文章，并非有意要伤害她，而完全是发自内心地想要看看她看到这篇文章后的反应如何，想要看看她的深入了解能在多大程度验证他的怪异理论。

“他的性格有些古怪，”查利说，“我敢说他有很多缺点，但他身上也有很多优点。不管怎么说，还是可以给他下这样一个定论：他严以待人，但也严于律己。我有两年时间没有见到他了，这段时间他变化很大。我感到他的个性越来越强了。”

“他的个性我觉得应该用可怕二字来形容。”

查利在舒适的坐椅上却有点儿坐不安生了，使他感到不安的是他也有这种感觉。

“他与常人的生活不同。他每天工作十六个小时。他的生活环境既邋遢又难受，简直难以形容。他锻炼自己每天只吃一餐饭。”

“他这么做的目的是什么？”

“他希望借此锻炼意志与品格。他想使自己能忍受任何艰苦的环境。他想要做好准备，好随时可以扮演起他一直期盼扮演的角色。”

“他有没有告诉你，他想成为一个什么样的角色？”

“他没有明确地说过。”

“你听说过捷尔任斯基这个人吗？”

“没有。”

“西蒙跟我说了很多关于这个人的事。阿列克谢在俄国是一名律师，是一个思想自由的聪明人，在捷尔任斯基某次被捕受审时做过他的辩护律师。尽管如此，捷尔任斯基依然以反革命罪将阿列克谢逮捕，将他送往西伯利亚服刑三年。这也是西蒙要我多次带他去拜访阿列克谢的原因。有时我不愿意带他去，因为我无法忍受他要看那个可怜的人沉沦得有多深的想法，他就告诉我许多问题，要我代他去提问。”

“但谁是捷尔任斯基呢？”查利问道。

“他是契卡的头头，俄罗斯的真正主人。他握有对所有俄罗斯人生杀予夺的大权。他极度残忍，被他监禁、拷打和杀害的人成千上万。起初我觉得奇怪，西蒙怎么会对这个杀人恶魔这么感兴趣，他似乎对他着迷了。后来我猜到了原因。一旦他从事的革命爆发，他就想要成为这样一个角色。他知道，谁控制了警察力量，谁就掌握了这个国家。”

查利眨了眨眼睛。

“亲爱的，你让我感到毛骨悚然了。但是你知道吗，英国不同于俄罗斯。我想，西蒙要想成为英国的独裁者大概要等上无比漫长的岁月。”

但在这个问题上莉迪娅容不得一点轻率。她生气地瞪了查利一眼。

“他做好了等待的准备。列宁没有等待过吗？你是否仍然认为英国人与其他地方的人不同，是由不同的材料构成的？你难道认为越来越意识到自身权利的无产阶级，会让你所属的这个阶级继续无限期地占有特权吗？如果发生一场战争，无论英国是胜利还是失败，难道不会导致巨大的社会动荡吗？”

查利对政治不感兴趣。不过，像他父亲一样，他持有一种自由派的观点，在审慎的范围内，还有点儿温和的社会主义思想。虽然他对社会主义并没有深刻的认识，但只要他的收入不下降，他们舒适的生活不受干扰，他很乐意把国家大事让给那些热心于此的人去劳神。但面对莉迪娅咄咄逼人的问题，他无法不表达自己的看法。

“按你的说法就好像我们对工人阶级毫不关心似的。你可能不知道，在过去的五十年里，工人们的生活状况已经获得了彻底的改变。他们的工作时间缩短了，薪水提高了。他们的住房状况也大大改善了。比如说我们的房地产公司就正在将成片的贫民窟消灭掉，当然这也需要经济上的可行性。他们现在已经可以享有养老金了，而工人们失去工作后还可以领到足以糊口的失业救济。他们的孩子可以免费上学，他们病了可以免费就医，他们现在还开始享有带薪假期了。我真的认为英国的工人阶级现在应该感到满足了。”

“你必须记住，施舍者与受益者对于施舍善行本身的评价有所不同。难道你真的认为，工人阶级会为你们被迫让出利益的行动而感恩戴德吗？难道你认为他们不知道，你们让出利益是出于恐惧，而绝非出于慷慨吗？”

查利一般不愿卷入政治辩论之中，但现在有一个问题憋在他心里，他必须一吐为快。

“我想你和你的俄罗斯朋友们现在的生活如此凄惨，你们应该痛恨暴民统治才符合情理。”

“这就是我们的悲剧之中最痛苦的部分。不管我们口头如何否认这一点，我们的内心非常清楚，我们这类人是咎由自取。”

莉迪娅说这话时语气之凄惨令查利感到有点儿不安。她是一个难以理解的女人，她对什么都看得很严重。她是那种把请你将盐罐递给她这样的事都看得很严肃的女人。查利叹了口气。他觉得自己应该宽宏大量一些，因为她是一个受到了不公平待遇的可怜人。但前景真的是如此黑暗吗？

“跟我谈谈捷尔任斯基吧。”他结结巴巴地拼出了这个难读的名字。

“我只能告诉你阿列克谢曾对我说过的事。他说，捷尔任斯基最不同寻常的地方是他的眼神。他能够盯着你很长时间而不眨一下眼睛，而且目光尖锐。他那对大大的瞳孔能使人不寒而栗。他曾在监狱中患过肺结核，因而骨瘦如柴。但他身材高挑，长相俊朗。他绝对忠诚，因而得到了巨大的权力。他喜怒不形于色，总是一副冷冰冰的面孔。他可能从来也没有让身心轻松下来过，从来也没有体验过身心愉悦是什么感觉。他唯一关心的是他的工作，他夜以继日地工作。在他事业的顶峰时期，他住在一间小屋里，室内除了一张办公桌和一张屏风以及屏风后的小铁床外就一无所有了。他们说，在饥荒年间，当别人给他送来点儿好吃的而不是马肉时，他就会又送出去。他坚持与契卡的其他工作人员领同样的食物配给量，不肯多吃多占分毫。他全部身心都奉献给了契卡。他的内心没有人性，没有怜悯，也不懂得什么是爱，只有狂热和仇恨。他的无情令人恐惧。”

查利的身体有点儿战栗。他明白为什么莉迪娅要告诉他这个令人恐惧的人。事实上莉迪娅所描述的这个阴险之人，与他惊讶地发现西蒙将要蜕变成的人有着惊人的相似之处。他们都过着苦行生活，对生活的快乐同样不屑一顾；他们同样埋头于工作，也许还有同样冷酷的心肠。想到这里，查利温厚地一笑。

“我敢说西蒙如同其他人一样也有缺点。旁人应该容忍他的这些缺点，因为他的生活一直都很不顺，缺少幸福的体验。我想也许他渴望获得他人的爱，而他的性格又使他难以获得他人的爱。他非常敏感，一般人毫无感觉的事情却会让他感到受到了极大的伤害。但我觉得他的内心还是仁慈和善良的。”

“你看错他了。你觉得他同你一样有一颗善良和无私的心，但我要告诉你，他很危险。捷尔任斯基是一个狭隘的理想主义者，他为了自己的理想可以毫不迟疑地毁灭他的国家。而西蒙有过之而无不及。他冷酷无情，没有良心，也没有良心上的不安。一旦时机出现，即使你是他最亲近的朋友，他也会毫不犹豫地毁灭你。”

8

第二天，他们早早就醒了。他俩一人手捧一个他用来装书的纸盒，就在床上吃了早饭。吃完早饭后，查利边吸烟斗边读邮件，而莉迪娅叼着烟卷修饰指甲。看着他们两人各自忙于自己的事情，你几乎要把他们当成是一对新婚不久的年轻夫妇了，他们初婚时的激情已经消逝，两人现在的关系甜蜜而恬淡。莉迪娅在指甲上涂完了指甲油，将手放在床单上，让指甲油晾干。她顽皮地瞥了查利一眼。

“今天上午去卢浮宫好吗？你来巴黎的一个目的就是要观赏绘画，不是吗？”

“我想是的。”

“那好吧，咱们这就动身出发。”

当女佣给他们端来咖啡、拉开窗帘的时候，穿过院子照进房间的光线同前一天早上一样阴郁灰暗。但现在他们走出院子，街道上空突然变化的天气令他们非常惊讶。空气虽然还很冷，但天高云淡，阳光明媚。冰冷的空气沁透了骨髓。

莉迪娅说：“咱们走路去吧。”

雷恩大道洒满了阳光，一扫往日阴暗的景象。那些灰色的旧房子也不像平常那样显得破破烂烂、令人沮丧了。这些房子像是些和善但经济拮据的老妇人。明媚的阳光洒在河对岸那些宏伟的新建筑上，也同样亲热地照在这些老房子上，使它们不再显得那么凄凉了。当他们穿过圣日耳曼德培广场时，公共汽车、有轨电车、横冲直撞的的士、卡车及私家车乱成一团。莉迪娅挽起查利的胳膊，沿着狭窄的塞纳街向前走去。他们就像是一对情人或一个杂货店老板和妻子，在一个周日下午出来逛街。他们手挽手地闲逛着，不时在一家家书画店的橱窗前停下来看看。然后，他们来到了码头。在这个位置，巴黎冬日的美景一下子就全部展现在他们眼前，查利兴奋之下，低声喊了一声。

“看来你很喜欢这个景色？”莉迪娅笑道。

“这简直就是一幅拉法埃利的风景画。”他想起了在图尔时读到的一句诗：“她今天纯洁、美丽而活泼。”

空气中有亮点在闪烁，让人觉得似乎可以用手抓住，然后让它们像泉水一样从指尖上划过。查利的眼睛已经适应了伦敦柔软的雾霾和朦胧的景色，感到巴黎的空气清澈而透明。塞纳河边的高楼、桥梁和护墙的轮廓被清晰而优美的线条勾画出来，仿佛出自一个手法细腻的画家之手，显得柔和而亲切。天空、云朵和石头的颜色也很柔和，仿佛是十八世纪的粉笔画作。树叶落光了的大树，修长的枝条在蓝色天空的背景下显出淡紫色来；天空的颜色精致而多变，构成了一幅优雅而复杂的图画。查利曾看到过同样景色的绘画，因此他才能从容地欣赏这幅美景，而没有感到吃惊。他能够理解这样的画面，热爱这样的景致。头一次见到这种景色他就能领悟到这幅画面的美，尽管出乎意料，但他并没有感到困惑。他就像一个人离开家乡几年后又回到了自己曾居住的小村，又看到了那条熟悉而亲切的街道，心中充满了喜悦。

“人活着难道不是很好吗？”他大声喊道。

“像你一样年轻又充满生活的激情才好。”莉迪娅一面说着，一面挽紧了他的手臂。她的声音有些哽咽，但他没有注意。

查利非常熟悉卢浮宫。他们全家经常到巴黎来，原因是维尼夏固定到巴黎来找一个小裁缝定做衣服。这个裁缝做的衣服同皇家大道和康朋街那些昂贵服装店的服装质量不相上下。每次来巴黎，他父母都要挤出时间领孩子们来游览卢浮宫。莱斯利·梅森坦率地承认，他更喜欢新潮的画派，而不喜欢那里的老派画作。

“但不管你们是否喜欢，参观卢浮宫这个欧洲大画廊是一个绅士的必修课。当人们谈论起伦勃朗和提香等画家的作品时，你们不能发表自己的见解就会显得有点蠢了。我也不避讳自夸，没有人比你们的妈妈在这方面对你们的引导更好了。她具有普通人所没有的艺术头脑，而且知道该干什么。她不会浪费你们宝贵的时间。”

“我并没有说你们的外公是一位伟大的艺术家，”梅森夫人谦虚中带着自信地评论道，“但他能够分辨艺术品的良莠。我对艺术的了解都是他教我的。”

“当然，你有艺术天赋。”她丈夫插嘴说。

梅森夫人思考了一会儿。

“是的，莱斯利，你说得对，我是有点儿艺术天赋。”

既然参观卢浮宫能带来直接的精神收益，他们就再也没有改变只要到巴黎来就游览卢浮宫的习惯。梅森夫人认为卡雷画廊陈列的大多数艺术作品都值得她的孩子们去鉴赏。只要他们一家走进那个房间，他们就会直奔达·芬奇的《蒙娜丽莎》。

她说：“我始终认为到卢浮宫来应该先看这幅画作。这样才能有恰当的心情去欣赏其他作品。”

他们一家四口人站在《蒙娜丽莎》画像前，怀着崇敬之心凝视着画面中这个露出乏味微笑的年轻女子。她的面容有些拘谨，带有性饥渴的表情。梅森夫人默默地凝视着这幅画很长时间，然后转向她的丈夫和两个孩子。她的眼中含有泪水。

“每次我看到这幅画时的感觉都无法用言语来表达。”她叹了口气，说道，“达·芬奇真是一个伟大的画家。我想每个人都会承认这一点。”

莱斯利答道：“对早期绘画大师的作品，我得承认我的理解还是有点儿不能免俗。不可否认的是我还不知道你是如何理解的。维尼夏，你还记得佩特的评语吗？他的评论真是一针见血，真知灼见啊。”

梅森夫人的嘴唇露出了一丝神秘莫测的微笑。她声音不高，但充满激情地又一次背诵了那段著名的评语。这个评语曾流行于两代人之前的艺术界，给当时年轻人的审美带来极大的震动。

“世上所能达到的极致都汇于她的头部，而眼睑稍显困倦。这是一位内在血肉丰满的美人，她身体的每一个微小部分都凝结着玄妙的构思、奇异的遐想和炽烈的激情。”

他们静静地听着她的朗诵，神情充满了敬畏。她突然停了下来，又恢复了自然的语调，轻快地说道：“现在我们去看拉斐尔的画。”

但想要避免看到保罗·韦罗内塞那两幅巨大的油画是不可能的，这两幅画挂在相向的两面墙上。

“这两幅画值得一看，”她说，“你们的外公对这两幅画评价很高。当然，韦罗内塞的作品手法不够细腻，思想也不够深刻。他的作品缺乏生气。但他的构思是天才的，这一点没有疑问。你们必须记住，现今没有任何一个画家能够在一幅画中和谐而自然地布置下如此众多的人物。韦罗内塞要绘制这样巨幅的画卷，光体力消耗就非常巨大。即使他的画作缺乏生气，就这一点，你们也必须佩服他。但我觉得这两幅画值得欣赏的地方还不止于此。这两幅画使观众领略了那个时代五彩缤纷的生活场景和异教徒们追求快乐的生活方式。这是威尼斯鼎盛时期贵族生活的特点。”

“《迦南人的婚礼》这幅画上的人物太多了，我每次都想数一数。”莱斯利·梅森说，“但每次数的数都不相同。”

他们四个人开始数，但四个人数的数都不一样。现在他们一家漫步走到了大回廊。

“这幅画是提香的《戴手套的男子》。”梅森夫人说，“你们先看过了韦罗内塞的作品我并不遗憾，因为它们非常清晰地映衬出了提香画派的特点。你们还记得我刚才说韦罗内塞的作品没有生气吗？好，现在你们再看看这幅《戴手套的男子》，看看提香的画作是如何带来生气的。”

“提香可真是一个了不起的老家伙，”莱斯利评论道，“他活到了九十九岁。要不是一场瘟疫的话，他还能活得更长。”

梅森夫人微微一笑。

她继续说道：“我敢肯定地说，这幅画是古今中外最优秀的肖像画之一。当然，你不能拿它与塞尚或马奈的作品相比。”

“维尼夏，我们不能忘了领孩子们去看看马奈的作品。”

“当然，我们肯定要去看马奈的作品。我们现在就去。但我想说的是，你必须接受绘制这幅画的时代风格。要记住，任何人都不能否认这是一件大师的杰作。当然，它是一件怎么夸赞它都不为过的绘画作品。但它的与众不同在于它独一无二的想象力。难道你不这么认为吗，莱斯利？”

“当然。”

“我出嫁前经常一连好几个小时在这幅画前观赏。这是一幅能引起你遐想的绘画。我个人认为这幅肖像画比委拉斯凯兹在罗马的那幅《教皇》更出色，因为它更能引起观赏者的联想。委拉斯凯兹也是一位非常伟大的画家，我承认这一点，他对马奈产生过巨大的影响。但我感到他的绘画缺乏生命的活力，而提香的绘画与之正好相反。”

莱斯利看了看手表，说道：“维尼夏，我们不要把时间都浪费在这里了。不然，我们吃午饭的时间就太晚了。”

“好吧。我们只看安格尔和马奈的作品。”

他们继续往前走，不时左右看看画廊两侧墙上的绘画，但梅森夫人认为没有哪件作品值得逗留观赏。

“把所有这些绘画都推荐给孩子们没有什么好处，只会使他们感到迷惑。”她对丈夫说，“让他们集中精力观赏真正重要的作品要好得多。”

“当然。”他回答说。

他们走进万国大厅，但在门槛处梅森夫人停下脚步。

她说：“我们今天就不看普桑的画了。他无疑也是一位伟大的画家，只有到卢浮宫才能看到他的作品。但他的画只有画家们才能欣赏，普通人很难看懂。你们现在还太小，还很难欣赏他的画。等你们俩都长大一些，那时我们再来，再好好欣赏欣赏他的画。我的意思是说，你们必须再成熟一些才能真正理解他的作品。我们现在进入的大厅是十九世纪作品展出之处。但我想咱们也不需要欣赏德拉克洛瓦的作品。他的画也只有画家才能欣赏。我不期望你们对他作品的理解能跟我一样，但你们一定要相信我的话，他是一位相当优秀的画家。他不善于运用色彩，但其作品充满了浪漫的情调。你们当然不必费心去琢磨巴比桑画派。我小的时候对这个画派的画家非常钦佩，但那时我们还理解不了印象派画家，当然也没有听说过塞尚或马蒂斯。其实他们当时已经小有成就了，但就是没有引起人们的重视。我想让你们先欣赏安格尔的《大宫女》，然后再去看马奈的《奥林匹亚》。这两幅画放置的位置也相当奇特，被相对着挂在两面墙上，这样你们就可以同时欣赏这两幅画，对这两幅画进行比较，然后得出自己的结论了。”

梅森夫人一面说着，一面同丈夫一起走进展厅，查利和佩茜则紧跟在他们身后。但她的目光落在了米勒的《拾穗者》上,她停下了脚步。

“我只想让你们花一分钟来看看这幅画。我并不想让你们仔细欣赏它，但我还是希望你们能看上一眼。因为有一阵子这幅画得到的评价非常高。当我还是一个女孩的时候，这幅画常常让我热泪盈眶，现在想起来真是有点儿惭愧。我认为这幅画非常美丽动人。但我现在看这幅画的时候，根本就不知道当初我那么受感动的原因是什么。这件事说明一个人的见解随着年龄的增长是会发生改变的。”

“这也说明我们年轻的时候会犯错。”莱斯利狡黠地一笑，仿佛这句话是他刚刚发明出来的。

他们沿着画廊拐了一个弯，现在走到了维尼夏前面提到的那两幅画展出的地方。她特别希望自己的孩子们能够最为欣赏这两幅画。她停下脚步，好像一个魔术师成功地从帽子中变出一只活蹦乱跳的兔子一样，神采飞扬地宣布道：

“就是这里！”

他们站成一排，细细地将这两幅裸体画观赏了好几分钟。梅森夫人看得是如痴如醉。然后，她转向孩子们。

“我们现在走到跟前去细细地品这两幅画。”

他们首先走到《大宫女》跟前。

莱斯利先开了口："维尼夏，这幅画并不怎么样啊。你可能会说我庸俗，但我还是不喜欢这幅画的用色。这个宫女身体的粉红色跟你以前晚上用的粉红色面霜完全一样。后来你听了我的建议不再用这种面霜了。"

"你不应该当着这些单纯的孩子的面暴露咱俩的闺房秘事。"维尼夏一本正经地说道，同时顽皮地一笑，"但我从未说过安格尔是一个运用色彩的大师，同样，我始终认为蓝颜色非常可爱。我常想，哪天我也做一件这个颜色的晚礼服。佩茜，我这样会不会显得过于年轻了？"

"不会，亲爱的。一点儿也不会。"

"但这与我们的主题不相干。安格尔可能是有史以来最伟大的构图大师。任何人只要看看安格尔绘画的结构和美妙的线条，立时就会感到这是一幅展现人类精神的伟大作品。我记得我爸爸曾告诉过我，有一次他带一位来自朱利安的同学到卢浮宫参观，这位同学从未见过这幅画。当他的眼睛落在这幅画上的时候，这幅画的线条之美给他带来了强烈的震撼，他居然昏了过去。"

"我想，可能是游览观赏的时间过长，早已过了一般人该吃午饭的时候，他因此饿昏过去了。"

"你不是要说你的岳父在虐待客人吧？"梅森夫人笑道，"好吧，我们在《奥林匹亚》前只待五分钟，然后就去吃饭。"

他们一行人又走到马奈的伟大作品前。

"当你走到这样一幅大师的杰作前，"梅森夫人说，"唯一能做的就是闭上嘴，慢慢地欣赏吧。正如哈姆雷特所言，余下的只有沉默。任何人，甚至雷诺阿和埃尔·格列柯都不能画出这样的肌肤。你们看画中人物的右乳房。真是赏心悦目啊，简直是个奇迹。看着这幅画，观者只能是目瞪口呆了。我可怜的父亲最看不上现代画派了。但连他也不得不承认，这幅画中人物的右乳房画得太漂亮了。你看怎么样？我问你呢。现在，我想你看到画中人物有一个黑色的轮廓了吧？查利，你看到没有？”

查利承认，他看到了。

“佩茜，你看到没有？”

“看到了。”

“好吧，我就没看到。”她用一种得意气扬扬的语气大声说道，“我以前常常看到，我知道它就在那儿，不过我告诉你们，现在我看不到了。”

参观完卢浮宫后，他们一家人到一家不起眼的小餐厅去吃午饭。梅森夫妇以前发现了这个地方，这里没有英国人。这里的环境与饮食一点儿也不次于那些外国人经常光顾的餐厅，但价格只有那些地方的一半。这里现在已经是顾客盈门了。但奇怪的是，他们左侧的桌子旁坐的是英国人，右侧是美国人；对面桌子旁坐着两个金发碧眼的瑞典人，又高又大；相距不远的桌旁还有一些日本人。餐厅中混杂着几乎每一种语言，但就是没有人说法语。莱斯利不满地扫了周围顾客一眼。

“维尼夏，我看这个地方变样了。”

他们四人人手一份大菜谱。菜谱是用紫色墨水书写的，他们看着菜谱感到有些困惑。莱斯利高兴地搓着手。

“先点哪道菜呢？我想咱们人在法国，最好就像个法国人。所以第一道菜就点蜗牛，然后是牛蛙。你们看怎么样？”

“这两道菜让人恶心，爸爸。”佩茜说。

“孩子，这么说正显露了你的无知。这两道菜可都是美味佳肴啊。

我在菜谱中没有看到这两道菜。”他总是分不清，在法语中 grenouille 是青蛙，crapaud 是蟾蜍，还是正相反。他抬头看看身旁的餐厅领班，用他那浓重的英国口音说道：“小伙子，你们有蟾蜍吗？[①]”

领班不喜欢被人称做小伙子，但他严肃地回答说，现在季节不对。

“太令人倒胃口了。”莱斯利喊道，“好吧，那蜗牛呢？”

“爸爸，如果你吃蜗牛，我会呕吐的。”

“他在逗你玩呢，孩子。别当真。”梅森夫人说，“我想最好来个煎蛋。法国人吃饭肯定少不了煎蛋的。[②]”

“没错，”莱斯利说道，“在法国无论走到哪里，他们的食谱中必然都有煎蛋。好吧。小伙子，来四份煎蛋。”

然后，他们又为两个孩子着想，要了英国烤牛肉。吃完主食后，孩子们要了香草冰淇淋，而两个大人则吃卡门贝所产的软质乳酪。他们在英国也常吃这些东西，但他们的一致意见是，在法国，这些东西的味道很不同。最后，他们点了用菊苣泡的茶。梅森夫人边津津有味地呷着茶，边说：

“只有到了法国才知道咖啡是什么滋味。”

由于从小就经常出入卢浮宫的卡雷画廊，再加上母亲的循循善诱，查利现在带着莉迪娅一道走进卡雷画廊，就如同一位优秀的网球运动员走进比赛场地一样自信。他渴望向莉迪娅展示自己喜爱的那些画作，并准备向她解释这些作品哪些地方值得欣赏。然而他大吃一惊地发现，画廊里的展品都重新布置了。他自然要带她先去欣赏《蒙娜丽莎》，但这幅画现在不知挂到哪里去了。他们只在这个画廊待了十分钟。而查

① 此句为法语。

② 此句为法语。

利和他的父母参观这里的时候，常常要花上一个多小时。但即便如此，他母亲还说，他们没有尽情地享用这个宝藏。但《戴手套的男子》这幅画还在原来的位置，他牵着她轻轻地走到这幅画跟前。他们看着这幅画欣赏了一会儿。

“真了不起，是不是？”他一面说，一面亲切地挽紧了她的胳膊。

“是的，还不错。但跟你又有什么关系呢？”

查利猛然转过头来。之前还从来没有人就一幅画问过他这样的问题。

“你这话到底是什么意思？这是一幅世界上最伟大的肖像画。你知道提香吗？”

“我想也许听说过这个人。但这与你有什么关系吗？”

查利真的不知道该说什么才好。

“好吧，这是一幅非常美妙的画作，绘画的技巧非常高超。当然这不是谎话，如果你想说的是这个意思。”

“不，我不是这个意思。”她笑了。

“那我真的不知道这幅画跟我有什么关系了。”

“那你为什么这么惦记着这幅画呢？”

莉迪娅向前缓缓而行，查利跟在她身后。她冷漠地扫了一眼画廊中的其他作品。查利对她刚才说的话感到不安，对她的脑子中在想些什么感到大惑不解。她对他顽皮地一笑，说道：

“来吧，我带你来看一些画。”

她挽住他的手臂，他们继续往前走。突然，他看见了《蒙娜丽莎》。

“在那儿，”他喊道，“我必须停下来好好看看这幅画。这是我到卢浮宫来必看的画。”

“为什么？”

“该死！这是达芬奇最著名的画作。也是世界上最重要的一幅画。”

“对你很重要吗？”

查利开始感到她有点儿让人生气了。他不明白她说的是什么意思。但他是一个性格非常好的年轻人，他不会轻易发脾气。

“一幅画即使对我不是很重要，它也可能很重要。”

“但只有对你重要才有意义。一幅画只对你个人有意义，对你这个观赏者而言它才真正有意义。”

“这似乎是一种完全以自我为中心来评价一幅画的方式，真可怕。”

“那么，从那幅画中你真的能感悟出什么吗？”

“当然。感悟是各式各样的。但我想佩特对这幅画的评论比我说的好。可惜我没有像我母亲那样记住了他的评论。她可以背诵出那篇文章来。”

但即使他这样说的时候，他也意识到自己的回答说服力不强。他开始有点儿模糊地意识到莉迪娅想要说的是什么。关于艺术，可能有些以前从未有人告诉过他的东西，这让他有些心神不安。但幸运的是，他想起了母亲对马奈的《奥林匹亚》这幅作品的评价。

“无论你是否喜欢一幅画，都不应该轻易地进行评判。”

“你真的很喜欢那一幅画？”她语调温和地问道。但这句话有点儿审讯的味道。

“非常喜欢。”

“为什么喜欢？”

他想了一会儿才回答：“我几乎从小就熟悉这幅画。”

“这也是你喜欢西蒙的原因，对不对？”她微笑着说道。

他觉得这个反驳有点儿不公平。

“好吧，你带我去看看你喜欢的画。”

现在两人的位置已经颠倒了。按他原来的设想，他会领着莉迪娅去观赏各位大师的艺术杰作。他会对她进行解释，以增加她对作品的兴趣，以一颗怜悯之心将她的注意力吸引到这些他一直挚爱的伟大作品上来。但现在却是她在领着自己进行参观。这也好。他也愿意由着她，看看她是怎么想的。

他对自己说：“当然，她是个俄国人。我必须体谅这一点。”

他们穿行于一个又一个画廊，从无数的艺术作品前走过。因为莉迪娅不记得她要找的那幅画挂在哪里了。最后她在一个小幅画作前停下了脚步。如果不是刻意去寻找这幅画，很容易漏过。

他说：“这是夏尔丹的作品，没错，我以前看到过。”

“但你仔细品过没有？”

“哦，当然。夏尔丹的画很有特点，他是个不错的画家。我母亲很喜欢他的作品。我自己一直比较喜欢他的静物画。”

“你的感悟就这些吗？但他的画使我心碎。”

“是吗？”查利惊讶地叫了起来，“一条面包和一瓶酒会使你心碎？当然，这幅画画得非常好。”

“你说得很对，这幅画非常优秀。画家是带着怜悯与爱心创作出这幅画的。这不仅是一条面包和一瓶酒。它代表的是一种精神食粮和基督之血[①]。这条面包不代表从那些忍饥挨饿的人们口中抢下来，并由

① “圣餐礼”是基督教的一个常见仪式，仪式中使用的“基督之血”即“圣血”，并非是基督的血液，而是用葡萄酒来代替。于是在欧洲许多自然条件良好的修道院里都设置了酒窖，用来酿造和储存“基督之血”。

教会定期施舍的食粮，它代表的是在痛苦中煎熬的男男女女们的每日糊口之粮。这幅画那么卑微，那么自然，那么友善，它代表的是穷人的面包和酒。穷苦的人们没有非分之想，他们的要求只是平静的生活，不要失业，能够自由地享用他们简单的食物就足矣。这幅画是低贱和绝望者们的哭泣。这幅画是在宣告，不管一个人如何罪孽深重，他的内心都是善良的。这条面包和这瓶酒代表的是低贱而温顺的人们的欢乐与悲伤。这幅画是在呼唤你的怜悯和你的爱；这幅画是在告诉你，他们同你一样有血有肉；这幅画是在告诉你，生命是短暂而艰难的，而坟墓中是冰冷和孤独的。这幅画里的不仅仅是一条面包和一瓶酒，它们象征着生活在这个星球上的人类的神秘命运，象征着人类对友谊和爱的渴望，象征着当人类无法获得一丝友谊和爱时，他们谦卑和顺从的态度。”

莉迪娅的声音在颤抖，现在泪水已经从她的眼睛中流了下来。她急忙将泪水擦掉。

“这幅画描绘的物体虽然简单，但画家感情细腻，画技精湛，心怀慈念。这位古怪而可亲的老人竟然能够创作出这么美的作品，它能让人心碎。这幅画是不是太妙了？作者好像是在不知不觉中让你知道，只要你拥有足够的爱，只要你展现出足够的同情心，你就能走出痛苦、忧伤与无情的旋涡，摆脱世上所有的邪恶，你就可以创造出美来。”

她看着这幅小画，默默地站了很长时间。查利也在看着这幅画，但内心充满了困惑。这是一幅非常优秀的画作，之前他还从没有真正欣赏过这幅画。他很高兴莉迪娅引起了他对这幅作品的注意。她的介绍方式相当让人感动，而且有点儿怪异。当然，要不是听了她对这幅画的评价，他永远也不会有这样的感悟。她真是一个性情不定，让人难以琢磨的女人！她竟然能在众目睽睽的画廊中哭泣，这让人多少有些尴尬。这些俄罗斯人，他们让你处境尴尬，自己却不以为然。但谁又能想到一幅画能让人感动成这样呢？他想起了他母亲讲的，外祖父要好的一个同学第一次看到安格尔的《大宫女》而昏厥过去的故事。但这是早在十九世纪的事，那个时代的人们都非常浪漫，也非常易动感情。莉迪娅转向他，嘴唇上带着开心的笑容。看到她突然破涕为笑，查利有些张皇失措。

“咱们现在可以走了吗？”她问道。

“你不想再看看别的画了吗？”

“为什么还要看？我已经看过一幅。我现在感到愉快和安宁了。我再看一幅画还能得到什么呢？”

“噢，那好吧。”

这样对待美术馆似乎很奇怪。毕竟，他们连华托或弗拉戈纳尔的作品都没有去欣赏。如果他看了《发舟塞瑟岛》，他母亲必然要问他一些问题的。有人告诉她，卢浮宫对这幅画进行了清洁，她想知道现在这幅画的颜色变成什么样了。

他们购买了一些物品，然后在塞纳河对岸码头的一家餐馆吃午饭。莉迪娅还是像往常一样，胃口非常好。她喜欢坐在熙熙攘攘的人群中，喜欢看着餐馆外车水马龙的街道。她现在的情绪非常好。仿佛刚才强烈的情感已经将她的精神世界冲洗干净，她心情愉快地谈论着一些琐碎的事情。但查利很少说话，还在沉思之中。他无法轻易地将刚才的不安情绪抛于脑后。她很少注意他的情绪变化，但现在他心中的愁结明白无误地反映在他的脸上，最终她也发现了。

“你怎么不说话了？”她问道，同时露出和蔼和同情的微笑。

“我正在想心事呢。你看，我从小就对艺术感兴趣。我父母也都非常喜欢艺术，我的意思是说，有些人甚至说他们具有相当的艺术修养。他们一直希望我和妹妹能真正欣赏到艺术，而我认为我们做到了。虽然我对艺术花费了这么大的心血，而且拥有这么多有利条件，但实际上我对艺术的领悟似乎还赶不上你。想到这些我就感到困惑。”

“我对艺术可是一无所知啊。”她笑了。

“但你的感受似乎非常强烈，而我认为艺术实际上是一种感觉。这并不是说我不喜欢绘画作品。我的身心从观赏绘画中得到了极大的愉悦。”

“你不要担心。咱俩对绘画作品有不同的见解是很自然的事情。你拥有年轻和健康，幸福和财富。你脑子也很聪明。艺术只是你的许多乐趣之一。观赏绘画能让你感到温暖和满足。漫步于画廊之中当然是一种非常惬意的打发时间的方式。该有的你都有了，你还会奢求什么呢？但是你看，我一直非常贫穷，经常挨饿，有时孤独得可怕。吃喝与陪伴对我而言都是一种不可多得的享受。我上班的时候，老板喋喋不休的责怪让我心烦意乱。我就经常在午饭的时间溜进卢浮宫。欣赏着这里的艺术作品，她的责骂就被我忘到脑后去了。当我母亲去世后，我一个亲人都没有了。这里又成了我寻求慰藉之处。在罗伯特审判前被关在监狱的那漫长的几个月，我怀着身孕，要不是有卢浮宫可去，我想我可能要么是自杀，要么就疯了。那里没有人认识我，没人盯着我看。我可以一个人静静地欣赏画作。这些艺术作品成了我的朋友。在这里使我能获得精神上的休息和安宁。这些画给了我生活的勇气。给我帮助最大的不是那些伟大的著名作品，而是那些不引人注目，默默地栖于一角的小画作。我感到当我在看着它们时，它们都露出了喜色。我觉得没有什么东西真的是离它不行的，因为万物都必然要消逝。忍受！再忍受！这就是我在卢浮宫的收获。尽管这个世界存在无尽的恐怖、苦难和残忍，但我感悟到一种能够忍受这一切的东西，它更加强大，更加重要。这就是人的精神和人创造的美。我今天上午让你看的那幅小小的画作对我来说却有如此多的含义，是不是很奇怪？”

为了尽情地享受这个美好的天气，他们沿着繁忙的圣米歇尔大道漫步。走到这条坡道的最高处时，他们拐进了卢森堡公园。他们坐了下来，一句话也没有说，只是无所事事地四面张望着。附近有几个推着婴儿车的保姆。唉，她们已经不像上代人那样都穿着缎子长袍了。还有几个穿着一身黑色服装的老太太，她们一脸严肃地领着小孩子们在散步。几个老绅士把厚厚的围巾都捂到了鼻子下面，他们来回踱步，沉浸在思绪之中。他俩开心地望着那些长胳膊长腿的男孩和女孩们，他们在周围跑来跑去地做游戏；一对青年学生从他俩身旁走过，他俩又开始琢磨他们在那么认真地讨论些什么。这里似乎不是一处开放的公园，而是生活在塞纳河左岸的人们的一处私人花园，公园里的一切都显得非常亲近，让人心动。但逐渐西斜的太阳发出的光线也是冷冰冰的，使公园内依然笼罩着一种忧郁的气氛。带有花格的铁栅栏将公园与这个喧闹的大城市分隔开，使公园给人一种奇异的不真实感。似乎那些踏着鹅卵石铺就的小径散步的老人，那些欢快地喧闹着的儿童都是些漫步的幽灵和游戏的鬼魂，黄昏一到，他们就会消散得无影无踪，就像一个人吐出的烟圈消逝于周围的黑暗中一样。现在他们已经感到非常寒冷了，因此查利和莉迪娅起身向他们住的宾馆走去。路上他俩虽然没有说话，但却像是一对和睦的伴侣。

回到房间后，莉迪娅从她的手提箱中拿出一小沓钢琴曲谱。

“我带来了一些乐谱，罗伯特过去经常弹奏这些曲子。我弹奏钢琴的水平很差，而且阿列克谢的住处没有钢琴。你可以弹弹这些曲子吗？”

查利翻看着这些乐谱。它们都是些俄罗斯乐曲。有些曲子他很熟悉。

“我想没问题。”他回答说。

“楼下就有一架钢琴，现在大厅里也没有人演奏。咱们这就去弹。”

这架钢琴的音很不准，需要调音了。这是一架立式钢琴。由于年代久远，钢琴的键盘都发黄了，而且因为很少有人使用，琴键有些僵硬。钢琴前有一条很长的琴凳，莉迪娅挨着查利坐了下来。他将一份斯克里亚宾的乐谱放到谱架上，这首曲子他很熟悉。试着弹了几个和弦后他就开始弹奏。莉迪娅一面听着曲子一面为他翻乐谱。查利曾经刻苦练习过钢琴演奏，他的水平可与伦敦最优秀的钢琴大师相媲美。他在上中学的时候就在音乐会演奏过钢琴，后来在剑桥也参加过演出。这些经历使他对钢琴演奏非常自信。他愉快地轻轻触击着琴键。他感到弹琴是一种享受。

当这一曲演奏结束后，他说：“就到这里吧。”

他并非对自己的演奏不满意。他知道他是按照作曲家的意图，以他一贯的清晰而直率的风格进行了演奏。

“再弹点儿别的吧。”莉迪娅恳求说。

她又挑选了一份乐谱。这首曲子是一位查利从来没有听说过的作曲家以民间歌舞为题材改编的钢琴曲。曲谱的封面上有罗伯特·伯杰的签名，字体透着自信和粗犷，查利看到后十分震惊。莉迪娅盯着这个签名默默地看了一会儿，然后翻到下一页。他看着这份乐谱的内容，心里琢磨现在莉迪娅在想些什么呢？她一定曾在罗伯特的身边坐过，就像她现在坐在自己身边一样。她为什么要这样折磨自己呢？他弹的这些曲子必然会勾起她痛苦的回忆，使她想起那短暂的幸福时光和随后而来的痛苦。

“好吧，可以开始了。”

这份曲谱子，他看一眼就会。他弹得十分得心应手。他自认为演奏得还不错，没给自己丢脸。弹完最后一组合弦后，他等着莉迪娅的夸赞。

“你弹得非常不错，”莉迪娅说道，“但怎么感觉没有俄罗斯的味道了？”

“你这话究竟是什么意思啊？”他感到有些受到冒犯，质问道。

“你的演奏听起来就好像是在伦敦的一个星期日下午，人们衣着鲜亮，在那些宽阔的大广场上漫步，盼望着喝茶的时间快点儿到来。但这根本就不是这首曲子要表达的本意。这首曲子是一首古老的歌谣，它表达的是农夫们为生活的煎熬与生命的短暂而感到的悲哀，它表达的是一望无际的金色麦浪和劳动的人们喜迎丰收的景象，它表达的是无边无际的山毛榉树的林海，它表达的是劳动的人们对过去大地五谷丰登与一派和平景象的怀念情绪，它表达的是人们为短暂地忘却种种不幸而狂放舞蹈的场景。”

“那好吧，可能你弹会更好些。”

“我也弹不好。”她一边回答，一边将他挤到了长凳的一边，坐到了他刚才的位置上。

他现在倒要听听她的演奏。她弹奏钢琴的水平很糟糕，但即使如此，她的演奏还是表达出了某种他没有悟出的东西。她努力想要表达出这首曲子内在的激情、痛苦和忧郁；她为这首曲子注入了舞曲的节律，产生了一种原始而野蛮的活力，使人听了血脉贲张。但查利却感到困惑。

当莉迪娅演奏完后，他不悦地说道：“我不明白为什么你认为这样踩着增音踏板不放，乱弹一气，却更能表现俄罗斯风格呢？”

莉迪娅爆发出一阵大笑，用双手搂住他的脖子，在他的面颊上吻了一下。

“你真可爱。”她喊道。

“多谢。”他冷冰冰地回答，同时挣脱了她的双手。

“你生气了？”

“没那回事。”

她摇摇头，冲他微微一笑，亲切而温柔。

“你刚才演奏得非常好，你弹钢琴的水平也很高。但你不适合演奏俄罗斯音乐。给我弹点儿舒曼的曲子吧。你肯定演奏得非常漂亮。”

“不，我什么都不会再弹了。”

“如果你对我生气了，为什么不打我两下？”

查利忍不住笑了。

“你这个傻瓜。我还从来没有这样想过。再说，我也没有生气。”

“你长得这么高大、强壮和英俊，我忘了你只是一个大孩子。”她叹了口气，“你这么单纯，对生活的残酷还是一无所知。有时候，我看着你，心里就感到痛苦。”

“现在，别再表现得那么像俄罗斯人，别再这么情绪化了。”

“对我好些，弹首舒曼的曲子吧。”

只要莉迪娅愿意，她其实很会劝动他人。查利勉强一笑，又坐到了弹琴的位置上。舒曼实际上是他最喜欢的作曲家，他脑子里就装着他的许多作品。他为她弹了整整一个小时。每当他想不弹了，她就劝他接着弹。收款台的年轻女子好奇地想看看是谁在弹钢琴。她回到收款台后，冲客厅服务员调皮地一笑，意味深长地嘀咕道：

“两只斑鸠正快活呢。”

当查利最终演奏完了，莉迪娅心满意足地叹了一口气。

“我知道舒曼的音乐最适合你弹了。他的曲子就像你一样阳光，让人听了感到舒适和敞亮。从他的曲子中能嗅到空气的清冽新鲜和松树的宜人清香，感受到阳光的温暖。听着他的音乐，与你在一起，对我来说真是莫大的享受啊。你母亲一定非常爱你。”

“噢，别胡扯了。”

“你为什么对我这么好？我枯燥无味，令人生厌，还经常惹你生气。你甚至都不很喜欢我，对不对？”

查利思考了一下。

“好吧，实话实说，我确实不是非常喜欢你。”

她笑了。

“那你为什么还要在我身上费心呢？你为什么不干脆将我赶到街上去？”

“我也不知道。”

“要我告诉你吗？这就是善良。这是一种单纯、自然和愚蠢的善良。”

“见你的鬼去。”

他们在附近找了一家餐馆吃了晚饭。查利注意到，莉迪娅对他个人毫无兴趣。就好比在一艘客轮上碰到一个需一起度过几天旅程的乘客，你会同他有一定的亲近感，但至于他来自哪里，他是一个什么样的人，这些都无关紧要。他走进船舱时就如同从天而降，到达码头他离去时，也同样像是消逝在空气中。你要做的只是挥挥手同他告别而已。查利是个很有涵养的人，不会对此感到愠怒。他知道她深陷困境与烦恼之中，必然是无心它念。现在她居然要他谈谈自己，他自然会有些惊讶了。他告诉她，自己非常喜爱艺术，曾希望能成为一名专业画家。但她赞同他后来在父亲劝说下作出的从商选择，认为这样生活才能够有保障。他以前还从未发现她能够如此令人感到愉快，如此具有人情味。莉迪娅只是通过狄更斯、萨克雷和赫伯特·乔治·威尔斯的小说对英国人的家庭生活有所了解。她对那些居住在贝斯沃特区豪宅大院内的人们十分好奇。她对他们只有一些表面的认识。她详细地打听他家里的人和物。而他总是为家里的一切感到自豪，很高兴谈论这些话题。他用略有些讽刺意味的反语谈到他的父母，但莉迪娅从他的话音中听出了他对父母的钦佩和挚爱。不知不觉间，他描绘出一个亲密无间、祥和幸福的家庭生活情景。他们属于中等富裕的家庭，生活低调，不事声张。他们沉浸在自己平和的生活之中，认为外界发生的任何变化都不会影响到他们安定的生活。他描述的这种生活并没有显出尊贵与高雅之态，而是透着一种正常和健康。他们追求的并非物质享受，而是丰富的精神生活。他们单纯而诚实，既无勃勃雄心，也不嫉妒他人。他们按照自己的能力为国家尽义务，为社会尽责任。他们是些善良之人。英国长期而稳定的经济繁荣造就了他们温厚、慈善的性格和自鸣得意的心态。这种心态的表现并不招人讨厌。就算莉迪娅模糊地洞悉到，这些就像小孩子在海滩上垒出来的城堡，随时都可能有一个大浪打来，将这一切扫荡得干干净净，她也一定不会在面上显露出什么：

“你们英国人真是幸运。”她说。

但查利被自己的话所触动，他对此感到惊讶。在他述说的过程中，他第一次以外人的眼光来审视自己。之前，他像一个在台上进行演出的演员，从来没有以观众的视角来看待这部戏。他对这部戏的效果如何只有一个模糊的概念；他在戏里卖力地演出，但从未想过自己的角色到底有什么意义。说他现在感到不安可能有些言过其实，他只是稍感困惑。他认识到，他们一家人，他父亲、母亲、妹妹和自己从早忙到晚，挤出时间来做他们想做的事，然而回过头来审视他们年复一年的生活，他们每个人实际上都一事无成。想到这里确实很不舒服。就像是在看一幕喜剧，该剧的舞台布景精致，演员的服装鲜亮，对白机巧，演技高超。观看这幕剧时你会感到心情愉快，但一个星期后你就会将它全然忘却。

吃完晚饭后，他们打了一辆出租车到塞纳河对岸的一家电影院去看电影。这部影片由马克思兄弟主演。这些演技高超的喜剧演员夸张而幽默的表演让他俩笑得前仰后合。他们不仅被格劳乔的俏皮话和哈珀手足无措的滑稽举止逗得哈哈大笑，也为对方笑起来的样子而大笑不止。电影在午夜结束，但查利太兴奋了，他现在睡觉将无法入眠。他问莉迪娅是否愿意跟他一道找个地方去跳舞。

“你想去哪里？”莉迪娅问道，“蒙马特可以吗？”

“只要那里气氛欢快，你喜欢，就行。”然后，他想起他和父母来到巴黎后常有的，但很少实现的愿望。就补充道：“还有，那里的英国人要少一些。”

莉迪娅冲他略带顽皮地一笑。之前他曾看到她脸上出现过一两次这样的笑容。他感到很惊讶，但同时也有些怜爱之情。他感到惊讶，是因为这样的笑容与他知道的她的性格不符；他感到怜爱是因为尽管她身世凄惨，但也有情绪高昂的时候，也能对他人进行戏谑。

“我带你去的地方气氛不会太欢快，但可能会很有趣。有一个俄罗斯妇女在那里唱歌。”

他们坐车走了很远的路。车停下时查利发现他们到了码头上。巴黎圣母院的双塔在布满星星的寒冷夜空中清晰可见。他们在漆黑的街道上没走几步就到了一扇狭窄的门前。进门后，他们又走下一段楼梯。查利惊讶地发现，自己眼前是一个宽敞的地下室。这个地下室四面都是石头的墙壁，中间摆放着凸凹不平的木桌，每张桌子足够十到十二个人用。桌子的每一边都放着长木凳。室内的空气十分闷热，烟雾缭绕。桌子中间空出来的地方是密密麻麻的人群，他们正随着一首忧郁的曲子在跳舞。一个穿着随意而邋遢的服务员给他俩找了个座位，让他俩点了饮料。坐在周围的人们好奇地打量着他俩，彼此低声议论着什么。确实，查利穿着笔挺的英国蓝哔叽西服，而莉迪娅穿着黑色丝绸服装，戴着插有羽毛的时髦帽子，他俩的穿戴与周围人反差太大。这里的男人既不穿衬衣，也不扎领带，他们跳舞时戴着帽子，嘴上叼着烟卷。而女人们头上什么也没戴，脸上浓妆艳抹。

“他们看起来非常粗野。”查利说。

“是的。这里的大多数人都坐过牢，剩下的人也会去蹲班房。如果出现打斗，他们就会相互扔酒杯或拔刀子。这时你就要站在墙边，不要乱动。”

“我觉得他们不太喜欢看到咱俩，”查利说，“他们可能都在注意咱俩。”

“他们认为咱俩是观光者，他们对有人竟然上这里看热闹感到很生气。但没事的。我认识这里的老板。”

服务员拿来他们点的啤酒时，莉迪娅让他叫老板过来。不多会儿老板就来了。他是一个大块头，看起来就像是一个胖牧师。他立刻认出了莉迪娅。他用怀疑的眼神狠狠地瞪了查利一眼。但当莉迪娅告诉他，查利是她的一个朋友时，他与查利热情地握手，并说他很高兴看到查利。他坐下来，与莉迪娅低声交谈了几分钟。查利注意到邻座的人都在看着这一幕，他看到其中一个男子冲另外一个人使了个眼色。他们显然对一切正常感到满意。这一轮跳舞结束了，他们这个桌上的其他人又坐了回来。他们向两个陌生人投来了敌视的目光。但老板解释说他们是朋友。于是同桌的一个脸上有一道伤疤、面带凶相的家伙坚持要请他俩喝一杯酒。很快，他们就加入了愉快的交谈之中。他们显然急于使这两个年轻的英国人有一种宾至如归的感觉。坐在查利身旁的一个男人向他解释说，虽然这里的人看起来有点儿粗野，但他们都是些行得正、坐得端的好人。他有点儿喝醉了。查利已经克服了最初的不安，放松了下来。

现在，萨克斯演奏手站了起来，走到他的椅子前面。莉迪娅曾提到过的俄罗斯女歌手拎着一把吉他走上前来，在椅子上坐了下来。人群爆发出一阵掌声。

"这位是拉·马里莎小姐，"查利这位喝醉酒的朋友向他介绍道，"没有人喜欢她。她曾是苏维埃政权一个人民委员的情妇，但斯大林把这个人民委员枪毙了。如果不是设法逃出了俄罗斯，她恐怕也难逃挨枪子的命运。"

同桌另一端的一个女人听到了他们的对话。

"你对他胡说些什么呀，卢卢，"她喊道，"谁都知道，拉 · 马里莎革命前是一个大公的情妇。她拥有价值数百万美元的珠宝，但布尔什维克将这一切都抢走了。她伪装成一个农妇才逃了出来。"

拉·马里莎是一个四十出头的女人，她面容憔悴而忧郁，骨瘦如柴，身材像个男人。她的皮肤呈褐色，一副浓黑、弯弯的眉毛下是一对炽热如火的大眼睛。她带着沙哑的嗓音，高声唱起了一首充满野性、毫无欢乐感觉的歌曲。虽然查利不懂俄语，但听了她唱的歌曲，一股寒意还是划过了他的脊梁。听众为她大声鼓掌。然后她唱了一首伤感的法语民歌。歌词大意是，一个女孩为她第二天早晨要被处死的情人而哀伤。这首歌使听众极为激动。她唱完这首歌后，又唱起了另一首欢快的俄罗斯歌曲。这时她的脸上已经没有了凄惨的表情，取而代之的是粗野和快活。她的声音低沉又刺耳，透出一种欢快的情绪。查利周身的血液在沸腾，不由自主地激动起来。同时查利也被她的歌声所打动，理解了在表面欢快的曲调下面是凄凉与徒劳的眼泪。查利看看莉迪娅，发现她的眼睛中又出现了那种嘲讽的目光。他和善地笑了。这个可怕的女人又从这首歌曲中悟出了些什么，而他现在还无法知道。这首歌唱完后，室内又爆发出一阵热烈的掌声。但拉·马里莎好像没有听到，对掌声也没有任何答谢的表示，就从椅子上站了起来，径直走向莉迪娅。两个女人开始用俄语交谈起来。莉迪娅转向查利。

“如果你愿意的话，可以给她要一杯香槟。”

“当然愿意。”

他示意一个服务员过来，让他上一瓶香槟。然后，他扫视了围坐在这张桌子旁的六七个人，改变了主意。

“要两瓶香槟，再拿一些杯子来。也许这些先生和女士们也能赏光让我给他们倒杯酒。”

这几个人作出了礼貌的回应，表示接受。香槟上来了，查利将几个杯子都倒满，然后向桌子那头递过去，直到每人面前都有一杯。大家碰了杯，说了许多祝福健康之类的词令。

“英法友好万岁。[①]”

① 原文为法语。

“为了协约国，干杯。[①]”

他们都变得非常友好和快活，查利也感到轻松愉快。但他是来这里跳舞的。因此当乐队又开始演奏的时候，他把莉迪娅拉了起来。很快就有许多人站起来跳舞，人群拥挤。他发现有很多人好奇地盯着她。他猜测这里的消息传播得非常快，人们现在都知道她是谁了，也使得这些男男女女对她很感兴趣。这使查利有点儿尴尬，但莉迪娅似乎根本就没有意识到有人在盯着她。

这里的老板碰了碰她的肩膀。

“我要对你说句话。”他低声说道。

莉迪娅放下查利，随这个胖胖的老板一同走到房间的一边，好听他说些什么。查利看得出来，她吃了一惊。他显然是想把某个人指给她看，因为查利看到她伸长脖子张望，但跳舞的人太多，她显然是什么也看不见。她马上又随着那个老板走到房间的另一端。她似乎已经忘了查利。查利有点儿不悦，转身回到原来的桌旁。有两对夫妇正坐在那儿怡然自得地享用着他的香槟。他们热情地跟他打着招呼。现在他们已经相互熟悉了，便询问他为什么不跟莉迪娅跳舞了。查利告诉他们出现的变故。其中一个矮壮的男人有着红色的脸膛和一脸的大胡子。他的衬衫大敞着，露出了胸膛上浓密的胸毛。由于室内闷热，他脱掉了外套，挽起了衬衫袖子，露出了胳膊上大片的文身。他和一个女孩坐在一起，这个女孩可能要比他年轻二十岁。女孩有一头非常光亮的黑发，头发在中间分开，在后脖子上盘着一个发髻；脸上扑着厚厚一层粉，像死人一样惨白；嘴唇涂得猩红，眼圈描得黑黑的。那名男子用胳膊肘碰碰她。

---

① 原文为法语。

“你为什么不与这个英国人跳个舞？不能光喝人家的香槟呀，对吗？”

“我可以跟他跳啊。”

她跳舞时身子紧贴着查利。她身上散发着一股强烈的香水味，但还不足以掩盖她在晚餐时吃的大蒜的气味。她冲着查利妩媚地笑了笑。

“你这个漂亮的小英国佬一定是好色到极点了。”她咯咯地笑着，扭动着柔软的身体。她穿着黑色的天鹅绒礼服，但衣服上落满了灰尘。

“你为什么这么说呢？”他笑道。

“与伯杰的老婆混在一起，如果不是好色还怎么解释呢？”

“她是我的姐姐。”查利快活地说道。

她认为这个笑话太有意思了。当乐队停止演奏，他们回到原来的桌前，她又把查利的这句话学给了同桌的其他人。他们都认为这很可笑。那个露着浓密胸毛的男人拍了拍查利的后背，说：“你太滑稽了！①”

查利觉得被视为有幽默感的人感觉还不坏。取得成功总是让人感到高兴的事。他意识到，他被当成了一个臭名昭著的杀人犯的妻子的情人，他在这里成了名人。他们请他下次再来。

“下次自己一个人来啊。”跟他刚才跳舞的那个女孩说。

“我们会找个女孩陪你的。干吗非要同一个俄国女人混在一起？法国的酒多好，有法国的香槟就足够了。”

查利又要了一瓶香槟。他这样做并非是紧张，而是出于快乐。他正在极大地增长着生活的阅历。莉迪娅回来的时候，他正在同新结交的朋友们谈笑风生，仿佛他们是多年的老朋友一样。他同莉迪娅又跳了一支舞。他注意到莉迪娅的脚步跟他有点儿不合拍，他轻轻地晃了晃她。

---

① 原文为法语。

“你有点儿心不在焉啊。”

她笑了。

“对不起。我累了。咱们走吧。”

“什么事让你心烦意乱了？”

“没什么。就是天太晚了，而且室内闷热得可怕。”

同他们的新朋友们热烈握手告别后，他们就离开这里，钻进了一辆出租车。莉迪娅精疲力竭地靠到椅背上。他感到很高兴，心中充满了温情。他拉过她的手，握在自己的手中。他们就这样沉默地坐着。

他们回到房间，马上就倒在了床上，几分钟后莉迪娅就发出了均匀的呼吸声。查利知道她睡着了，但他却很兴奋，无法入睡。这个晚上他非常开心，现在全无睡意。他把前后经过又回味了一遍，想到回到家里时他能绘声绘色地讲述这段故事的情景，不禁笑出声来。他打开灯，拿起一本书读了起来。但现在他无法将注意力集中于布莱克的诗上。各种杂念掠过他的脑海。他关掉灯，打了一小会儿瞌睡，但很快就醒了。性的渴望折磨着他。听着旁边床上的女人传来的平静呼吸声，他的内心更是激动难抑。除了在苏丹宫见到莉迪娅的第一天晚上之外，他对她只有怜悯和同情的感觉，完全没有感觉到她在性方面对自己有什么吸引力。这几天来从早到晚地看着她，他甚至没觉得她长得漂亮。他不喜欢她的方脸盘和高颧骨，不喜欢她灰色的眼睛在眼窝中转动的样子。有时候，他觉得她的长相确实太一般了。尽管她出于奇怪和不可理喻的原因选择了这样的生活方式，查利还是感到她极端的高尚，因而打消了同她寻欢作乐的想法。再有就是她对性的冷淡令他的热情一下就降到了冰点。她蔑视和憎恶那些花了钱就要在她身上找乐子的男人。她强烈地爱着罗伯特，因而无法再对其他人产生爱恋，同时也压抑着她的性欲。除此之外,查利觉得自己也不太喜欢她的性格。她有时很沉闷，对什么事情都很冷淡。她将他为她所做的一切都视为理所当然。她确实并没有主动提出过什么要求，她虽然并没有感激的表示，但礼貌而得体地认可了他真心实意待她的事实。查利有一些不安，担心她把自己当成了傻瓜。如果西蒙说的真是如此，如果她当妓女是为了多挣钱，好帮助罗伯特逃跑，那么她就只不过是个冷酷的骗子。他想到她在背后笑话自己单纯幼稚的样子,脸一下就涨得通红。不，他并不想要她。他越想越感到自己不喜欢她。然而在那一刻，他的性冲动是如此的强烈，几乎要让他喘不过气来了。他现在想到的莉迪娅不是平时看到的，有些乏味的，像一个主日学校老师的她，而是他第一次看到她时穿着松松垮垮的土耳其长裤，头戴闪闪发亮的星星图案蓝色头巾，双颊涂着胭脂，睫毛用睫毛膏描得黑黑的她。他想起她纤细的腰，细腻、柔软、蜂蜜颜色的皮肤，想起她小巧结实的乳房和红润的乳头。他在床上翻来滚去。现在他的欲望几乎无法抑制。这真是一种极大的痛苦。不管怎样，这不公平。他是个年轻而强壮的正常男人，有机会时不为什么他能找一点儿乐子呢？她就躺在那里，她就是干这个的。这是她自己说的。即使她认为自己是头肮脏的猪，又有什么关系？自己为她付出得够多了，他理应得到一些回报。莉迪娅安静的呼吸声令他出奇的兴奋，使他的呼吸节奏也加快了。他想象着他的嘴唇压向她柔软的嘴唇，他的手握住她娇小乳房时的感觉；他想象着她轻盈的身体被他搂在怀里,他长长的腿紧压着她的腿的感觉。他打开灯，认为这样可能会唤醒她。然后他翻身下床，向她俯过身去。她平躺着，双手十字交叉放在胸口上，就像是墓地的一尊石雕像。眼泪正从她紧闭的双眼淌出，她的嘴由于悲伤而扭曲着。她正在睡梦中哭泣着。她看上去就像一个躺在那里的孩子，她的脸上有着孩子般无助而痛苦的表情，而孩子不知道痛苦如同所有其他事情一样，都会过去的。查利深深地吸了一口气。这个熟睡中的女人悲哀的表情真是让他不忍目睹。他的激情，他的欲望，都被他发自内心的怜悯所熄灭。她今天白天很快活，对他很友善，也很容易沟通。在他看来，她至少一度从内心深处的痛苦中得到了解脱。但在睡梦中这种痛苦又回来了，他非常清楚何种梦魇能让她如此痛苦不堪。他深深地叹了一口气。

但他觉得这下更睡不着了，甚至都不想再躺上床了。他把灯罩往下按了按，免得灯光影响了莉迪娅的睡眠。然后他走到桌旁往烟斗里装满烟丝，将烟斗点燃。他将厚重的窗帘拉开，然后坐下来向外看着庭院。除了一扇窗户还亮着灯外，外面是一片漆黑，显出了某种不祥之兆。他想，那间亮着灯光的房间内是否有人生病了，或者只是有人像他一样无法入眠，困惑于生活的不解之谜。或许是某个男人带回了一个女人，他们在激情过后，正满足地倒卧在彼此的怀抱中。查利抽了一口烟，他感到有些无聊和乏味。他就这样胡乱地猜想着。最后，他回到床上睡着了。

9

清晨，来送咖啡的女佣将查利惊醒了。一瞬间他忘了昨晚上的事情。

“哦，我睡得太死了。”他揉揉眼睛说。

“真对不起。但现在已经是十点半了，我在十一点半还有一个约会。”

“不要紧。今天是我在巴黎的最后一天，将时间都浪费在睡觉上就太愚蠢了。”

女佣用一个托盘送上来两份早餐。莉迪娅告诉她把托盘交给查利。她穿上睡衣，面向床头坐在查利的床边上。她倒了一杯咖啡，将面包切成两半，涂上黄油递给查利。

“我一直在看着你睡觉。”她说，“你睡觉的样子就像一只小动物或一个孩子，真可爱。你睡得那么安静、那么深沉，让人想不看你都不行。”

他想起了昨晚的事。

“我想你昨晚可能没有睡好。”

“没有啊，我昨晚睡得很好啊。我睡得很死，我累坏了。我能睡得这么好是我对你最为感激的一件事。我经常做噩梦。但自从住到这里后，我一次梦都没有做过。我睡得非常香。我曾想过，可能我再也不会有这样的睡眠了。”

他知道她晚上一直在做梦，而且他也知道她在做什么样的梦。她已经将这些梦忘记了。他克制着自己，不去看她。想到一个内心被撕裂的鲜活生命在完全无意识的状态下可以继续感受到痛苦，想到眼前这个实实在在的生命在睡梦中由于悲哀而泪流满面，嘴角因痛苦而扭曲，但醒来时却没有留下任何记忆，这使他产生了一种阴森可怖而又有些神秘的感觉，一种不愉快的感觉掠过他的心头。他也不十分清楚这种感觉的原因是什么。如果他知道的话，他或许会问自己：

“我们到底是些什么样的人？我们对自己有多少了解？我们中的一些人是否戴着假面具活着，不像眼前的这个人那样真实？”

这是些非常复杂和陌生的问题。这些问题可不像表面上看起来那么简单。可能我们认为自己最了解的人身上却隐藏着连他们自己都不知道的秘密。查利突然得出了一个结论：人类的秘密永远都无法被全部探究出来。事实上，你可能对任何人都一无所知。

“你要去赴一个什么样的约会？”他这样问更多的是为了找点儿话说，而不是真想知道。

莉迪娅点燃一支香烟，然后回答道：

“马塞尔这个胖家伙，也就是咱们昨晚去的那个地方的老板，向我引荐了那里的两个男人。我已经同他们约好了，今天上午在帕丽特咖啡馆见面。昨晚那里人太多，我们没法谈。”

“啊！”

他小心翼翼地不去打听这两个人是谁。

“马塞尔与卡宴、圣洛朗这两个地方都有联系。他经常能得到这些地方的消息。这就是我为什么想去那里的原因。他俩是上周在圣纳泽尔上岸的。”

“谁？那两个男人？他们是逃犯吗？”

“不是。他们已经服满刑了。救世军为他们支付了船费。他们认识罗伯特。”她踌躇了片刻，“如果你愿意的话，你可以跟我一起去。他们身无分文。如果你能给他们一点儿钱的话，他们会很感激的。”

“这没问题。我很愿意陪你去。”

“他俩看起来都不像是坏人。其中一人看起来还不到三十岁。马塞尔告诉我，他是一名厨子。他被流放的原因是他杀死了他工作的那家餐厅的一个同事。另一个人犯的是什么罪我不知道。你最好先去洗洗澡。”她走到梳妆台前照照镜子，“怪呀，我的眼睛怎么肿了。看了我这个样子，你会认为我一直在哭呢。可是你知道，我没有啊，是不是？”

“也许是昨晚空气中的黑烟熏的吧。天呀！简直要认不出你了。”

“我会打电话叫服务员送些冰块来。我们到外面吹五分钟的新鲜空气，就会复原了。”

他们到达帕丽特咖啡馆时那里还空无一人。吃早餐的最后一拨客人已经喝完咖啡走了，而对午餐前喝点儿开胃酒的客人来说，现在时间还太早。他们挑靠近窗户的一个角落坐下，这个位置他们能看到街上。他们等了几分钟。

“来了。”莉迪娅说道。

查利向外望去，只见两名男子走了过来。他们向餐厅内扫了一眼，犹豫了一下就溜达开了，然后又走了回来。莉迪娅冲他俩笑了笑，但他们根本就没有注意她。他们站在咖啡馆的门外，向街道两头观察着，然后又警觉地将咖啡馆扫视一遍。似乎他们还没有打定主意，是否要走进这个咖啡馆。他们的举止显得有些战战兢兢、鬼鬼祟祟。他俩交谈了几句，其中一个年纪较轻的又向身后警觉地扫了一眼。另一人似乎突然打定了主意，向门口走来。年纪较轻的那人马上跟着他走来。

他们走到屋里时，莉迪娅冲他们微笑着挥挥手，他们仍然没有注意她。他们偷偷地打量着四周，似乎要再次确认这里是否安全。然后前面一个人瞅着别处，后一个眼睛盯着地面，走了过来。莉迪娅同他们握了握手，并向他们介绍了查利。他们显然希望只有莉迪娅自己在这里，查利使他们感到不安。他们怀疑地打量了查利一眼。莉迪娅解释说，他是一个英国人，是一个要在巴黎玩几天的朋友。查利露出亲切的微笑，向他们伸出手去。他们依次同他轻轻地握了握手。他们似乎不知该说什么才好。莉迪娅让他们坐下来，问他们要点什么。

"来杯咖啡吧。"

"你俩不吃点儿什么吗？"

岁数大的那人冲那个年轻一些的淡淡一笑。

"那就来一块蛋糕吧。这个小伙子喜欢吃甜食。而在那边，就是我们过来的那个地方，甜食很少见。"

说话的这个男人是一个比一般人还要矮一点儿的小个子。他可能已经有四十岁了。另一个人比他要高两三英寸，也许比他要年轻十岁。两人都非常瘦，都穿着厚厚的西装，打着领带。一人穿的是灰白色相间的方格西服，另一人穿的是深绿色西服。但他们的西装做工都很粗糙，穿在身上松松垮垮。他们的内心看起来也很紧张。年长的男子虽然个头矮一些，但身体强壮，显得很结实。他蜡黄、呆板的脸上布满了皱纹。他像是两人中拿主意的一个。另一人的脸色同样蜡黄和呆板，但他的皮肤紧紧地包裹着骨骼，显得光滑而没有皱纹；他看上去病得不轻。他俩有另一个共同的特征，就是眼睛都显得非常大。当他们瞅着你的时候，似乎不是在看你，而是视线越过了你，眼神狂乱，仿佛是在盯着使他们充满恐惧的某件东西。他俩的眼神让人感到非常痛苦。起初，尽管查利递给他们香烟，想要表现得友好一些，但还是有些腼腆；而莉迪娅一言不发，只是盯着他们。因此，他们也有些畏缩，就这样默默地坐着。但她的目光非常柔和，因此他们并不显得尴尬。服务员给他们端来了咖啡和一盘蛋糕。年长的男子把玩着一块蛋糕，而年轻的男子则狼吞虎咽地吃起来。他一面吃，一面还不时地瞅他朋友一眼，目光中透出了惊喜，看着颇让人动容。

“我们俩到巴黎后做的第一件事就是找到一家糖果店，这孩子一口气吃了六块奶油松饼。但他为此付出了代价。”

“是的，”另一人正色说道，“走到街上我就吐了。我的胃已经不适应这种甜食了。但即使这样也值得。”

“你们在那边的时候伙食很糟糕？”

年长的男子耸了耸肩膀。

“一年三百六十五天，天天吃牛肉。过了一段时间后人们才注意到这一点。如果表现规矩些，就能得到点儿奶酪和酒。当然也只能守规矩。但入狱守规矩惯了，出来后就更糟了。在监狱里的时候不用操心吃住，但自由后，这一切就全靠你自己了。”

“我的朋友不知道，”莉迪娅说，“你可以向他解释解释，英国的司法体系与法国的不同。”

“是这个样子。不管你是被判处八年、十年徒刑，还是蹲了十五、二十年的监狱，服完刑后你就是一个刑满释放人员了。但你出狱后必须留在殖民地，时间与你的刑期相等。在那里很难找到工作。刑满释放人员名声不佳，人们不会雇用他们。你确实可以得到一块地，靠耕种为生。但不是所有人都可以做到这一点。在监狱内，常年只是听从看守的命令，一半的时间无所事事，人就产生了惰性；那里还流行疟疾和钩虫病，因此人们的身体也被毁了。他们大多数人都干搬运工的活儿。当船舶进港时，他们通过装卸货物赚一点儿钱。这些刑满释放人员一无所有，他们在市场上睡觉，有点儿钱就去喝椰酒，然后就是忍饥挨饿。而我算是幸运的。你看，我有电工手艺，而且技术很好。我的技术水平可以同任何人相比，所以他们需要我。我混得还算好。”

“你被判了几年？”莉迪娅问道。

“只有八年。”

“因为什么？”

他微微耸了耸肩，冲莉迪娅自嘲地笑了笑。

“因为年轻时的愚蠢。一个年轻人交了一帮坏朋友，还经常喝得醉醺醺。终于有一天有些事发生了，这个人不得不一生为此赎罪。我流放服刑时才二十四岁，现在已经四十了。我一生中最好的时光都在狱中度过了。”

“他本来有机会逃走的，”另一人说，“但他没有这样做。”

“你的意思是说，你可以逃跑吗？”莉迪娅问道。

查利迅速而审视地扫了她一眼，但从她脸上什么也看不出来。

“逃跑？那可不太容易。总是有人逃跑，但很少有人能成功。你能跑到哪里去呢？跑到丛林里去？你能对付得了感冒发烧、野兽和饥饿吗？土著人为了奖赏也会去抓你。许多人曾尝试过逃跑。他们受够了狱中单调的生活、狱中的伙食和狱中严格的管理规定，他们厌恶死了成天只能看到囚犯。他们认为只要是逃出监狱就比这种生活好，但他们却没有办法坚持下去，即使他们没有死于疾病或饥饿，他们也会被抓回或自己去自首。然后你就会被单独监禁两年或更长的时间，只有非常健壮的人才能挺过这种惩罚。在过去荷兰人修建铁路的年代，逃跑比较容易。你可以伺机游到河对岸去，他们会让你加入筑路大军。但现在铁路已经建完了，他们不再需要劳动力了。他们抓住你就只会把你送回监狱。但就是那时，逃跑也是有风险的。曾经有一个海关官员，他许诺只要你付给他一定数额的钱——通常他有一个固定的价格——他就会把你带到河那头。他与你约定某个晚上在丛林会面，当你准时到达那里的时候，等待你的只是他的枪子。他杀人后就把他们口袋内的钱全部搜走。据说在他被抓住之前，他一共杀死了三十多个人。有些人通过海上逃走。曾有六个人合谋逃跑。一个刑满释放人员帮他们买下一艘快要散架的小船。他们这趟逃亡之旅真是艰难啊，没有罗盘或其他导航仪表，也不知道什么时候风暴就会刮起来。想要安然逃出去，那运气比筹划更重要。但他们能逃到哪里去呢？委内瑞拉不会收留他们。如果他们在那里登陆，委内瑞拉人只会把他们关进监狱，然后再遣送回去。如果他们在特立尼达登陆，当局会让他们待上一个星期，给他们补充淡水和食物。如果他们的船无法航行了，当局甚至还会给他们提供一条船，然后将他们送回大海，他们依然无处可去。不要有这样的打算，想要逃跑是很愚蠢的。”

“但有人成功了，”莉迪娅说道，“有一个医生就成功地逃跑了，他叫什么名字来着？据说他在南美的某个地方行医，过得还很不错。”

“是的，如果你有钱，你有时就可以逃跑成功。前提是你没有被关押在那些岛屿上，而是在卡宴或圣洛朗服刑。你可以用钱贿赂一个巴西双桅纵帆船的船长。如果他守信用的话，他就会让你在巴西的某处海岸登陆，这样你就很安全了。如果他不是一个守信用的人，他就会拿走你的钱，然后将你抛入大海。现在船长们索要的价格大概是一万两千法郎，这意味着你要付双倍的这个价钱，因为为你送钱的刑满释放人员要拿走一半作为他的酬金。而且你也不能在巴西登陆后身无分文。总的算起来至少要有三万法郎才行，谁能有这么多钱呢？”

莉迪娅又问了一个问题，查利再次狐疑地看了她一眼。

“如何才能保证这个刑满释放人员会将钱交给他呢？”她问道。

“无法保证。有时他会背约，但结局是他会背上挨刀而丢了小命。他很清楚，如果一个该死的刑满释放人员在某个早晨被人发现死于非命，当局是不会操心费力去破案的。”

“你的朋友刚才说，你本来可以早点儿逃走的，但没有这样做。他这话是什么意思？”

小个子男人自嘲地耸了耸肩。

“我尽量让自己能派上用场。那所监狱的监狱长是个不错的家伙，他知道我很诚实，而且是一个好工人。他们很快就发现，如果有一件事要做，他们可以让我自己待在一间房子内，而我不会碰任何别的东西。在我还有两年时间要作为刑满释放人员待在那里时，他就允许我提前回到法国。”他冲他的伙伴温暖地笑了笑，“但我不想离开这个年轻的捣蛋鬼。我知道，如果没有我来照顾他，他就会惹上麻烦的。”

“这话没错，”另一个人说道，“我的一切全都靠他了。”

“他流放出去的时候还只是一个孩子。他与我床挨床。他白天表现得挺好，但到了晚上，他就会哭着喊娘。我感到他很可怜。不知怎么回事，反正我喜欢上他了。在那些男人中间他显得太弱小了。可怜的小家伙，我必须要时刻照顾他。有些人总想欺负他。一个阿尔及利亚人总是找他的麻烦，但我把他制服了。此后，他们就再也不找这个孩子的麻烦了。”

“你是怎么做的？”

小个子咧开嘴笑了，笑得那么开心和顽皮，使他看上去一下子年轻了十岁。

“好吧。你不知道，在那样的地方生活，一个人只有会用刀才能让自己赢得尊重。我用刀扎穿了他的肚皮。”

查利倒吸了一口冷气。这人说这话时神态自若，查利简直不敢相信自己的耳朵。

“你不知道，囚犯们从晚上九点直到早上五点都被关在监舍内，看守们在这段时间从不进来。实话对你说吧，他们也怕自己会在这里丢了小命。如果早上人们发现一个囚犯肚子上被捅了一刀，当局什么都不会问的，即使问了也问不出实情。这样你明白了吧。对这个孩子我感到有一种责任。我什么都得教他。我脑子还算好使，很快就发现，在那个地方，如果你想好过一点儿，唯一的办法就是听从命令，别找麻烦。统治地球的不是正义，而是暴力。各国政府就拥有这种暴力。也许不久的将来我们劳工大众也能拥有这种暴力，那时候我们就能对资产阶级回以暴力了。但在此之前我们只能逆来顺受。这就是我教给他的道理。我也将我的技术传授给他，现在他的电工技术水平几乎跟我相当了。”

“我们现在要做的就是找工作，”另一个人说道，“找一个我俩能一起工作的地方。”

“在一起度过了这么久的风风雨雨，现在我们再也不能分开了。你看，他就是我的一切。我现在既没有母亲，也没有妻子和孩子。这些我曾经都有过。但我母亲死了，而我惹上麻烦后又失去了妻子和孩子。女人没有好东西。而男人没有爱又很难生活下去。”

“我在这个世界上是举目无亲。我们俩是相依为命了。”

将这两个倒霉的男人绑在一起的友谊透出了某种极为感人的成分。

查利有些激动，又有点儿尴尬。他真想对他们说，他们的友谊是多么勇敢和美好，但他知道自己永远也不会说出这样不同寻常的话来。但莉迪娅却不像他这样羞怯。

“我认为没有几个人在有机会离开那个地狱般的鬼地方时，会为了一个朋友而在那里多待上漫长的两年。”

这个男人笑了。

“你不知道，在那里，时间与金钱刚好相反。在那里，有一点儿钱就算是富人了，而大量的时间却毫无用处。在那里，几法郎就被视为一大笔财富，而两年的时间几乎不值得一谈。”

莉迪娅深深地叹了一口气。显然这是她正在思考的事情。

“伯杰要在那里待多少年？”

“十五年。”

大家沉默了片刻。莉迪娅正在努力控制自己的情绪，这一点一望可知。但她说话的时候声音还是有些发颤。

“你看到过他吗？”

“是的。我同他说过话。我们一起住过医院。我到医院是去做阑尾切除手术的，我不想带着经常发炎的阑尾回到法国。他当时在筑路工地干活。他们正在修建一条从圣洛朗至卡宴的公路。他得了严重的疟疾。”

“这我不知道。我收到过他寄来的一封信，但他没有提到患疟疾这件事。”

“在那里，每个人迟早都会患上疟疾的。这事不需要小题大作。他早得了疟疾是件幸运的事。当地的首席卫生官很喜欢他。伯杰是一个受过教育的人，这样的人在那里不多。他疟疾痊愈后，他们打算提出申请，将他转到当地的一家医院去。他在那里应该很不错。”

“马塞尔昨晚告诉我，罗伯特给了你一条要转交给我的信息。”

“是的，他给了我一个地址。”他从衣服口袋里掏出一包文件，从中拿出一个上面写了些什么的纸片递给莉迪娅，“如果你想给他寄钱，就把钱汇到这个地址上。但要记住，他只能收到你汇出钱的一半。”

莉迪娅接过这个纸片，看了看，然后装进她的手袋中。“还有别的什么吗？”

“是的。他说，你不用太担心。他说，他在那里还不算太糟糕，过得还可以。他说的是实话。他人挺聪明。他不会犯太多的错误。他是一个善处逆境的人。你会了解到的，他过得挺快活。”

“他怎么会快活呢？”

“一个人能适应什么样的环境，这很有趣。他是一个诙谐的人，对不对？他说的话常常让我们哈哈大笑。他是一个能够看到事情有趣一面的人，这样的人不多。这一点肯定没错。”

莉迪娅的脸色显得很苍白。她低下头沉默不语。年长一些的男人转向他的伙伴。

“你还记得我告诉你的那件事吗？就是他谈到那个想割喉自杀而住进医院的家伙时说的笑话吗？”

“哦，我记得这件事。但他到底是怎么说的呢？我现在全忘了，不过我记得当时让我笑得肚子都痛了。”

又是一阵长时间的沉默不语。似乎没有什么话可说了。莉迪娅在沉思。那两个男人无精打采地坐在椅子上，他们的眼神茫然，如同蒙帕拿斯大道上贩卖的机器玩偶，，这些玩偶可以旋转和摇摆，他们一圈一圈地转着，然后突然就停止了，一动也不动。莉迪娅叹了口气。

“我想也就能知道这么多了，”她说，“谢谢你们能来这里。希望你们能找到想要的工作。”

“救世军正在尽力为我们找工作。我想会有结果的。”

查利从口袋中掏出他的钱夹。

“我想你俩现在手头一定比较紧。我想给你俩点儿帮助，在你俩找到工作前好对付过去。”

“这可真是及时雨呀，”那个男人高兴地笑了，“救世军除了提供食宿外，就再也没有给我们什么了。”

查利给了他们五百法郎。

“把钱给这个孩子保管吧。他像个农民一样节俭，天生就会过日子。让他花钱他就会焦虑不安。给他五个法郎，他能比世界上任何一个上了年纪的女人花的时间都更长。”

他们四个人走出了咖啡馆，然后握了握手。他们的约会总共花了一个小时的时间，两个男人已经不那么怯懦了。但回到街上后，他俩又变成了原来那个样子，举止畏畏缩缩，似乎想要尽量不惹人注意。他们鬼鬼祟祟地左看右顾，就好像害怕有人会猛地扑向他们一样。又回头瞧了一眼后，他们才低着头，肩并肩地沿着最近的街角溜走了。

查利说道：“跟他们在一起，我感到不太自在。当然这可能只是我个人的偏见。”

莉迪娅没有回答。他们在街上走着，沉默不语，吃午饭的时候也是一言未发。莉迪娅沉浸在自己的思绪中，查利可以猜出她在想些什么。查利觉得，不管他想说点儿什么恐怕都不受欢迎。此外，他的脑海中也在思考问题。他们刚才与这两人的谈话，还有莉迪娅所提的问题，激活了西蒙在他心里播下的疑问。虽然他曾试图不考虑这个问题，但这个疑问潜藏在他的脑海中，难以排除，就像一间没有窗户的房间又长时间没有开门，屋内的霉味很难一下子就散尽一样。他非常苦恼。一方面是因为这个问题使他觉得受到了愚弄，但更重要的是他不想因此就认定莉迪娅是虚伪的骗子。

他们吃完午饭后，查利说："我要去看看西蒙。我到巴黎来的主要目的就是见他，但我俩见面的时间太短了。我至少应该同他当面说声再见。"

"是，我想你应该去。"

他也想顺便将西蒙借给他的剪报和文章还给他。他已经将这些装在他的衣服口袋里了。

"今天下午如果你想与你的那些俄罗斯朋友在一起，我可以打车先把你送到那里。"

"不，我哪儿也不去，就回宾馆。"

"我可能很晚才能回去。你知道西蒙一谈起话来就会滔滔不绝。你自己待着不会感到无聊吗？"

"我从来不考虑这么多。"她笑了，"我不会感到无聊的。我能自己一个人待着的机会不多。自己一个人待在房间里，而且知道不会有人来打扰——啊，我无法想象还有什么享受比这更奢侈了。"

他俩分手后，查利就向西蒙的住处走去。他知道这个钟点西蒙很可能在家。他按门铃后，西蒙打开了门。他身穿一套睡衣，外面套着晨衣。

"哈啰！什么阵风把你吹来了。我今天上午不用出门，所以还没换衣服。"

他没有刮胡子，好像也没有洗过脸，长长的直发乱蓬蓬的。透过屋内的暗淡光线，可以看清他烦躁不安、怒气冲冲的眼睛，在瘦削而苍白的面颊衬托下，显得更加漆黑。他的眼眶也有些发青。

“找把椅子坐下吧，”他继续说道，“我今天把炉火烧得挺旺，屋里还算暖和。”

屋里确实暖和一些了，但同样还是给人一种凄凉、阴郁的感觉，同样是一片狼藉。

“你还处在热恋中吗？”

“我跟莉迪娅刚才还在一起。”

“你明天就要回伦敦了，对不对？不要让她敲去太多钱。你没有必要去帮助她那个该死的丈夫逃出牢笼。”

查利从衣服口袋中掏出那些剪报。

“根据你的文章，我推断你对他应该是持一定的同情态度。”

“同情？不可能。我发现他很有趣，只是因为他是一个不折不扣的冷血、毫无道德原则的无赖。我很钦佩他的胆量。如果换一个环境，他可能是一个有用的工具。革命爆发时，像他这样一个什么都干得出来，有胆量又无所顾忌的人，那可是一个稀有的人才呀。”

“我认为他可不是一个非常可靠的工具。”

“丹东[①]曾说过，革命就是沉渣泛起，流氓和罪犯都会浮到表面上来。这是很自然的事情。有些工作只有他们才能干得了。他们被利用完后，就可以被处理掉了。”

“你似乎胸有成竹啊，老伙计。”查利哈哈大笑道。

西蒙不耐烦地耸了耸他瘦骨嶙峋的肩膀。

“我研究过法国大革命和巴黎公社。俄国人也是如此，他们从中学到了很多东西。但我们现在能够从随后发生的事件中吸取教训，我们

① 丹东（1759—1794），法国大革命时期著名政治家、演说家。

更有优势。匈牙利人的革命搞得一塌糊涂，但俄国的革命很成功，而意大利和德国干得也都不错。如果我们有点儿理智的话，我们应该能够效仿他们的成功之处，而避免犯他们犯过的错误。库恩·贝拉[1]的革命失败了，其原因是人民在挨饿。工人阶级的崛起使得革命的爆发相对简单了，但工人阶级也必须要吃饭。革命也需要有组织，只有通过组织才能保证提供足够的交通工具和充足的粮食供应。以往的革命往往缺乏有效的组织，这就是为什么工人阶级通过革命获得的政权却往往落入一小撮知识分子领导人手中的原因。他们没有管理自己的能力。无产阶级是奴隶组成的，而奴隶需要奴隶主来管理他们。”

“我发现，你不再把自己描述成非常爱好民主的人士了。”查利的蓝眼睛中闪烁着火花。

西蒙对查利带着讥讽的回话进行了驳斥，但态度颇有几分不耐烦。

“民主完全是种空谈，是一种难以实现的理想。宣传家们用此来诱惑大众，就像在驴子的眼前吊着一根胡萝卜，永远可望而不可即。自由、平等和博爱，这些十九世纪的伟大口号纯粹是些废话。自由？人民大众不需要自由。即使给他们自由，他们也不知道自由有什么用。他们需要别人告诉他们该干些什么，他们只要感到快活就行。因此，安全感才是他们最深切的希望。很久以前人们就认定，只有行事正确，自由才有意义。而正确与否是由权力来决定的。正确是一种概念，一般要由公众舆论进行评判，由法律条文所规定。但公众舆论是由那些有能力将自己的观点强加给大众的人们所左右的，法律所认可的只是这种舆论背后的权力。博爱？博爱是什么意思？”

---

① 库恩·贝拉（1886—1939），匈牙利共产党创始人，匈牙利苏维埃共和国的领导人之一。

查利对这个问题考虑了片刻。

“嗯，我也不太清楚。我想这可能是一种感觉，认为我们都是一个大家庭的成员，我们在地球上的生存时间如此的短暂，相互间应该与人为善。”

“还有别的什么意思吗？”

“可能还有这样一层意思。生活很不容易，如果人们能够互相尊重，互相帮助，我们就能生活得更轻松一些。人们身上都会有很多缺点，但也有很多善良美好的地方。你对人们了解越多，你就越会觉得他们值得敬重。博爱这个词可能还有着一层意思，就是如果你给人们机会，他们就会互相让步，达成妥协。”

“胡说八道，小伙子。你是一个多愁善感的傻瓜。首先，你对人们了解越多，对他们的印象就会越好的想法就不正确。这就是为什么人们应该只有熟人，而不要结交朋友的原因。熟人只向你展示自己最好的一面，向你展示他的体贴和礼貌。他会用社会习俗和传统来掩盖自己的缺点。但与他成为亲密的朋友就不一样了，他会抛开虚假的面具。你对他有了深入的了解，他也就不会去刻意伪装自己了。那么你就会发现一个如此卑鄙、如此浅薄、如此软弱、如此堕落的小人。如果你没有意识到这就是他的本来面目，你肯定会大吃一惊。如果因此而责备他，就如同责备一头狼贪得无厌或责备一条眼镜蛇咬人一样愚蠢。因为人的本性就是利己的。利己主义既是他的力量所在，也是他的弱点。噢，我在报界混的这两年已经把人了解得很透彻了。人都爱慕虚荣、气量狭小、贪得无厌、爱耍两面派和奴性十足，他们会纯粹出于恶意而相互背叛，甚至不顾是否对自己有利。为了使对手的计划泡汤，他们可以所有诡计无所不用。为了得到一个头衔或一纸委任书，他们可以忍受任何羞辱。不仅政客们如此，律师、商人、艺术家、文人学者们也概莫能免。他们渴望能出风头，为了在报纸上得到一个对他们有利的报道，他们会对一个微不足道的小记者阿谀奉承。有钱人为了几英镑也会毫不犹豫地尔虞我诈，而这点儿小钱对他们而言根本不值一提。诚信，无论是商业诚信还是政治诚信，本来应该是他们唯一珍视的东西，但他们也可以弃之不顾。唯一可以对他们构成约束的是恐惧，因为他们都是些懦夫。他们的口头声明，他们天花乱坠哄骗他人的话都是些最无耻的谎言。哦，请相信我的话。我离开剑桥大学后增长了大量的阅历。而你做不到，你还保留着许多关于人类本性的幻想。人类是卑鄙的动物，他们都是些懦夫和伪君子。我厌恶他们。”

查利低下头。他有点儿羞于将自己的想法说出口。他的话一出口就显得有些愚蠢。

“你对他们没有任何怜悯之心吗？”

“怜悯？怜悯这个词听起来有点儿娘娘腔。怜悯是乞丐祈求你时所用的语言。因为他既没有胆量，也不愿耗费脑力和体力来过体面的生活。怜悯是失败者渴望的溢美之词，这样他们可以保留自尊。怜悯是落魄者对成功人士廉价的讹诈，这样他们可以心安理得地享受成功者的财富。”

西蒙气愤地用晨衣裹住他瘦弱的身体。查利认出来了，这件晨衣是自己的一件旧衣服。当时他想将这件衣服扔掉，但西蒙问能否给他。自己当时还笑了，说可以送他一件新的。但查利说这件衣服对他来说够好了，坚持就要这件。查利有些不安地想，西蒙是否是对这件礼物太过廉价而感到愤怒呢？

“平等？平等纯属胡说八道。这个概念使人类的智慧陷入混乱之中。

就仿佛人本来就是平等的，或能变成平等一样！他们谈的是机会平等。机会平等并不能给人们带来什么好处，为什么还要议论它？人生下来就是不平等的。人们生而秉性不同、体力不同、智商不同，这些后天无法改变。绝大多数人天生愚笨、轻信、浅薄和不思进取，为什么要给予他们与那些有个性、有头脑、勤奋而身体健壮的人平等的机会呢？而正是人类与生俱来的不平等证实了民主毫无价值。靠成千上万头脑空空的人去管理国家真是一出愚蠢的闹剧！首先，他们不知道民主能给他们带来什么利益；其次，他们没有能力得到他们想要的利益。民主成了什么？民主沦为了狡猾而自私的政客们具有煽动性的口号，民主成了玩弄字眼的游戏。民主的鼓吹者们都是些没有脑子的人。即使有些人有脑子，他们也没有时间来动脑子。因为他要全力以赴地哄骗那些傻瓜们去投他的选票。民主制度经过了一百年的试验，理论上它始终是荒谬的。现在我们知道了，实践上它也是失败的。”

“如果你能成为一名议员，你就不会坚持这样的观点了。西蒙老兄，这样看来，你是一个非常不诚实的家伙呀。”

“在一个英国这样的老式国家，人们珍爱其既有的体制。除了能够进入这些机构外，一个人从外部无法获得足够的权力来实施他的计划。我想任何人除非能成为下议院一个大党的重要成员，否则都无法在这个国家得到足够的支持，在他周围聚集起大批的追随者，发动一场成功的政变。而既然要挑起一场大规模的动乱，只能借助人民的力量，那么这个大党必然是工党。即使在革命条件成熟的情况下，资产阶级仍然能够保持着足够的特权，这样他们就可以将自己的损失减少到最低程度。”

“你认为在什么条件下会出现这种情况？在战争失败或经济危机爆

发时？”

“说得很对！即使在那样的时刻，资产阶级受到的打击也相对较轻。他们可以卖掉自己的汽车或者关掉乡间的别墅。这样一来就增加了失业者，但于他们自己并无大碍。而在这种情况下，人民却会陷入饥馑之中。在这样的时刻，只要你告诉人民，在革命中他们失去的只是锁链；只要你在他们面前晃动着可以分到其他人的财产这个诱饵，他们压抑已久的贪欲和妒忌马上就会释放出来，因为他们以往没有办法满足自己对富人财产的贪欲。这时，他们就会听从你的号召。有了自由和平等的口号，你就可以带领他们进行战斗了。过去二十五年的历史表明，他们必将赢得成功。而有产者由于贪恋财富而软弱无力。他们讲究人道主义，心怀感伤，因而他们既没有意志，也没有勇气来捍卫自己。他们的意见无法统一，此时他们唯一的机会是马上展开无情的行动，但他们却把时间浪费在相互指责上。而革命领袖的工具是一帮暴徒，他们不是按照思考，而是根据本能来行动。他们容易受到催眠般暗示的控制，你可以用口号使他们如痴如狂。他们是一个整体，因而对同伴倒下死去无动于衷。他们既不懂得怜悯，也不知道宽容。他们陶醉于毁灭，在毁灭中他们认识到自己的力量。”

“我想你不会否认，这样的革命必然导致成千上万无辜的人遭受杀戮，使历经数百年时间才建立起来的制度遭到破坏。”

“在一场革命中，必然会出现大量的破坏和杀戮。恩格斯多年前说过，必须预见到资产阶级会利用一切手段抵抗对他们的镇压。这是一场你死我活的战斗。民主对人类生活的重要性已经被提升到十分荒谬的程度。从道义上看，人类毫无价值，对人进行压制并不会带来什么损失；生物意义上看，人类也不很重要。杀死一个人就如同拍死一只苍蝇，不值得大惊小怪。”

“我开始明白你为什么对罗伯特·伯杰感兴趣了。”

“我对他感兴趣是因为他杀人没有任何肮脏的动机。他杀人既不是为了金钱，也不是出于嫉妒，而是要证明自己，证明自己所具有的力量。”

“共产主义制度是否可行当然还有待证明。”

“共产主义？谁谈共产主义了？现在人所共知，共产主义已经失败了。共产主义是不切实际的理想主义者们的梦想。他们对现实生活一无所知。共产主义是一种引诱工人阶级起来造反的诱惑物。正如自由和平等一样，是一种口号。这些口号使他们的胆子变得大了起来。纵观人类历史，总是有剥削者和被剥削者之分。今后也将永远如此。这种状况应该是正常的。因为自然界创造出来的大多数人都是奴隶，他们管理不好自己。为了他们的利益着想，也应该有主子来管理他们。”

“这个说法可有点儿令人吃惊。”

“这不是我说的，老伙计。”西蒙讽刺地回答道，“这是柏拉图说的。但他做出这个断言之后的人类历史已经充分证明了该断言是个真理。在我们这个时代，我们目睹的革命结果是什么呢？人民并没有摆脱主子的控制，他们只是换了个主子而已。共产主义的铁腕统治超过了任何统治者的治理能力。”

“那么人民是受到欺骗了吗？”

“当然是。这还有疑问吗？人们是愚蠢的，他们应该被欺骗。这值得一提吗？他们的收益也很大。他们不再需要自己动脑筋想问题，有人告诉他们去做什么。只要他们听从指挥，他们就会拥有所希冀的安全感。我们这个时代的独裁者们犯了错误，我们可以从他们的错误中吸取教训。他们忘记了马基雅弗利的格言：如果你给予人民私人生活的自由，你就可以在政治上奴役人民。我应该给予人民自由的假象。只要不与国家的安全相冲突，我就要让他们享有尽可能多的个人自由。我要在人类的动物特性所许可的情况下尽可能多地实现工业的国有化，给人们以平等的假象。因为他们都被套在一副枷锁下，他们甚至可能产生兄弟友爱的假象。请记住，独裁者可以为人民谋得许多民主制度下无法得到的利益。因为民主制度既要照顾既得者的利益，也要考虑对既得利益者的嫉妒和个人野心。因此，一个独裁者可以获得改变大众命运的绝佳机会。我有一天曾参加过本地一个盛大的共产党大会，大大小小的标语横幅上写的都是和平、工作和福祉之类的口号。还有什么能比这些要求更自然吗？然而尽管经历了一百多年的民主制度，人们的这些目标仍然没有实现。而独裁者只要大笔一挥就能够满足人民的这些愿望。”

“但是你承认，人民只是给自己换了个主子，他们仍然是被剥削者。你认为他们会忍受这种地位的原因是什么？”

“因为他们没有别的选择。如今，独裁者可以用飞机扔炸弹，用装甲车上的机枪进行扫射，可以镇压任何反抗。资产阶级也可以这样做，这样革命就不会有成功的机会。但事实已经证明，他们没有这种勇气。他们杀了一百个人，甚至一千个人，然后他们就害怕了。他们提出让步，希望达成妥协，但一切为时已晚。那时他们将被扫地出门。但人民会接受他们主人的奴役，因为他们知道，他比他们更优秀、更聪明。”

“为什么他会比他们更优秀、更聪明呢？”

“因为他更强大，因为他拥有权力。他说的话就等同于真理。”

“这个说法就像一加一等于二一样简单，但更加令人无法信服了。”查利言语尖刻地反驳道。

西蒙怒目瞪了他一眼。

“你的生活，甚至你的性命都与此攸关，所以你认为这个说法缺乏足够的说服力。”

“那么谁才可能幸运地成为这个主人呢？”

“没有哪一个特定的人。他是特定环境的必然产物。”

“听起来有点儿深奥，不是吗？”

“他能上升到顶端是因为他有做领导者的天赋。他有获取权力的意志。他有勇气、热情、能力，他勤奋而精力充沛。他无所畏惧，因为他视险途为乐趣。缺乏危险的刺激，生活反而平淡无味了。”

“西蒙，恐怕没有人会说你不够自负。”查利笑着说。

“你为什么这么说？”

“我想你认为自己拥有你刚才列举的那些素质。”

“你怎么会得出这样的结论？我比任何人都更了解自己。我知道自己的能力有限。独裁者必须具有一种神秘的吸引力，能让其追随者产生一种宗教般的迷狂。使得人们放下自己的生命拥护他。在他的影响下，追随者们变得更有激情。而我带给人的是厌恶感而不是吸引力。我可以使人们害怕我，但我从来无法让他们爱我。林肯曾说过：‘你可以长久地蒙骗一部分人，也可以在部分时间内蒙骗所有的人，但你无法长期蒙骗所有的人。’而独裁者必须做到的就是要长期蒙骗所有的人。要做到这一点只有一个办法，就是他还必须欺骗自己。没有任何一个独裁者拥有一清晰而又具有逻辑性的头脑，但他拥有驱动力、吸引力和魅力。如果你能仔细琢磨他的话，你会发现，独裁者的智慧很平庸，他的行动是基于直觉的。他如果开始思考，他的头脑就会变得糊涂。我的头脑太过清晰，而人又太缺少魅力，我无法成为一个独裁者。此外，无产阶级推举上台的独裁者最好是无产阶级的一员。工人阶级会更容易认定他为自己的同类人，从而会更加自觉地服从他的领导，为他献身。革命的方法现在已经成熟，只待条件适当，一个坚决而果敢的人很容易夺取政权。难的是保持住政权。俄国革命走的是一条最为明确的道路，意大利和德国的革命层次稍低。这些经验证明，要革命成功只有一种手段，这就是恐怖政策。成为一国政权领袖的工人会面对各种诱惑，只有意志非常坚强的人才能抗拒这些诱惑。要想他不会由于阿谀奉承而晕头转向，要想他的意志不会被奢侈的生活所削弱，他必须是个超人。工人出身的领袖自然是情绪化的人。他的善良很容易变成怜悯，当他心满意足后，他很容易对事情袖手旁观，任其自然发展。他宽恕了他的敌人。但只要他一转身，敌人们就会将刀插入他的后背。他需要身边有一个这样的人：其出身和性格、受到的教育和训练使他对出头露面的事情一点儿也没兴趣，他对革命成功后使人意志衰退的各种影响有一种天然的免疫力。”

西蒙一直在房间内来回走着，但现在他走到查利面前，突然停住了脚步。他苍白的面孔上胡子拉碴，头发乱蓬蓬的，瘦弱的身子裹在睡衣里，显得极为怪诞。然而，就在不久之前，也有一些身子也是如此单薄，面色也是如此苍白，也是如此蓬头垢面，穿着破旧的西装或学生服的年轻人，在自己肮脏的房间内来回走着，述说着自己似乎毫不现实的梦想。然而时间和机遇很奇怪地将他们的梦想变成了现实，他们通过流血斗争掌握了政权，成千上万的生命就掌握在他们手中。

“你有没有听说过捷尔任斯基？”

查利吃惊地看了他一眼。这是莉迪娅曾提到过的名字。

“是的，说来很奇怪，我听过这个名字。”

“他是一位绅士。他的祖先自十七世纪以来一直是波兰的地主。他是一个有教养的人，曾博览群书。列宁及其元老缔造了俄国的革命政权，但要不是捷尔任斯基，一年内这个政权就会被推翻。他明白只有恐怖才能保卫革命的果实。他谋到了掌控警察机构的位置，组织了契卡。他将契卡改造成一个具有机器般精度的完美的镇压工具。他忠于职守，爱恨情仇都不会影响他的工作。他勤奋工作，废寝忘食。他有时亲自通宵审问嫌疑犯。据说他对人的内心分析入木三分，想要对他隐瞒自己内心的秘密是不可能的。他发明了人质系统，这成了革命政权维持秩序的最有效的系统之一。他亲自签署了很多份，确切地说是数千份死刑执行令。他过着斯巴达式的简朴生活。他的力量来自他毫不利己的动机。他唯一的目标就是保卫革命果实。他成了俄罗斯最有权势的人。人民拥戴和崇拜的是列宁，但捷尔任斯基是他们事实上的统治者。”

“而如果英国爆发了革命，你就要成为这样的角色是吗？”

“我应该会非常适合。”

查利冲他孩子气地温厚地一笑。

“如果我现在就在这里把你掐死，我可能是在为国家做一件好事。你知道，我可以这么做。”

“这我相信。但你害怕后果。”

“我想没有人会发现这件事。没有人看到我走进了你的房间。只有莉迪娅知道我要见你，而她是不会出卖我的。”

“我不是说你害怕这些后果。我是说你害怕自己良心不安。查利，老伙计，你的心肠还不够硬，你的内心太过软弱。”

“我只能说，你说得对。”

查利很长时间都没有开口。

“你说捷尔任斯基毫不利己，但你想要得到权力。”

“权力只是一种手段。”

“你要用权力做些什么？”

西蒙盯着他看，他的眼睛里闪着火光，在查利看来他近乎疯狂了。

“为了满足我自己。为了满足我的创作本能。为了实践大自然赋予我的能力。”

查利再也没有什么话可说了。他看了看手表，站起身来。

“我必须走了。”

“我不想再见到你了，查利。”

“嗯，咱们不会见面了。我明天就离开巴黎了。”

“我的意思是说，我永远也不想再见到你了。”

查利吃了一惊。他看着西蒙的眼睛，西蒙漆黑的双眼中透着冷酷。

“啊？为什么？”

“咱们之间结束了。”

“永远也不见面了？”

“永远。”

“难道你不觉得很可惜吗，西蒙？我一直是个不错朋友啊。”

西蒙沉默了一下，但时间并不比一只熟透的水果从树上掉到地上花的时间长。

“你是我曾有过的唯一朋友。”

他的声音有些嘶哑，他的痛苦如此显而易见。查利被深深地感动了，他冲动地伸出双手，向西蒙走去。

“噢，西蒙，你为什么要让自己遭受这样的痛苦呢？”

西蒙饱受折磨的眼睛里腾起一团愤怒的火焰，他攥紧拳头，使尽全力朝查利的下巴猛击一拳。这一击完全出乎查利的意外，他摇摇晃晃，然后跌向没有铺地毯的地面，全身扑倒在地。但他马上就跳了起来，勃然大怒，冲上前去要痛打西蒙一顿。他以前忍无可忍时也经常这样教训他。西蒙双手背在身后，站着一动不动，好像准备好了接受即将到来的惩罚，丝毫没有抵抗的意思。他脸上的表情既痛苦又惊愕，查利的愤怒消退了。

他停了下来。虽然下巴在隐隐作痛，但他宽厚而开朗地笑了

"西蒙，你是一头蠢驴，你可能打伤我了。"他说。

"看在上帝的分上，滚出去。回到那该死的妓女身边去。我烦死你了。赶快走！"

"好吧，老伙计，我就走。但我想给你一个小礼物。你的生日是七号，这是我给你的生日礼物。"

他从口袋里掏出一块表。这种表装在皮革套内，双面都可打开，而且开盖的同时还给表上紧了发条。

"表上有一个环，你可以将表挂在你的钥匙链上。"

他将表放在桌子上。西蒙根本不去瞅它。查利的眼中闪着饶有兴味的神色，瞅了西蒙一眼。他等待西蒙说点儿什么，但他什么也没有说。查利走到门口，打开门，走了出去。

已经是深夜了，但蒙帕纳斯大道依然是灯火通明。新年即将来临，空气中飘荡着一种节日的气氛。街道上到处都是人，咖啡馆里人头攒动。所有的人都从容不迫，不慌不忙。但查利很郁闷。他有一种屈辱的感觉，就如同一个人去参加一个聚会，本想好好享受一番，但因为愚笨的言行和不够圆滑，他感到自己给人留下了不好的印象。回到宾馆那个肮

脏的房间使他感到很舒心。莉迪娅正坐在壁炉旁做针线活。她肯定吸了不少烟，空气中弥漫着一股浓重的烟草味。这个场景有一种令人愉快的家庭气氛，使人想起维亚尔式的场景亲切、温暖而迷人的一幅画，但因为这幅画是由郁特里洛所画，因此，画面同时又带着一种动人的悲凄。莉迪娅对他友好地微微一笑，表示欢迎他回来。

“你的朋友西蒙怎么样了？”

“跟疯了一样。”

查利点燃烟斗，背靠着莉迪娅的椅子背，在壁炉前的地板上坐了下来。她近在身旁使他感觉很舒适。他很高兴她没有说话。他的脑子里还回响着刚才西蒙对他说的那些可怕的话。西蒙那单薄的身体，两天没有刮脸而胡子拉碴，再加上营养不良以及过度劳累而显得苍白的面孔。他裹着那件旧睡衣在房间内来回走着，向自己倾吐着那些恶意、冷血而荒诞不经的梦话。这些画面在他眼前挥之不去。这些画面破碎后，他的眼前又出现了一个长着一对黑黑眼睛的小男孩，他对亲情显得既渴望又排斥。他跟自己在圣诞节的时候去看马戏表演，他还不习惯这种享受，兴奋得难以自制；他与自己一道骑自行车或长途跋涉在乡间，他有时非常快活和有趣，这时与他一起谈笑、嬉闹、做蠢事令人非常惬意。那个小男孩会变成这样一个年轻人，这似乎令人难以置信。他感到心痛欲裂，几乎要哭了。

“不知道西蒙最后会变成什么样子。”他喃喃自语道。

他几乎不知道自己已经说出了声。当莉迪娅回答他的问题时，他几乎要认为她知道别人在想些什么。

“我不了解英国人。但如果他是一个俄罗斯人，我想他最终要么成为一个危险的鼓动分子，要么就是自杀。”

查利呵呵地笑了。

“哦，我们英国人能力惊人，我们能将野燕麦加工成营养丰富的食品。公平点儿说，他最后也许能当上《泰晤士报》的编辑。”

他站起身来，坐进扶手椅。这是这个房间里唯一舒适的座位。他若有所思地看着莉迪娅穿针引线。他想对她说点儿什么，但想到这又使他感到紧张。他第二天就要离开了，这很可能是他最后的机会。西蒙在他坦诚的心中播下的疑问一直在折磨着他。她是否一直在欺骗自己，很快就会见个分晓。然后当他们分手时，他就可以耸耸肩，问心无愧地忘了她。他决定就在此时此地化解自己心中的疑问，但羞涩使他无法直截了当地端出自己心中的疑问，他决定采用一种迂回的方式。

“我曾经告诉过你我玛莎姑奶的故事吗？”他用轻松的语气问道。

“没有。”

“她是我曾祖父的长女。她是一个总是板着脸的老处女。她脸色蜡黄，我从未见过比她脸上皱纹还多的人。她长得非常矮小，嘴唇总是紧闭着。她看什么都不顺眼，而且要言辞尖刻地表示反对。当我还是个小孩的时候，她常常吓唬我。她对亚历山德拉女王极其崇拜，在晚年的时候，她也戴着女王那样的假发。她总是穿着一身黑色衣服。她束腰，穿拖地的长裙，紧身胸衣的领子碰到她的耳朵。她的脖子上挂着一条沉甸甸的金链，上面还坠着一个很大的黄金十字架。她的双手腕上都戴着金手镯。她非常爱摆架子。她一直住在老赛伯特 · 梅森为自己安享晚年生活而建造的那所富丽堂皇的老房子里。她从来没有对那里进行过任何改变。到那里去就好像回到了十八世纪七十年代。她几年前才去世，享年颇高，而且给我留下了五百英镑的遗产。”

“这很不错。”

"我本来想把这笔钱挥霍掉，但我父亲劝我把这笔钱存起来。他说，如果我结婚了，想租个公寓好好布置一番，给自己做个小小的爱巢时，我会对留下这笔钱而谢天谢地的。但几年内我恐怕没有结婚的可能，而我也真的不缺这笔钱用。我从中拿出两百英镑给你好吗？"

莉迪娅一直是一面做着针线活，一面和蔼可亲地听着他说话。虽然他讲的故事她毫无兴趣，但出于礼貌她还是认真地听着。但听了他的最后一句话，她将针插在她正在缝制的东西上，抬起头来。

"这到底是为了什么？"

"我想这笔钱可能对你有用。"

"我不明白。我做了什么让你觉得应该给我两百英镑呢？"

查利犹豫了。她用她那又大又平的蓝色眼睛凝视着他，目光极端专注，似乎想要看到他的灵魂深处。他将头转开。

"你可以用这笔钱做一个交易，去帮助罗伯特。"

她的嘴角露出淡淡的笑容。她明白了。

"是不是你的朋友西蒙一直在告诉你，我在苏丹宫是为了赚取足够的钱，这样可以帮助罗伯特逃跑？"

"你为什么要这样想？"

她轻蔑地轻轻一笑。

"我可怜的朋友，你很幼稚。他们对这件事都是这样想的。你不觉得我如果告诉他们真相，想使他们理解，那是在自找麻烦吗？我不想要你的钱，我要这笔钱没有用。"她的声音越来越温柔了，"你的提议让我感到很温暖。你真是一个可爱的人，但也是一个涉世未深的孩子。你知道你的建议是一种犯罪行为，可能给你带来牢狱之灾吗？"

"哦，那好吧。"

“你不相信我那天告诉你的话？”

“我开始想，要弄清楚在这个世界上哪些话可以相信真是难啊。毕竟，我与你非亲非故，如果你不想告诉我，你就没有理由非要对我说实话。今天上午的那两个人，还有他们给你的汇款地址。如果我把这两件事合在一起进行考虑，我想你不会对我的推测感到惊讶。”

“我很愿意给罗伯特汇点儿钱，这样他就可以给自己买点儿香烟和食物。但我告诉你的都是实话。我不想让他逃跑。他犯了罪，就应该受到惩罚。”

“一想到你又要回到那个可怕的地方，我就无法忍受。现在我对你有了一点儿了解，想到所有人中偏偏是到你要过那样的生活，真是太可怕了。”

“我告诉过你，我要赎罪。罗伯特没有勇气自己去赎罪，那我就要代替他。”

“但这是疯狂的，是病态的，这样做毫无意义。虽然我可以理解你的想法，但即使如此，我也觉得这样做过于执迷不悟。也许你相信存在一个残忍的复仇之神，他可以接受你的自我惩罚，作为罗伯特所犯错误的报应。但你告诉过我，你不相信上帝。”

“你无法与感觉讲道理。当然，我的这种感觉不理性，但它与理性没有任何关系。我不相信基督教的上帝，不相信他为了拯救人类会奉献出自己的儿子。这是一个神话。但如果这个神话没有表达出人类的一些深层次的直觉，基督教为什么会兴起呢？我不知道我的信仰是什么，我的上述想法来自直觉，而你怎能用语言来描述直觉呢？我有一个直觉，统治我们人类、动物和世间万物的力量，是一个邪恶而残忍的力量。它要世间万物都为自己的所作所为得到报应，而且是要以眼还眼、以牙还牙的报应。尽管我们的精神和肉体可能会因此而痛苦和扭曲，但我们不得不忍受，因为这个力量就是我们自己。”

查利作了一个表示气馁的含混手势。他觉得自己是在与一个语言不通的人进行交谈。

“你要在苏丹宫里待多长时间呢？”

“我也不知道。直到我赎清了罪。直到我的每一根骨头都感觉罗伯特不是从监狱中释放出来，而是洗清了罪孽。有一段时间，我做过填写信封的工作。成千上万个信封，会让你感觉好像永远也写不完。你没完没了地写啊写啊。很长一段时间内，似乎写来写去都不见少，然后突然有一天，在毫无准备的情况下，你就会发现自己已经写完了最后一个信封。那这种感觉是如此的奇怪。”

“然后你会去与罗伯特团聚吗？”

“如果他还想要我的话。”

“他当然会想要你。”

她无限伤感地看了他一眼。

“这我不知道。”

“你难道对这还有疑问吗？他爱你。而且，想想你的爱对他意味着什么。”

“你今天听到那两个男人说的话了。他是个同性恋，他得到了一份舒服的差事，他过得还很不错。他必然会如此，他就是这样一个人。是的，他爱过我，这我知道。但我也知道他这个人的爱情是不可能长久的。即使没有发生这些事，我也不可能与他长久下去。这一点我一直很清楚。当需要我离开他的时候到了，既然已经有了他曾经给予我的爱，我难道还会有什么别的需求吗？”

“但既然你这样想了，你怎么还会这样做下去呢？”

“这样有些愚蠢，是不是？他残忍、自私、不择手段且邪恶。但我不在乎。我不尊重他，我不信任他，但我爱他。我用我的身体爱他，用我的思想爱他，用我的感觉爱他，用我的一切爱他。”她换成了一种轻松戏谑的语调，“现在，我已经把什么都告诉你了，你一定会认为我是一个很不光彩的女人，不值得你感兴趣或同情吧？”

查利思考了一会儿，说道：

“好吧，我不介意告诉你，这超出了我的理解范围。但是尽管他在遭受牢狱的惩罚，但我还是不能，我还是更愿意站在他的角度去思考问题。”

“为什么？”

“实话实说吧。我无法想象还有什么比全身心地爱上一个毫无价值的人更让人心碎的事情了。”

莉迪娅沉思着，有些惊奇地看了查利一眼，但没有回答。

10

查利乘坐的列车要在中午离开。有点儿出乎他意料的是，莉迪娅说希望给他送行。他们的早饭吃得很晚，然后就开始收拾行李。在下楼结账之前，查利点了点他的钞票。钱还剩很多。

“你能帮我一个忙吗？”他问道。

“是什么事？”

“能允许我给你留点儿钱以备急用吗？”

“我不要你的钱。”她笑了，“如果你愿意的话，你可以给我一千法郎转交给伊芙吉尼娅。这对她来说可是天赐之物。”

“那好吧。”

他们先打车到她住的伊夫堡香水街，她将自己的包交给了门房。然后他们打车前往巴黎北站。莉迪娅陪他沿着站台往前走，他买了几份英文报纸。他在豪华车厢内找到了自己的座位。莉迪娅跟他一起走进车厢，四处打量着。

“你知道吗，这是我一生中第一次走进一等车厢。”她说道。

这句话把查利吓了一跳。他突然理解了一种不仅完全没有富人的奢侈，甚至也没有小康人家的舒适的生活。想到她过去、现在和将来的悲惨生活，他感到心中一阵剧痛。

“哦，在英国我通常也坐三等车厢。”他抱歉地说道，“但我父亲说，在欧洲大陆上旅行应该像个绅士。”

“这样能给当地人留下一个良好的印象。”

查利笑了起来，满面羞红。

“你有一种特殊的才能，能让我觉得自己很傻。”

他俩在站台上来回走着，试图像一般人一样，在这样的场合下想找点儿话说。但他们似乎没有找到任何值得说的话。查利不知道她是否想过，他俩很可能这一辈子都不会再见面了。想想这五天来几乎形影不离，而在一个小时内，他俩便要天各一方了，这种感觉真是很奇怪。但火车即将启动，他伸出手对她说再见。她双手交叉抱在胸前。她的这种姿势一直让他心动，真是奇怪。她在梦中哭泣的时候也是这样双手交叉抱在胸前的。她抬起头来，让他大吃一惊的是，他看见她哭了。他伸出双臂搂住她，第一次吻了她的嘴唇。她挣脱开，转身跑去，很快就消失在站台下。查利钻进他的包间，心中有一种异乎寻常的不安。但丰盛的午餐再加上半瓶普通的夏布利酒，使他的心境又恢复了平和。然后他点燃了烟斗，开始阅读《泰晤士报》。这对他而言是一种精神抚慰。结实的纸张给人一种可信赖的感觉，在这样的纸张上印刷文章在他看来是一种让人心情愉悦的英国风格。他开始翻看一份份印着图片的报纸，心情阴晴不定。到达加莱的时候，他的内心又开始感到难忍的痛苦了。上了船后，他马上就要了一小杯苏格兰威士忌。然后，他走上甲板，满意地看着这个传统上由英国人控制的海峡的波涛。多佛岸边高耸着的白色悬崖显得宏伟而壮观。当他又踏上英国的坚实土地时，他舒心地长叹了一口气。他感觉自己好像离开了英国很长时间。听到英国搬运工说话的声音也让他感到愉悦；他对英国海关官员横眉冷对的粗野举止也只是付之一笑，这些人仿佛将每一个经过海关的人都当成了罪犯。再过两个小时，他就要回到家里了。他父亲就总是说：

“只有一件事情比离开英格兰好，那就是回到英格兰。”

他在巴黎度假期间发生的事情似乎已经成了一些记忆模糊的小事了。就像你在做噩梦时猛然醒来，你浑身还会战栗不止，但随着白天的事情在记忆中逐渐增多，过了一段时间后你就不记得梦的内容是什么了，只记得自己做了一个不好的梦。查利不知道是否会有人来接他，如果在站台上能看到一个熟悉的面孔那可就太好了。当列车在维多利亚站停下，他走出车厢时，几乎是一眼就看到了自己的母亲。她搂住他的脖子，亲吻了他，就好像他离开了好几个月似的。

“我跟你父亲说，他去送你，那我就要去接你。佩茜也想来，但我没同意。我想独自占有你几分钟。”

哦，被亲情所笼罩的安全感真是太妙了！

“妈妈，你这个老傻瓜。今晚这么冷，站台上还有穿堂风，你会感冒的。”

他俩挽着胳膊，快活地走向停车的地方。然后驱车前往波切斯特街。莱斯利·梅森听到前门被打开的声音，马上走进大厅。佩茜听到动静后也飞奔下楼，扑进查利的怀中。

“到我的书房来，咱俩喝一杯。威士忌放在那儿呢。你肯定冻得够戗。”

查利从他的大衣口袋里中掏出两瓶香水。这是他给母亲和佩茜买的礼物，是莉迪娅挑选的。

“我走私过来的。”他得意洋洋地说。

“这两个女人身上又该是香气扑鼻了。”莱斯利·梅森心情愉快地说道。

“我特意从夏尔凡商店给你买了一条领带，爸爸。”

“颜色鲜艳吗？”

“非常鲜艳。”

“很好。”

一家人见面后都非常高兴，屋内笑声不断。莱斯利·梅森倒了一杯威士忌，坚持要他的妻子喝一点儿，以防感冒。

“查利，有什么惊险刺激的事情要告诉我们？”佩茜问道。

“没有。”

“骗人。”

“嗯，你以后必须把所有的故事都告诉我们大家。”梅森夫人说，“但现在，你最好还是先去好好洗一个热水澡，然后咱们吃晚饭。”

“都为你准备好了。”佩茜说，“我在浴盆里放了半瓶浴盐。”

家人对待他的态度，就好像他刚刚从北极回来，刚刚经过了一段令人难以置信的艰苦跋涉一样，这使他内心感到非常温暖。

“还是回家好吧？”母亲慈爱地望着他，问道。

“真是太好了。”

当莱斯利走到他妻子的房间里与她聊天时，她正在做面部保养。她面带不安地转身对他说道：

“他的脸色看起来很苍白，莱斯利。”

“洗澡时间稍微长了一点儿。我注意到了。”

“他的脸色太憔悴了。他从车厢里走出的那一刻，我就感到一阵揪心，但回到家里后我才观察得更清楚。他的脸白得像鬼魂似的。”

“一两天后他就一切正常了。我想他这段时间干了点儿风流韵事。看他的面色，我怀疑他这段时间没少帮助那些漂亮的女士们，给将来上了年纪的生活做些贡献。”

梅森夫人坐在梳妆台前，穿着一件白色中国样式的短上衣，衣服上有皮毛镶边，正仔细地描着眉毛。听了她丈夫的话，她手中拿着描眉笔，突然转过身来。

“你这话是什么意思，莱斯利？你不是在说他这段时间一直在同许多可怕的外国女人鬼混吧？”

“仔细想想，维尼夏。你想他要去巴黎干什么？”

“去看绘画和去看西蒙，还有，去练练法语。他还只是一个孩子。”

“别犯傻了，维尼夏。他已经二十三岁了。你不会认为他还是一个童男吧？”

“我觉得男人都让人恶心。”

她的声音有些沙哑。莱斯利看到她真的有些生气了，于是将手放在她的肩膀上，宽慰她说：

“亲爱的，你不会想要你唯一的儿子去做太监吧，对不对？”

梅森夫人不知道自己是想哭还是想笑。

“别把我的话当真。”她咯咯地笑了。

半小时后，查利穿着他次好的晚礼服，带着前所未有的心满意足与家人一起围坐在齐彭代尔式餐桌前吃晚餐。他父亲穿着一件天鹅绒外套，他母亲穿着一件淡紫色的丝绸长袍，佩茜则穿着一件适合女孩子的玫瑰色雪纺绸衫。餐厅内的格鲁吉亚银餐具、磨砂烛光灯、梅森夫人从佛罗伦萨买来的花边餐巾，还有刻花玻璃，这一切都很漂亮。但最重要的是，这些器物让人感到熟悉和亲切。墙上挂着的画都装有照明光条，每幅绘画都有值得称道之处。两个女仆穿着整洁的棕色制服，使室内显得更加高雅。在家里查利一切都让人有一种安全的感觉，外面的世界显得很遥远。精美的家常菜肴既能让人大饱口福，又能满足健康的要求，不会使人发胖。壁炉内，模仿木材燃烧的电炉火光非常逼真，令人感到惬意。莱斯利·梅森看着桌上的菜单。

“我发现我们给了这位回头浪子最好的款待。①”他抬起头，调皮地看看他的妻子。

“你在巴黎吃了些什么好东西呀，查利？”梅森夫人问道。

“我没有去高档餐厅吃饭。我们一般都到拉丁区的小饭馆吃饭。”

“哦。那么‘我们’又是谁呀？”

查利踌躇了片刻，脸一下涨红了。

“我与西蒙一起吃饭，这你知道。”

这也不是谎话。他的回答巧妙地隐瞒了真相，但同时又没有撒谎。梅森夫人注意到丈夫意味深长地看了她一眼，但她没有理会。她继续用温柔而慈祥的目光凝视着自己的儿子。他是如此的天真无邪，丝毫也没有想到他们正在探索他的灵魂深处，想要发现他可能藏在那里的秘密。

“你去看画了吗？”她慈祥地问道。

“我去卢浮宫了。我有点儿喜欢上夏尔丹的画了。”

“是吗？”莱斯利·梅森说道，“我可从来就没感觉到他的画对我有什么吸引力。我一直认为他的画作有些沉闷。”他想起了一句俏皮话眼神一亮，“你知我知天知，相比夏尔丹，我更喜欢夏尔凡。至少他设计的服装很时髦。”

---

① 原文为fatted calf，意为“肥牛犊”，《圣经》中典故表示“最好的款待”。

“你父亲真让人受不了。”梅森夫人宽容地笑了，“夏尔丹是一个非常尽责的画家，是十八世纪第二流的大师之一。当然，他还不能被称为伟大的画家。”

他们虽然愿意听查利讲在巴黎度假期间的故事，但实际上更急于将他们这段时间的故事告诉他。在威尔弗雷德家的聚会简直成了一场狂欢，他们回来时全部精疲力竭了。到家后的那个晚上，一吃完晚饭他们就全都倒在了床上。从这点就可以看出他们是如何的尽兴。

“有人向佩茜求婚了。”莱斯利 · 梅森说道。

“令人兴奋吧，对不对？”佩茜大声说道，“不幸的是，这个可怜的男孩只有十六岁。所以我告诉他，我虽然是一个坏女人，但还没有坏到要把一个婴儿从摇篮中抢走。我在他的脑门上吻了一下，告诉他我会做他的姐姐。”

佩茜滔滔不绝地说着自己的故事，查利则面带微笑地听着。梅森夫人趁这个机会仔细看了看他。他真的是非常英俊，苍白的脸色使他显得更加俊俏了。想到巴黎的那些女人不知是有多么喜欢他呢，她的心里就产生了小小的异样的感觉。她猜他一定是去过那些可怕的地方。到那些地方去的人通常都是些大腹便便，头发没剩几根，令人厌恶的老家伙，而他那么年轻、清新和迷人，他一定迷倒了那里的女人！她想知道跟他交往的是什么样的女孩，她希望这个女孩也很年轻漂亮。据说男人总是被与自己母亲类似的女孩所吸引。她肯定自己的儿子会是一个迷人的情人，她禁不住为他感到骄傲。毕竟他是自己的儿子，是在自己的子宫中孕育出来的。他是自己的心肝。他的面孔显得那么苍白和疲惫。梅森夫人产生了一种奇怪的想法，她想在这个世界上她可能没有一个可以诉说衷肠的人。她很伤心，还有点儿妒忌。是的，她妒忌那些跟他睡觉的女孩。但同时她又感到自豪，非常的自豪。因为他强壮、英俊，充满了阳刚之气。

莱斯利打断了佩茜滔滔不绝的废话，也打断了她的思绪。

“我们告不告诉他这个大秘密，维尼夏？”

“当然要告诉他。”

“但是记住，查利，要注意保密。威尔弗雷德爵士特别提到了这一点。保守党想要为一个前印度总督找到一个议会中的稳定席位，因此提议威尔弗雷德放弃自己在议会中的席位，但交换条件是他能获得一个贵族爵位。你觉得怎么样？”

“这真是太好了。”

“当然，他表面上假装对此无动于衷，但心里却是欣喜若狂。你知道，这事对我们所有人来说都有好处。我的意思是，在这个家族内一个人得到了爵位，那么，所有人都会因此而增光添彩。而且，我们还可以凭此得到一定的社会地位。想想我们当初的社会地位……”

“行了，行了，莱斯利。”梅森夫人说道，同时扫了两个女佣一眼，“不要谈这些了。”两个女佣马上离开了餐厅。她们一走出门，她随即就补充说：“你们的父亲见谁都要告诉他自己的出身，简直是有些癫狂了。过去的事情就让它过去吧，我真的觉得是这样做的时候了。当我们与同自己一个层次的人在一起的时候，他们认为有一个做园丁的祖父和一个做厨娘的祖母挺别致的，这种感觉也不太坏。但我们没有必要去告诉用人们。她们知道了这些，只会觉得我们比她们也强不了多少。”

“我并不觉得这有什么难为情的。毕竟英国最显赫家族的出身与我们一样低贱。我们在不到一个世纪的时间内就翻了身。”

梅森夫人和佩茜站起身来离开了餐厅，查利留下来陪他父亲喝一杯波尔图葡萄酒。莱斯利·梅森告诉他，他们在一起讨论了威尔弗雷德爵士应该被授予的贵族称号。要找一个还未被授予过任何的称号，可不像你想得那么容易，还要与你有某种关系，听起来还要显得尊贵。

“我想咱们最好加入女士们的阵营。”讲完这件事后，莱斯利说道，“我想上床睡觉前，你妈妈可能还想打打桥牌，赢上一把。”

当他们走到餐厅门口的时候，莱斯利把他的手搭在儿子的肩膀上，说道：

“老伙计，你的面色看起来有些苍白。我想你可能是在巴黎有点儿劳累过度了。当然，你还年轻，这没什么奇怪的。”他突然觉得有点儿尴尬，“我可能有点儿多管闲事，但我想再和睦的家庭也会出现一些纠纷，而有一些事情父子之间无须避讳。我想说的是，如果你感觉身体有什么不对劲的，千万不要犹豫，马上去看医生。你是由老希纳瑞带入这个世界的，所以面对他不需要感到害羞。他的医术很高明，很快就能把你治好。费用你不用操心，也不会有人去问你什么。我想告诉你的就是这些。现在我们去陪陪你那可怜的母亲。”

查利听懂了他父亲这番话的意思后，脸一下涨成了紫茄子色。他觉得自己应该说些什么，但却无话可说。

他们走进客厅时，佩茜正在弹奏肖邦的华尔兹舞曲。她弹完后，他妈妈要查利也弹点儿什么。

“离开家后你就再也没有弹过琴了吧？”

“一天下午，我用宾馆的钢琴弹奏了一些曲子，但那架钢琴的音质非常差。”

他在钢琴前坐了下来，开始弹奏斯克里亚宾的一首曲子。莉迪娅曾认为他这首曲子弹得非常糟糕。当他开始弹奏的时候，脑中突然回想起莉迪娅带他去过的那个地下室；想起了与他结下友情的那些粗莽之人；想起了那个皮肤黝黑，面容憔悴，长着一双大眼睛的俄罗斯女人；想起了她用悲惨的腔调所唱的那些野性而豪放的歌曲。他在敲击琴键的过程中，仿佛听见了她沙哑刺耳，但打动人心的歌声。莱斯利·梅森的耳朵对音乐非常敏感。

“你弹的这首曲子与你以前的演奏风格有些不一样了。”当查利起身离开钢琴时，他说道。

“我没有感觉到有什么不一样啊，真的是这样吗？”

“是的，听起来的感觉完全不同。你弹奏的时候有些激动，这就产生了不同的效果。”

“我更喜欢你原来的弹奏风格，查利。你刚才的弹奏听起来有些忧郁。”梅森夫人说。

他们一家人坐下来打桥牌。

莱斯利说：“仿佛又回到了从前的时光。自从你去度假后，咱们家就再没有打过桥牌。”

莱斯利·梅森有一个理论，他认为一个人打桥牌的方式能揭示他的性格。他自认是一个勇敢、大方和无拘无束的人，所以他总是抢着叫牌，鲁莽地叫加倍。他认为要滑打法不够英国人气质。梅森夫人与之相反，她严格按照克卡伯特森叫牌体制打牌。她在决定叫牌之前总是绞尽脑汁地计算，而且从不冒险。佩茜是这个家里唯一具有桥牌天赋的人。她打牌既大胆又聪明，似乎凭直觉就知道别人手中有什么牌。她毫不掩饰对父母牌技的不屑。她在牌桌上盛气凌人。今晚牌桌上的一幕与以往无数夜晚时的情形别无二致。莱斯利争叫后，他女儿就加倍，再加倍，非赢下一千四百分不可。梅森夫人虽然有一手大牌，但就是不理睬她同伴一再要打满贯的叫牌信号。而查利则有些心不在焉。

“你为什么不出方块？你这个傻瓜。”佩茜喊道。

“我为什么要出方块？”

“你没看到我先出了一张九，然后又出一张六吗？”

“哦，我没有注意。”

“天哪，难道我这辈子都得跟一个不知道将黑桃 A 留到最后出的人打牌。”

“这只是策略的一点儿不同。”

“一点儿不同？一点儿不同能改变整个世界。”

他们谁也没有把佩茜愤愤不平的话当一回事。他们只是笑笑，而佩茜认为他们的牌技都是无药可救了，因此也就当与他们一起乐乐而已。莱斯利仔细地计算得分，并记下来。他们的玩法是一百分一便士，但他们假装玩的是一百分一英镑，因为这样更好看，更刺激。有时候莱斯利记下的输钱总数达到了一千五百英镑，这时他会一脸严肃地说，如果这样下去，他就不得不把车卖了，坐巴士去办公室上班。

挂钟敲了十二下，他们停止打牌，相互道了晚安。查利走进他温暖而舒适的卧室，开始脱衣服。但他突然觉得很累，一下跌坐到扶手椅上。他想，上床睡觉之前最好再吸一袋烟。刚刚过去的一晚与他经历的无数其他夜晚并没有什么两样，但他却感到今夜特别温暖和亲切。一切都是那么熟悉、可爱，一切都是完完全全按照他所希望的那样在眼前流逝。似乎没有什么可以与这种丰富多彩而让人安心的生活相比的了。然而他无论如何都无法解释，为什么他总是焦虑不安地感觉到一种暗示，暗示这个夜晚什么都不是，只是一个假象。就像一个大人们所玩的哄孩子的室内游戏。他想起了那场噩梦，一会儿是莉迪娅画着眼影，乳头涂得粉红，下身穿着蓝色的土耳其裤子，头上扎着蓝头巾，正在苏丹宫跳舞，亦或是赤身露体，屈辱地躺在一个她憎恶的男人怀中，又因为这种屈辱感受到一种残忍的激情；一会儿是西蒙，他完成了办公室的工作，正行走在空无一人的左岸大街，他疯狂扭曲的头脑中可能又在苦心琢磨着某个骇人听闻的计划；一会儿是阿列克谢和伊芙吉尼娅，查利从未见过他们，但通过莉迪娅的描述，他似乎已经对他们很熟悉，他相信自己如果在街头与他们相遇，一定能够认出他们来；阿列克谢喝醉了，他也许正因为酒后伤感而流泪，并痛骂儿子的堕落，伊芙吉尼娅则在因为生活如此的艰难而轻轻地哭泣，她的双手仍在不停地做着针线活，为了生活拼命地缝啊缝啊；一会儿是那两个刑满释放犯，他们看人的眼神就好像在盯着什么令他们恐惧的东西，他们可能正坐在那个烟气呛人的昏暗地下室内，面前的桌子上各摆着一杯啤酒，隐藏在人群中让他们暂时摆脱了那种无处不在的受人监视的恐惧；一会儿又是罗伯特·伯杰，远在南美洲的海岸边，穿着红白条纹相间的囚服，光头上扣着一顶丑陋的草帽，正从医院里出来去办差，他也许会将目光投向一望无际的大海，掂量着逃跑有几分可能，有那么一会儿他会带着宽容想起莉迪娅。查利很庆幸他从这场噩梦中醒过来了，但这场噩梦有一种可怕的真实感，让其他的一切都变得虚幻。似乎有一种力量，一种模糊的含义，让他与家人——他的父亲，他的母亲，他的妹妹，这三个与他最亲近之人——一起分享的生活，以及更大范围内的，机遇已经为他安排好的舒适环境中那虽略乏味却颇体面的生活，都成了一出皮影戏。佩茜曾问他在巴黎期间是否有过冒险的经历，他老老实实地回答说没有。事实上他确实什么也没做。他父亲认为他在巴黎的这段时间一定同许多女人鬼混过，怕他已经得了性病，但他甚至一个女人也没碰过。在他的身上只发生了一件事情，这件事让人颇为费解，而他也不知该如何是好，那就是：他的生活完全失去了意义。

著作权合同登记号　图字：10—2012—381号

图书在版编目（CIP）数据

圣诞假日 /（英）毛姆（Maugham，W.S.）著；张晓峰译.
—南京：译林出版社，2016.6
（毛姆作品）
书名原文：Christmas Holiday
ISBN 978-7-5447-6356-1

Ⅰ.①圣… Ⅱ.①毛… ②张… Ⅲ.①长篇小说－英国－现代
Ⅳ.①I561.45

中国版本图书馆CIP数据核字（2016）第092736号

书　　名　圣诞假日
作　　者　〔英国〕威廉·萨默塞特·毛姆
译　　者　张晓峰
责任编辑　韩继坤
特约编辑　苑浩泰
出版发行　凤凰出版传媒股份有限公司
译林出版社
出版社地址　南京市湖南路1号A楼，邮编：210009
电子信箱　yilin@yilin.com
出版社网址　http://www.yilin.com
印　　刷　三河市华润印刷有限公司
开　　本　640×960毫米　1/16
印　　张　16.75
字　　数　198千字
版　　次　2016年6月第1版　2023年10月第4次印刷
书　　号　ISBN 978-7-5447-6356-1
定　　价　38.60元

译林版图书若有印装错误可向承印厂调换